JN196134

The Man
who did not win
the Naoki Prize

by
SHINDO Fuyuki

KOBUNSHA

直木賞を取らなかった男

新堂冬樹

装幀　坂野公一（welle design）

プロローグ

「じゃあ、磯川君《いそかわくん》の新たな門出を祝って乾杯!」

日向誠《ひゅうがまこと》は満面の笑みで言いながら、生ビールのグラスを宙に掲げた。

「乾杯するほどの門出かどうかは謎ですが」

磯川が三十年前にはなかった目尻の皺《しわ》を深く刻み、そっとグラスを触れ合わせてきた。

「それにしても、磯川君とこんなに長いつき合いになるとは思わなかったな」

「小説家にとってエリートコースが約束された『未来文学新人賞《みらいぶんがくしんじんしょう》』の最終候補に残った日向さんを、賞レースから辞退させた僕の第一印象は最悪だったでしょうしね」

磯川が当時のことを思い出しているのか、おかしそうに笑った。

「俺に最終候補を辞退させたくせに、文章が粗削《あらけず》りだとか誤字脱字が多いとか素人臭《しろうとしゅう》が漂っているとかめちゃめちゃけなしてくるし、正直、最初に会ったときは、なんだこの男は!? って思ったよ」

日向も当時のやり取りを思い出し、口元を綻《ほころ》ばせた。

磯川諒介《りょうすけ》は日向のデビュー時の担当編集者であり、恩人でもあった。磯川との出会いがなければ、日向はベストセラー作家と呼ばれることはなく、三十年も作家を続けることもできなかっただろう。

「でも、それ以上に日向さんの才能を誰よりも早く見抜いていたわけですから、相殺《そうさい》にしましょう」

磯川はそう言うと、喉《のど》を鳴らしてビールを流し込んだ。

「いやいや、相殺どころか磯川君には感謝しかないよ。粗削りで素人臭の漂う新人をベストセラー作家にしてくれたわけだから」

日向は、悪乗りして皮肉を言った。

「勘弁してください、もう時効です。でも、日向さんと出会えて楽しかったですよ。文壇の常識に囚《とら》われない言動は刺激的で、日向さんとの仕事はジェットコースターに乗っているような気分でした」

「その言葉、そっくりそのまま返すよ。編集者の常識を鼻で笑い飛ばして俺に好き勝手に書かせてくれた君が担当で本当によかった。磯川君は猛獣使いの編集者であり、猛獣のような編集者でもあった。改めて、礼を言わせてくれ。ありがとう」

日向は素直な思いを口にした。

「やめてください。僕は日向さんのために声をかけたわけではなく、僕自身が楽しく仕事をしたかったから声をかけただけです。日向さんが初版止まりの作家でも、僕の評価は変わりませんよ。たとえ日本中の人々から酷評される作家でも、僕自身がワクワクできれば、僕にとって一番の作家です」

磯川が柔和《にゅうわ》な微笑《ほほえ》みを日向に向けた。誰よりも冷淡で、誰よりも熱血漢で、誰よりもマイペースで、誰よりも面倒見がよかった。磯川は、最後まで摑《つか》みどころのない男だった。

「相変わらず、磯川君は宇宙人みたいな人だな。ところで、副社長の職を捨ててなにをするの?」

日向は気になっていたことを訊《たず》ねながら、三日前の磯川との電話での会話を思い出した。

『日向さん、久しぶりに飲みに行きませんか?』

『君のほうから飲みに誘ってくるなんて、珍しいね。どうしたの?』

『しばらく東京を離れてしまうので、その前に会っておきたいと思ったんです』

『出張？』

『いえ、旅に出ようと思いまして』

『旅？　仕事は？』

『昨日付で、「夏雲舎《なつぐもしや》」は退職しました』

『え⁉　なんで⁉　功績を評価されて副社長にまでなって、社員も増えたけど会社もアットホームだし……なにが不満だったの？』

『不満なんて、とんでもない。三沢《みさわ》社長には、感謝の気持ちしかありません』

『じゃあ、なぜ？』

『やりたいことがありまして、そのための視察と言いますか準備と言いますか』

『やりたいことって、なに？』

『それは、お会いしたときにお話しします』


「日向さん。後悔していませんか？」

唐突に、磯川が訊ねてきた。

「なにを？」

「『直木《なおき》賞』を捨てたことですよ」

磯川が日向をみつめた。

「ああ、そのこと」

日向は眼《め》を閉じ、記憶を三十年前に巻き戻した。

1

「『日向プロ』の白木《しらき》です。『ジャムポップ』のグラビアの件でお電話しました。先週、そちらにお連れした美沙《みさ》の件ですが、ご検討いただけましたでしょうか？　あ……そうですか。あの、モノクロでも構いませんので、なんとかなりませんでしょうか？」

「お世話になっています！『日向プロ』の中谷《なかたに》です。来週のロケですが、女子大生Ａ役の棚橋《たなはし》かおりは自メイクでしょうか？」

「ご注文ありがとうございます！『世界最強《せかいさいきょう》虫王決定戦《むしおうけっていせん》シリーズ』全セットで十万五千円になります！」

「『世界最強虫王決定戦シリーズ』全セットですね？　ありがとうございます！　ホームページに振り込み口座がありますので、十万五千円をお願いします。着金確認後、一週間以内に『白猫便《しろねこびん》』で配送いたします！」

渋谷区のマンションの十階——二十坪の空間で四人のスタッフがタレントの売り込みや昆虫バトルＤＶＤの受注に追われる中、日向はハイバックチェアに背を預け、デスクの上の『小説未来《しょうせつみらい》』を凝《ぎょう》視《し》していた。

「スタッフが働いとるのに、社長はボーッとなんばしとると？」

ハスキーボイスの九州弁――椛《もみじ》が、日向のデスクに尻を乗せながら言った。

「机が壊れるから、でかいケツで座るな」

日向は椛の尻を叩《たた》いた。

「あ！　痴漢！　金髪、ガングロ、マッチョ……AV男優みたいな見かけだし、中身もエロかね～」

椛は日向をからかいながら、デスクから下りた。

百七十センチの長身を包むブレザーにチェックのスカート、掌《てのひら》におさまる小顔にベリーショート、クリクリした瞳にリスのような大きな前歯……椛は熊本から通っている十五歳の所属タレントだ。

二年前、日向が取引先の爬虫類《はちゅうるい》ショップを訪れるために熊本に立ち寄ったとき、デパートの催事場で、ガールズヒップホップダンスを披露していた五人組のユニットを見かけた。中でも椛は、ひと際目立っていた。

ダイナミックでキレがよく、しなやかな椛のダンスが優れていることは素人目にもわかった。だが、ダンスはあくまでもきっかけであり、日向が椛をスカウトしようと思ったのは彼女の華やかさだった。

ダンスの技術だけなら、ほかの四人も椛と同レベルだった。

しかし、椛だけが３Ｄ映像のように浮き上がって見えた。

美しいだけでは通用しない、スタイルがいいだけでは通用しない、歌がうまいだけでは通用しない、演技がうまいだけでは通用しない……芸能界で売れるには、実力以外のプラスアルファが必要なのだ。

実力以外のプラスアルファ……それが、〝オーラ〟とも呼ばれる要素だった。

日向の見込み通り、椛は所属一年、十四歳のときに脇役ではあるがＮＨＫの連ドラオーディションに受かり、女優デビューを果たした。

ダンサーを目指し、女優にまったく興味のない椛が早々とドラマ出演を決め、幼い頃から劇団に入っている美沙がオーディションに引っかからずに、グラビアアイドルに転向するというのも芸能界の真実だ。

「お前みたいな齧歯目《げっしもく》娘にセクハラするくらいなら、カブトムシにボディタッチするよ」

日向は笑いながら言った。

「こぎゃんよか女と虫けらば、一緒にせんでよ！　寮も虫臭かけん、早く捨ててよ」

椛が鼻を摘《つま》みながら、クレームを入れてきた。

椛は仕事が入っているときだけ熊本から上京し、「日向プロ」が寮として借りているマンションに宿泊している。椛が上京するのは平均して月に一週間から十日くらいなので、普段は『世界最強虫王決定戦』に出場する虫の飼育部屋として使っていた。

『世界最強虫王決定戦』とは、タイトルの通り世界中の虫――カブトムシやクワガタムシの甲虫《こうちゅう》をはじめ、オオスズメバチやカマキリ、サソリやタランチュラなどを戦わせて最強を決めるというシンプルなDVDだ。

格闘技好きの日向は、世間で総合格闘技やキックボクシングが大ブームになっているのをヒントに、虫版異種格闘技戦を発案したのだ。

企画会議では十人のスタッフ全員に反対されたが、大ヒットを予感していた日向は強引に押し切りDVDの制作に入った。

コロンビア、エクアドル、フィリピン、ベトナム、アフリカ、エジプトの現地の採《と》り子《こ》と契約し、世界中の虫を買い集めた。

日向は芸能プロで培《つちか》った人脈を活《い》かし、『世界最強虫王決定戦』のDVDを情報バラエティ番組で取り上げてもらった。

番組放映直後からホームページのサーバーがダウンし、十人のオペレーターがトイレに行けないほど注文が殺到し、一巻五千五百円という高額なＤＶＤは僅《わず》か一ヶ月で二万本以上売れて一億円の月商を叩き出した。

社会現象にまでなった『世界最強虫王決定戦』は爆発的に売れ続けてタイトルを重ね、三年間で二十タイトル、純利益は十億円を超えた。

「お前のギャラはドラマ一本で五万円前後、お虫様はいまでも月に一千万を稼いでくれる。お前の航空券代も寮の家賃も衣装代も、すべてお虫様のおかげで払えてるんだぞ。お前とカブトムシを選ぶなら、迷わずカブトムシだ」

日向はニッと笑ってみせた。

「はぁ～、三十過ぎのおっさんが十五の少女ば相手に勝ち誇った顔してから。これだけんガキは困るったい。あ～疲れる疲れる、ガキの相手は」

梺が大袈裟《おおげさ》にため息を吐《つ》きながら肩を竦《すく》めた。

「お前な、セリフに影響が出るから九州弁はやめろ。まったく、何度言えばわかるんだ」

今度は、日向がため息を吐いた。

「社長、私ば誰だと思っとると？　百年に一度の天才ばい。撮影に入ったら、流暢《りゅうちょう》な東京弁ば喋《しゃべ》るけん大丈夫！」

梺が得意げな顔で作ったピースサインを、日向の顔に突きつけた。

なにを言われても、不思議と梺には腹が立たなかった。

梺を贔屓《ひいき》しているわけではなく、彼女の人柄だった。

一回でも梺と現場を共にした監督やプロデューサーは、必ず彼女を気に入ってしまう。

「また社長に絡んでるの？」

チーフマネージャーの桐島真理《きりしままり》が梳の横に立ち、呆《あき》れた口調で言った。

「もう、真理さん、私が豚に見えるけん隣にこんでくださいよ〜」

梳が真理から離れながらクレームをつけた。

五年前までモデルをしていた真理は、百七十五センチの長身に九頭身のスタイルで手足がすらりと長く、梳が隣に立たれるのを嫌がる気持ちもわかる。

真理は日向より二つ下の二十八歳だが、二十五歳でモデル業に見切りをつけて三年前に「日向プロ」のスタッフ募集の広告を見て面接にきたのだ。

二十五歳を過ぎるとモデルの仕事が激減するので、表舞台で培った経験を活かして今度は売り込む側の人間として力を発揮してみたいというのが真理の志望動機だった。

真理は即戦力としての期待を裏切らずに、入社してすぐに頭角を現した。

十五歳のときにモデルデビューを果たし、十年間芸能活動していた真理は人脈が広く、雑誌のグラビア掲載やバラエティ番組出演の仕事を次々とタレントに取ってきたのだ。

大手の傘下にない個人の芸能プロダクションは、設立して十年は黒字どころか赤字があたりまえだ。タレントはテレビ局や制作会社に売り込む前に、莫大《ばくだい》な先行投資が必要になる。

俳優はワークショップで演技のレッスンを、バラエティタレントはトークのレッスンを最低でも年は受けさせなければならない。

レッスンの講師代、使用するスタジオ代、地方出身タレントのための寮の家賃、移動のための車やガソリン代、新幹線や飛行機のチケット代……デビューするまでギャラは入らないので、これらはすべてプロダクションの持ち出しだ。

所属タレントの数が多いほど運転資金が嵩《かさ》み、体力のないプロダクションは借金が膨《ふく》らむ一方だ。

しかも、ドラマや映画、バラエティ番組に出演できたところで、売れないうちは一、二万円のギャラで交通費も自腹でメイクも自前だ。それなので、スカウト、育成、売り込み……タレントとしての商品価値が高くなり、オファーがかかるようになるまではお金が出ていく一方だ。

なにより芸能界の厳しいところは、どれだけ時間とお金をかけても売れる保証はなく、利益を出すタレントになるのは千人に一人の確率ということだ。

一般的に所属タレントが十人いれば、一年間で二千万円前後、五年間で一億円前後の持ち出しだ。

じっさいは、稼げるタレントを育成できないまま消えてゆく芸能プロダクションがほとんどだ。

真理のおかげで十人の所属タレントの半数が俳優、モデル、バラエティタレントとしてデビューを果たした「日向プロ」も例外ではなく、設立三年で既に五千万以上の持ち出しになっていた。

幸い、芸能プロダクション設立前から経営していたエステティックサロンと、『世界最強虫王決戦』シリーズで得た資産があったので、赤字続きでも「日向プロ」を経営することができている。

「あなたは憎まれ口ばかり叩いてるけど、東京にきたら撮影以外は社長にべったりね。東京のお兄ちゃんみたいに思ってるんでしょ?」

真理が、椛に茶化《ちゃか》すように言った。

「真理さん、やめてください!　こげんガングロAV男優ばお兄ちゃんなんて、百回生まれ変わっても思わんです!」

椛がムキになって言った。

「はいはいはい、わかったわかった。じゃあ、あっちに座って台本を頭に入れておきなさい。午後の撮影、今日はセリフが二つもあるんだから」

真理が応接ソファを指差しながら言った。

「真理さんっ、本当に違いますけんね！」

顔を真っ赤にした椛が、念を押しながらソファに座った。

「社長、『ジャムポップ』のグラビア、美沙はだめでした。手ブラショットとTバックありなら検討してくれるそうです」

マネージャーの白木が、肩を落としながら報告してきた。

「いや、『ジャムポップ』はもういい。『ピーチフレッシュ』に売り込んでくれ」

日向は白木に指示した。

「え？　『ピーチフレッシュ』は『ジャムポップ』に比べてかなりランク落ちますよ？　販売部数も半分以下ですし……」

「たしかに『ジャムポップ』はメジャーで購買客も多いが、手ブラにTバックでグラビアを飾っても意味がない。っていうか、エロいイメージがついて逆効果だ。それなら、部数が落ちてもエロさを売りにしないグラビアに載ったほうが美沙のイメージにプラスだ」

日向は『小説未来』を手にしながら言った。

「ガングロAV男優のくせに、たまにはいいこと言うばい」

ソファで台本を読んでいた椛が茶々を入れてきた。

「口を挟まなくていいから、集中しなさい」

すかさず、真理が椛を窘《たしな》めた。

「はーい」

椛が、渋々台本に顔を戻した。

これで、ようやく集中できる。日向は『小説未来』をみつめ、深呼吸を繰り返した。

日向は「日文社《にちぶんしゃ》」の「未来文学新人賞」の二次選考を通過し、三十人の中に残っていた。

今回の三次選考で五人に絞られ、その五人から最終選考で「未来文学新人賞」の受賞者が選出され、晴れて「日文社」から小説家デビューを果たせる。

小説家を目指したのは、一年前だった。

十代の頃から小説が好きで月に五冊は読んでいたが、小説家になりたいと思ったことは一度もなかった……というより、小説家を目指そうと思えるような人生を送ってこなかった。

九州の長崎県で生まれた日向は、上京するために高校入学直後からレストランの洗い場でアルバイトを始めた。


『学校、やめてきたけん』


学校終わりの二、三時間だけシフトに入っても上京資金は貯《た》まらず、日向は両親に無断で高校を中退した。

両親は日向が東京行きを夢見ていることを知っていたが、それは成人してからの話だと思っていた。

『あんた、東京なんて高校を卒業してからでも行けるでしょうが!? 勝手に高校やめたとか、いったい、なんのつもりね！』

母親が気色《けしき》ばみ、日向に詰め寄ってきた。

『お母さんの言う通りたい、日向君。男はね、学歴がなかと将来厳しかけん。東京行っても、中卒じゃどこも雇ってくれんよ。どうやって生活していくと？』

母親から事情を聞いて慌《あわ》てて家にきたクラス担任の教諭が、渋面《じゅうめん》を作りながら訊ねてきた。

『皿洗いでもなんでもしますけん。学歴がなくても、俺は東京で大成功します！』

日向は、自信満々に言い切った。

『皿洗いってね……あんた、東京行ってなんばする気ね⁉』
『わからんばってん、有名になって大金持ちになるけん！』

当時の日向に具体的な目的があったわけではなく、東京でなにか大きなことをしたい、という漠然《ばくぜん》とした思いだけで高校中退を決めたのだ。母親と担任教諭の説得も虚《むな》しく、日向が高校に戻ることはなかった。

高校をやめてからの日向は、朝八時から夜八時までレストランで働いた。アルバイトを始めて半年が過ぎた頃には、三十万円の貯金ができた。

さらに数ヶ月後……貯金が五十万円に達したときに、日向は家出同然で上京した。

東京に知り合いはおらず、日向はカプセルホテルを転々としながら仕事を探した。

貯金には余裕があったが、収入がなければ減る一方だ。だが、高校中退で十六歳の日向を雇ってくれるアルバイト先はなかなかみつからなかった。

ようやくビラ配りの仕事はみつかったが、賃金が安過ぎた。

新たなバイト先を探しているときに、一枚のビラが日向の眼に留《と》まった。


即決！　即融資！　ブラックリスト、多重債務者でも五十万まで即日融資！
◎スタッフ募集　※月収三十万円以上　※年齢、資格、経験不問　※寮完備
大福《だいふく》ローン

世間知らずの日向にも、「大福ローン」が危険そうな金融会社だということはわかった。

だが、寮があるのは、保証人なしでアパートを借りることのできない日向にとって魅力的だった。

なにより、年齢、資格、経験不問というのが決め手となった。


日向は『小説未来』をデスクに戻し、ノートパソコンを立ち上げると「阿鼻叫喚《あびきょうかん》」というタイトルのフォルダを開いた。

三次選考の結果を見る前に、もう一度提出作品を読み直して気を落ち着けたかった。

☆

新宿歌舞伎町《かぶきちょう》の雑居ビルに入る「大福ローン」の事務所――煙草《タバコ》の紫煙《しえん》で靄《もや》がかかったような十

坪ほどの事務所に、足を踏み入れた氷室《ひむろ》は息を呑《の》んだ。

『お前が面接希望のガキか？』

氷室を出迎えたのは、プロレスラーのようにガタイのいい五厘坊主《ごりんぼうず》の大男だった。

『ウチみてえな高利貸しに申し込んでくるようなゴミ野郎が、五件しか借りてないわきゃねえだろうが！　本当は何件だ⁉　おら！』

大男の背後の応接ソファでは、よれよれになった鼠《ねずみ》色のスーツ姿の中年男が、シルバーメタリックのスーツを着たパンチパーマ男の前で震え上がっていた。

『す、すみません、本当は七件……』

『まだごまかす気かっ、てめえ！』

『すみません！　十五件です！』

パンチパーマ男がテーブルに拳《こぶし》を叩きつけると、弾《はじ》かれたように中年男が白状した。

『いいですか？　奥さん』

氷室は、視線をパンチパーマ男の隣の応接ソファに移した。

七三《しちさん》の髪型にノーフレームの眼鏡《めがね》をかけた男が、三十代と思《おぼ》しき女性申込者を爬虫類のような冷たい眼で見据えていた。

『返済期限を一日でも過ぎたら、旦那さんの会社はもちろん、奥さんの実家、子供さんが通う小学校にも取り立てに行かせてもらいます』

七三男は、瞳同様に冷え冷えとした声で言った。

『えっ……子供の小学校に⁉　それは困ります！』

女性申込者が血相を変えた。

『だから、返済が遅れなければいいんですよ。もし遅れたら、クラスの担任の先生に会って、教え子のお母さんが貸したお金を返してくれないと相談させていただきますよ』

七三男の嗜虐《しぎゃくてき》的な言葉に、女性の申込者が顔色を失った。

『てめえこらっ、今日は何日だと思ってんだ！　おお！　すみませんじゃ済まねえんだよ！　期日は昨日だろうがっ、くそボケが！　元金十万と十日分の利息の三万の計十三万！　耳を揃《そろ》えて一時間以内に持ってこい！　一円でも足りなかったり一秒でも遅れやがったら、てめえの大学生の娘をソープに沈めるぞ！　うらっ！』

デスクに両足を乗せたオールバックにサングラスをかけた男が、受話器を耳に当て巻き舌で怒声を飛ばしていた。

『おいっ、どこに行く？　早く座れや』

回れ右をしようとした氷室に、大男がカウンターの椅子《いす》を指差した。

氷室は引くに引けずに、言われるがまま椅子に座った。

『見ての通り、ウチはどこに行っても金が借りられねえクズどもが集まる高利貸しだ。ウチでやることは二つだ。金を貸すことと、貸した金はどんな手を使ってでも取り立てること。ほかに何百万も借金してるクズどもに貸した金を、真っ先に取り立てなきゃなんねえから簡単な仕事じゃねえ。だがよ、学歴関係なしに実力で偉くなれる世界だ。結果を出せば、月に五十万以上稼ぐことだってできる』

『五十万ですか⁉』

氷室は思わず声を張り上げた。

「五十万ですか⁉」

日向の背後から、小説の中の氷室と同じセリフが聞こえてきた。

日向はノートパソコンを折り畳み、弾かれたように振り返った。

「社長！　もしかして、小説ば書いとると⁉」

眼を真ん丸にした椛が、素頓狂《すっとんきょう》な声で訊ねてきた。

「なんでもいいだろ。そんなことより、お前はセリフを覚えてろ」

日向は『小説未来』を手に席を立つと、出入り口に向かった。

「高校中退の社長が小説家なんて無理ば〜い！」

椛の嘲笑《ちょうしょう》から逃げるように、日向はフロアを出た。

「まったく、うるさい奴《やつ》だ」

日向は苦笑いしながら階段に腰を下ろすと、栞《しおり》を挟んだページに指を入れて眼を閉じた。

「阿鼻叫喚」は、日向が十代の頃に勤務していた街金融での経験をベースにしたノワール小説だった。

整った文章より、個性的な文章を心がけた。

美しい文章より、粗削りでも印象に残る文章を心がけた。

百人が異論を口にしない完成度の高い小説より、九十九人が評価しなくても一人が中毒になる麻薬のような小説を目指した。

大反対の裏に大成功があるというのが、日向の考えだった。

『世界最強虫王決定戦』のときもそうだった。

『誰がサソリやムカデのグロテスクな戦いを観《み》たいと思いますか？』

『体液が飛び散ったり殺し合うような動画なんて、売れるどころかクレームが殺到します』

『そもそも、虫の対決するＤＶＤなんてマニアック過ぎて分母が小さ過ぎます』

日向の企画を聞いたすべてのスタッフ、すべての知人が反対、または否定的な意見を口にした。

日向の心は折れるどころか、逆に『世界最強虫王決定戦』の大成功を確信した。

たしかに、虫の対決するＤＶＤは人間の格闘技界に比べて分母が小さい。

だが、逆に言えば競争相手が少なく一人勝ちできる可能性があるということだ。

その逆も、また然《しか》りだ。人間の格闘技ビジネスは全国区の認知度と成功例がある一方で、競争相手が多く勝ち抜くのは容易ではない。

小説の世界も同じだ。誰もが安心して読める小説、誰もが共感できる小説を書けばリスクも低い。

だが、それは多くのライバル達の作品の中に埋もれるという別のリスクを生み出す。

毎月約千冊……年間にして一万数千冊が刊行される文芸小説の中でベストセラーになるためには、誰も読んだことのないような筆致、表現、展開の小説でなければならない。

もちろん、机上《きじょう》の空論で終わる可能性のほうが高かった。

それでもパンチを打たなければ身長百三十センチの小学生も倒せないが、自分を信じて拳を放てば二メートルの格闘家を倒せるかもしれないのだ。

日向は眼を閉じたまま、『小説未来』を開いた。

恐る恐る眼を開けた。

【三次選考通過者　五名】
相原亮子、佐竹真一、中島友彦、西村美恵、日向誠

「あった！」

日向は大声を張り上げ、勢いよく立ち上がった。

夢は繫《つな》がった……。

日向は安堵《あんど》の吐息を漏《も》らし、誌面に視線を戻した。

自分の名前を確認すると、ふたたび日向は長い息を吐いた。

「なんね？　大声ば出してうるさかね」

ドアが開き、椛が怪訝《けげん》そうな顔で日向を見た。

「椛っ、ほら、これ見ろ！」

日向は『小説未来』の三次選考通過者のページを椛に突きつけた。

「なんね？」

「俺の名前があるだろう？　日本の出版社で一番大きな『日文社』の新人賞の最終選考に残ったんだ！　応募総数千数百人の中から、僅か五人の中に残ったのさ！　どうだ！　凄《すご》いだろ⁉」

日向は得意げに言った。

「最終選考に残っただけでしょ？　自慢するとは、作家になってからにしてくれんね？　これだけん、精神年齢の低か人は相手にできんばい」

大袈裟に肩を竦め、椛がドアに向かった。

「一応、おめでと」

椛が振り返りぶっきら棒に言うと、フロアに戻った。

「やれやれ」

日向は苦笑いすると、携帯電話を取り出した。妻の真樹《まき》の番号を呼び出し、通話ボタンを押した。一回目が鳴り終わらないうちに、コール音が途切れた。

『どうだった⁉』

いきなり、真樹が訊ねてきた。

真樹は今日が、「未来文学新人賞」の三次選考の発表ということを知っている。

すべての始まりは、真樹だった。

『あなたさ、昔から小説を読むの好きなんだから、いっそのこと書いてみたら？』

初めて真樹に小説家になることを勧められたのは三年前……日向が二十七歳のときだった。

『え⁉　俺が⁉　そんなの、無理に決まってるじゃん！』

真樹のあまりの突拍子もない提案に、日向はソファで飲んでいたコーヒーをこぼしそうになった。

『どうして無理なの？』

『どうしてって……小説が好きでも、読むのと書くのは違うって。野球観戦が好きだからって、野球選手になれないのと同じだよ』

『人間にできないことはない。不可能と思った瞬間に不可能になる……が口癖のあなたが、やる前から弱気なことを言うのは珍しいね』

『だって、俺は高校中退して街金融で働いたりしてたんだから小説家なんて……』

『いままで、私の言ったことで間違っていたことあった？』

弱音を吐く日向を遮《さえぎ》り、真樹が自信満々の表情で言った。

小学校時代から幼馴染《おさななじみ》の真樹とは、二十歳《はたち》で結婚した。

十代の頃、軽い気持ちで働き始めた街金融で成績を伸ばし、幹部候補生として期待されていた日向を説得して翻意《ほんい》させたのは真樹だった。

『あのとき私が止めなきゃ、いま頃あなたは『仁義《じんぎ》なき戦《たたか》い』の人達みたいになってたわよ』

『それとこれとはさ……』

『まあ、とりあえず書いてみなよ。別に、だめならだめで損することもないんだし。やる前から結論出すのは、誠らしくないでしょ？』

『もしかして、だめだった？』

真樹の声で、日向は回想の扉を閉めた。

「ベスト5に残ったよ！」

日向は弾《はず》む声で言った。

『おめでとう！　ね!?　言ったでしょ？　あなたは小説家になれるって！』

受話口から、真樹の歓喜の声が流れてきた。

「いやいや、気が早いな。まだ、最終選考が残ってるからさ」

『イケるイケる！　誠なら新人賞取るって！』

「まあ、俺もそう思ってるけどね」

『そうそう、その根拠のない自信が誠の武器だから』

嬉《うれ》しそうに言う真樹の声に、プップップッという電話が入ったことを報《しら》せる信号音が混じった。

「キャッチが入ったから切るよ」

日向は電話を切り替えた。

『もしもし？　日向誠さんですか？』

聞き覚えのない男性の声が、受話口から流れてきた。

声の感じでは、日向と同年代のように思えた。

「はい、そうですけど。どちら様ですか？」

『申し遅れました。私、「日文社」文芸部の磯川と申します。このたびは、「未来文学新人賞」三次選考通過おめでとうございます』

「え？　あ、ありがとうございます！　最終選考に残った候補者に、わざわざお祝いの連絡をくださったんですか？」

日向は驚きを素直に口にした。

『いえ、そうではありません』

「え……」

予想外の返答に、日向はふたたび驚いた。

『私が在籍しているのは文芸第三部で、「未来文学新人賞」は文芸第二部の新人賞です。今回お電話したのは、日向さんにお願いしたいことがありまして』

「私にお願い……なんでしょう？」

『直接お話ししたいので、私と会ってくださいませんか？　お忙しいところ申し訳ありませんが、たとえば今夜とかいかがでしょう？』

磯川が伺《うかが》いを立ててきた。

「未来文学新人賞」とは違う部署の編集者が、いったい、なんの用だろうか？

今日は六時から、テレビ局ドラマ部のプロデューサーと会食の予定が入っている。明日は朝から深夜まで『世界最強虫王決定戦』の撮影、明後日《あさって》は映画監督と会食を予定している。

「すみません。夜は会食の予定が入っていまして。週明けなら、時間を作れそうです」

『いえ、週明けでは遅いです。これから……午後一とかどうでしょう？』

「えっ、これからですか!?」

日向は、思わず訊ね返した。

『ええ。一時間、いえ、三十分でも構いません。私が御社《おんしゃ》に伺いますので』

磯川は言葉遣いこそ柔らかだが、かなり強引な男だ。

日向も、タレントの売り込みはイニシアチブを取ってグイグイいくが、磯川も負けてはいなかった。

ウチの事務所に入れば、タレントに仕事をガンガン取ってくる優秀なマネージャーになりそうだ。

「わかりました。事務所まできていただくのは申し訳ありませんので、渋谷駅前の『Sタワーホテル』の『菫《すみれ》』というラウンジに十三時はいかがですか？」

申し訳ないというより、事務所には椛がいるので茶々を入れられて打ち合わせなどできない。

十五時には所属タレントの営業で六本木《ろっぽんぎ》のテレビ局に行くので、一時間くらいなら時間が取れる。

『了解しました。無理を言ってすみません。私は、黒いポロシャツを着ていますから。のちほど、お会いできるのを楽しみにしています。では、失礼します』
「はい、ラウンジの住所はショートメールに送っておきます――いったい、なんの用だろう?」
そう言いながら日向は電話を切ると、携帯電話をみつめた。

☆

「菫」には、約束の十分前に到着した。

「待ち合わせです」

日向は男性スタッフに告げた。

「お連れ様は、お見えになっていらっしゃいますか?」

「いや、まだ早いから……」

日向はラウンジ内に巡らしていた視線を止めた。全面ガラス張りの窓際の席に座る、黒のポロシャツを着た三十代前半と思しき男性が視界に入った。

日向は、黒のポロシャツを着た男性のテーブルに歩み寄った。

『日文社』の磯川さんですか?」

「あ、そうです。日向さんですか?」

黒のポロシャツ男……磯川が立ち上がり、訊ね返してきた。

「はい」

「改めまして、『日文社』の磯川です」

磯川が名刺を差し出した。

「日向です」

日向は磯川の名刺を受け取ると、芸能プロダクションの名刺を出した。

「とりあえず、なにか注文しましょう」

短髪にノーフレームの眼鏡をかけた磯川は人懐っこい笑みを浮かべ、椅子に腰を戻した。

柔和な印象の男だが、眼鏡越しの瞳は笑っていなかった。

日向はコーヒー、磯川は「ペリエ」を注文した。

「『未来文学新人賞』の応募作品、『阿鼻叫喚』を読ませていただきました。粗削《あらけず》りな文章ですが、勢いがあってグイグイ引き込まれました」

唐突に、磯川が小説の感想を述べてきた。

「ありがとうございます。本格的に小説を書いたのは初めてだったので、粗だらけだと思います」

謙遜《けんそん》ではなく、正直な気持ちだった。

「はい。たしかに、日向さんの小説は粗だらけです。誤字脱字も多いし、文章も荒々しい。でも、登場人物一人一人のキャラクターが立っていて、描写やセリフにリアリティがあります」

磯川が、淡々とした口調で言った。けなされているのか褒《ほ》められているのかわからず、複雑な気分だった。

「あ、これは褒め言葉です」

日向の心を見透《みす》かしたように、磯川が言った。

それにしても、いったい、なんの用件なのだろうか？

ほかの部署の応募作品の感想を述べるためにわざわざ日向を呼び出したとは思えなかった。

「なぜ呼び出されたのか？　そう思っていますね？」

ふたたび、磯川が日向の心を見透かしたように訊ねてきた。

「ええ、本音を言えば少し戸惑っています」

日向は正直な思いを口にした。

「では、そろそろ本題に入らせていただきます。『未来文学新人賞』の最終選考候補を辞退していただけませんか」

磯川があっさりと言った。

「えっ……。いま、俺に最終選考から外れろと言ったんですか⁉」

日向は素頓狂な声で訊ね返した。

「ええ。そういうことです」

磯川は日向とは対照的に涼しい顔で頷《うなず》き、運ばれてきた「ペリエ」をグラスに注《そそ》いだ。

「あの、言っている意味がわかりません。千数百人から五人にまで残ったのに、どうして辞退しなければならない……もしかして、もう落選が決まってるんですか⁉」

日向の胸に嫌な予感が広がった。

ドラマや映画のオーディションでも、形式だけで既に合格者は決まっているケースは珍しくない。

「未来文学新人賞」もそうならば、端《はな》から日向に受賞の見込みはないということだ。

「いいえ、そうではありません。万が一、そうだとしても違う部の私には知る由《よし》もありませんから」

相変わらず磯川は、淡々とした口調で言った。

「だったら、どうして辞退しろなんて言うんですか？　磯川さんが原稿を読んで、俺に才能がないと思ったとか……そういうことですか？」

日向は矢継ぎ早に質問を重ねた。

「いいえ、それも違います。万が一、あなたに才能がなかったとしても、違う部の文学新人賞の候補者に辞退を勧めるなんて余計なお節介は焼きません。そもそも、僕は人に興味がありませんから」

磯川が微笑んだ。

やはり、レンズ越しの瞳は笑っていない。だが、不思議と磯川の言動を冷淡だとは思わなかった。

「だったら、なぜ、部の違う磯川さんが俺を呼び出してそんなことを言うんですか？」

日向には、磯川の意図がまったく摑めなかった。

「僕は、人に興味がなくてもワクワクできる作品には興味があります。先ほども言いましたが、『阿鼻叫喚』は粗削りですが読み応《ごた》えのある力作です。日向さんより美しい文章や完成度の高い作品を書く作家は数多《あまた》います。ですが日向さんの作品には、既存の作家のものにはないリアリティがあり、素人臭が漂っています」

「リアリティはいいとして、素人臭って……それ、褒め言葉になっていませんよ」

「いいえ、褒め言葉です。つまり、日向さんにはそれだけ伸《の》び代《しろ》があるということです。『阿鼻叫喚』はセリフも描写も展開も常識に囚われず斬新《ざんしん》で型破り……日向さんにしか書けない作品に仕上がっています」

磯川がさっきまでの淡々とした口調ではなく、愉快そうに語った。まるで、新種の珍虫でも見つけた風変わりな学者のように。それにしても、摑めない男だ。

「磯川さんの俺にたいする評価を信じるなら、なおさら、最終選考を辞退しろという言葉には納得できません。あっ、磯川さんは俺が最終選考に残っても新人賞は受賞できないと思ってますか？　そうだとしても、チャレンジもしないで諦めるのは……」

「受賞できる可能性はあります。というより、『阿鼻叫喚』が『未来文学新人賞』の受賞作になる可能性は高いでしょう」

日向を遮り、磯川がさらりと言った。

「じゃあ、どうして辞退しなきゃならないんですか⁉」

「『未来文学新人賞』を受賞してデビューしたら、注目されるのは一作だけです。その後、泣かず飛ばずのまま世間から忘れ去られるでしょう」

磯川が無機質な眼で日向を見据えた。

「なっ……」

日向は絶句した。

2

「磯川さんの言ってる意味がわからないんですけど？　どうして俺が『未来文学新人賞』を受賞したら、一作だけで世間から忘れ去られるような鳴かず飛ばずの作家になるんですか？　この賞は新人作家の登竜門と言われてて、受賞者から数多くのベストセラー作家を輩出してますよね？」

日向は素朴な疑問を口にした。

「菊池啓《きくちけい》さん、川島《かわしま》かおりさん、日野聡《ひのさとし》さん、村山凜《むらやまりん》さん、藤堂修一《とうどうしゅういち》さん。『未来文学新人賞』からは、日向さんのおっしゃるように多くのベストセラー作家が生まれています」

「ですよね？　だったら、どうしてそんなことを言うんですか？」

「日向さん、『アカデミックプロモーション』という芸能プロダクションの、『国民的プリンセスコンテスト』をご存じですか？」

不意に、磯川が訊ねてきた。

「もちろん、知ってますよ。俺も、芸能プロをやってますので」

「では、質問します。これまでに三十人を超えるプリンセスと準プリンセスが生まれていますけど、いままでも映画やドラマのメインキャスト級で活躍している女優さんを調べてみたら、プリンセス受賞者は一人しかいないのにたいし、準プリンセス受賞者は十三人もいます。ご存じでしたか？」

磯川が炭酸水をグラスに注ぎながら訊ねてきた。

「そうですね。『アカデミックプロ』の『国民的プリンセスコンテスト』出身の女優は、準プリンセスのほうが売れるというのは有名な話です」

日向はそう言うと、ブラックのホットコーヒーを喉に流し込んだ。

「その理由はなんだと思われますか？」

磯川がワクワクした顔で質問を重ねた。

クールなビジネスマンに見えたり、無邪気な少年に見えたり……磯川には、対照的な二つの表情がある。

「運と才能じゃないですか？　芸能界で売れるには、この二つが重要ですから」

「でも、その理由だとプリンセスの人に運と才能がなくて、準プリンセスの人にだけ運と才能があるということになります。それはそれで、おかしな話ですよね？」

「あ、たしかに！　じゃあ、なんでだろう？」

日向は首を傾《かし》げた。

「実は、以前に『アカデミックプロ』のモデルさんのエッセイを担当したことがあるんですけど、マネージャーと飲みに行ったときに興味深い話を聞きました。『アカデミックプロ』には、プリンセスを受賞した女優は品格を保つために正統的な仕事しか受けず、準プリンセスを受賞した女優は、悪役でも汚れ役でも個性を伸ばすこと優先の仕事を受けるという社長の方針があるということでした」

磯川が、相変わらずワクワクしたような表情で言った。

「そうだったんですね。初めて知りました！　でも、それと俺の『未来文学新人賞』の話に関係があるんですか？」

磯川の話の意図が摑めずに、日向は訊ねた。

「『アカデミックプロ』にたとえれば、『未来文学新人賞』の受賞者はプリンセスで、『ホームズ新人賞』の受賞者は準プリンセスです。つまり、日向さんが文芸第二部でデビューしてしまえば、『未来文学新人賞』の受賞者に相応《ふさわ》しい正統派の小説、勧善懲悪《かんぜんちょうあく》の小説を書くように矯正《きょうせい》されます。日向さんが『阿鼻叫喚』で書いたような残酷な描写、下品な比喩《ひゆ》、劇画的な文章はすべて否定されてしまうでしょう。牙《きば》を抜かれ毒を失った小説は、安心して読める物語に仕上がり文章も美しくなっているでしょうが、刺激がなく印象に残らない作品になると思います。受賞作なら興味本位で買ってくれる人も多いでしょうが、この作家の二作目も読みたいと思わせるような魅力はなくなるでしょうね」

「そんなに口出ししなきゃならないような作品なら、受賞させないんじゃないですか？」

日向は一笑《いっしょう》に付した。

「いえ、編集者は手直しのいらない完成された作品より、未完成な作品を好む傾向にありますから」

磯川が薄笑いを浮かべながら言った。

「じゃあ、文芸第二部と磯川さんのところは、なにが違うんですか？」

「さっきも言いましたが、文芸第三部は『アカデミックプロ』の準プリンセスと同じで、作家の個性を最優先に伸ばすことを考えます。日向さんの短所には眼を瞑《つむ》り、長所を伸ばします。もちろん誤字脱字は直しますが、日向さん独特の癖のある過激な文章や品性に欠ける下劣な比喩についてはそのまま刊行します。もちろん、批判が殺到するでしょう。批評家からは酷評もされるでしょう。ですが、批判と同じくらいに称賛されるでしょうし、酷評と同じくらいに絶賛されるでしょう。日向誠という作家は誰からも愛されるタイプではなく、大嫌いというアンチと大好きという熱烈なファンに分かれるタイプの作家です。ウチの文芸第三部からデビューすれば、日向さんは間違いなく文壇に新風を吹き込むことでしょう」

磯川が楽しそうに言った。

日向は驚きを隠せなかった。

『日向誠という作家は誰からも愛されるタイプではなく、大嫌いというアンチと大好きという熱烈なファンに分かれるタイプの作家です』

磯川の言う日向誠の作家像は、百人が批判を口にしない完成度の高い小説より、九十九人が評価しなくても一人が中毒になる麻薬のような小説を書きたいという、日向の目指す作家像と一致していた。だからと言って、すぐに「未来文学新人賞」の最終選考を辞退する気にはなれなかった。

「なんだか素直に喜べない複雑な気分ですが、褒めてくれてありがとうございます。でも、少し考える時間をください」

「もちろんです。ただ、あまり長くはお待ちできません。『未来文学新人賞』の受賞者が決定するのは十日後です。日向さんが辞退するなら、それまでに決めなければなりません。もし受賞してから気が変わっても、さすがにウチに鞍替《くらが》えさせるわけにはいきませんからね。なので、一週間で決断してください。ベストセラー作家になりたいなら、『未来文学新人賞』よりウチでデビューすることをお勧めしますけどね」

磯川が憎らしいほど自信満々に言い残し、伝票を手に取り席を立った。

「ありがとうございました。一週間で結論を出してご連絡します」

日向も席を立ち、頭を下げた。

磯川が足を止め、振り返った。

「日向さん以外の候補者の四人は、多分、喉から手が出るくらい、賞金の一千万円がほしいと思います。ですが、既に事業で成功なさっている日向さんはそこまで必要としていませんよね？　団子はほかの四人に譲って、日向さんは花を取ってはいかがですか？　では、ご連絡をお待ちしています」

磯川の遠ざかる背中を見送る日向は、軽く太腿《ふともも》を抓《つね》った。

どうやらこの夢みたいな展開は、現実のようだった。

☆

「ここでいいです」

南青山《みなみあおやま》の住宅街――レンガ造りの外壁のマンションの前でタクシーを降りた日向は、エントランスに足を踏み入れた。

二つのオートロックを抜け、エレベーターに乗った。

真樹と結婚した十一年前……十九歳の頃から住んでいる、このマンションの住人の中で、日向は一番の古株になっていた。

同じ棟に三部屋借りており、八階が夫婦の住居、二階が真樹のアトリエ、明かり取りがある地下が日向の書斎となっていた。

エレベーターを八階で降りた日向は、回廊を時計回りに歩き自宅のドアの前で立ち止まると、高揚している気持ちを静めるように深呼吸を繰り返した。

真樹にはまだ、磯川の話をしていなかった。

電話ではなく、直接、顔を見て話したかったのだ。

昔から、迷ったときは真樹に相談していた。

真樹には、将来を見通す不思議な力があった。それは超能力という意味ではない。真樹には世の中の流れや、その人間の持つ資質を見通す力があった。

真樹が日向に小説家になることを勧めてきたときは一笑に付したが、いままさに彼女の言葉通りになろうとしていた。

日向はインターホンを鳴らし、モニターカメラに顔を向けた。

ほどなくして解錠の音に続きドアが開いた。

「『未来文学新人賞』の三次審査通過おめでとう！」

弾けるような笑顔で言いながら、真樹がカバンを受け取った。

百六十五センチの長身、セミロングの髪、彫《ほ》りの深い目鼻立ち、茶色がかった瞳……真樹は日本人離れしたビジュアルで、よく欧米系の親がいると間違われた。

真樹は見た目でよく外国人から道を訊ねられるが、英語ができないので答えられないのがストレス、というのが口癖だ。だが、そう嘆きながら一向に英語を覚えようとしないところも彼女らしかった。

真樹は趣味の絵を描くときはアトリエに籠《こも》り切りになり、三食抜いてトイレにも行かずに没頭するほどの集中力を発揮するが、興味のないことには一秒たりとも割《さ》かない極端な性格をしていた。

言ってみれば、真樹は典型的な芸術家肌だった。

リビングルームのドアを開けると、こんがり焼けた肉の香りが漂ってきた。

真樹から三次選考通過の祝いに、あなたの大好物のステーキを用意するから楽しみにしててね、とメールが入っていた。

二十畳の空間には、ベージュの絨毯《じゅうたん》にヨーロピアンスタイルの白家具と白革のコーナーソファが設置され、壁にはギリシャのサントリーニ島、パリのモンマルトルの丘、スイスのルツェルン湖の水彩画がかかっていた。

すべて、真樹の作品だ。趣味で描いているとはいえ、美大卒の彼女の腕前はプロの画家並みで、年に二回のペースで個展を開いていた。

「さあさあ、手を洗ってきて。今日は奮発して、二百グラムの国産牛のフィレ肉を買ってきたから」

真樹に追い立てられるようにリビングルームを出ると、日向はパウダールームで適当に手を洗った。

普段は丁寧に洗うが、今日は早く真樹に磯川の件を相談したかった。

「早くこっちにきて」

リビングルームに戻ると、コーナーソファに座った真樹が子供のように手招きした。

「食事の前に、話があるんだ」

日向はテーブルに置かれていた缶ビールを手に取り、タブを引きながら切り出した。

「ん?　なによ?　改まってさ」

真樹が訝《いぶか》しげな顔を向けてきた。

「実は今日、『日文社』の磯川さんって文芸編集者に電話をもらって会ってきたんだ」

日向は切り出した。

「『日文社』って、『未来文学新人賞』の出版社？」

日向は頷き、磯川からの提案を話し始めた。真樹は表情を変えずに、日向の話を黙って聞いていた。

「正直、最初はおかしな人だなって思ったけど、言ってることがいちいち的を射てるんだよね。俺のいいとこも悪いとこも含めて、評価してくれているのが伝わるんだよ」

日向は説明を終えると、ビールを喉に流し込んだ。

「それで、誠はどうしたいの？　『未来文学新人賞』の最終選考の結果を待つか、それとも最終選考を辞退して磯川さんのところでデビューするか？」

真樹も缶ビールのタブを引きながら訊ねてきた。

「迷ってるよ。作風を理解してくれている磯川さんなら、俺の長所を伸ばしながら書かせてくれるから面白い作品が出来上がりそうだし、『未来文学新人賞』を受賞してデビューしたら注目度が高いから話題になりそうだし」

日向は葛藤を口にした。

「『未来文学新人賞』に決め切れない理由はなんなの？」

真樹が質問を重ねた。

「磯川さんが言うには、受賞できたとしても『未来文学新人賞』の受賞者は王道を求められるから、編集者に毒と牙を抜かれて俺の長所が消された作品になるだろうって。注目されるのは一作だけで、泣かず飛ばずのまま世間から忘れ去られるでしょう……だってさ」

日向は肩を竦めた。

「だったら、磯川さんのところでデビューすれば？　誠の長所を伸ばしてくれるんでしょう？」

真樹が日向を試すように言った。

「ん～、そうなんだけどさ。事実としてデビューのインパクトは圧倒的に『未来文学新人賞』のほうがあるわけだし、磯川さんの言葉を信じて最終選考を辞退して大魚《たいぎょ》を逃すことにならないかが不安なんだよな。ぶっちゃけ、磯川さんのところでデビューしても売れる保証はないわけじゃん」

磯川と別れてからずっと、日向の気持ちは振り子のように揺れていた。

「直感で決めれば？　誠、競馬で迷ったときは直感で決めて何度も万馬券を取ったでしょ？」

真樹があっけらかんとした口調で言った。

いつでもポジティヴなのが、真樹のいいところだった。

結婚してからいままで、真樹の涙は一度しか見ていない。

スイスのチャペルで二人だけの式を挙げたときに見た涙が、最初で最後だった。

その涙も、嬉し涙で哀《かな》しみの涙ではなかった。

「競馬と一緒にするなよ。俺が太宰《だざい》みたいな歴史に残る作家になれるかどうかの、運命の分かれ道だっていうのにさ」

日向は冗談めかして言った。

「なーにが、太宰よ。読んだこともないくせに。それに誠の書く世界観は太宰治《おさむ》っていうより大藪《おおやぶ》春彦《はるひこ》に近いでしょ？」

真樹がおかしそうに笑いながら言った。

「俺の直感はおいといて、真樹はどう思う？」

日向は訊ねた。

「言いたくない」

真樹が食い気味に言った。

「なんで？　いつも、ここぞっていうときに助けてくれたじゃん」

そう、いつでも人生の分岐点のときには真樹のアドバイスを貰っていた。

そしてそのアドバイスは、いつも的確だった。

「いままでは、俺はこうしたいって自分の意見を言った上で相談してきたでしょ？　私にできることは、あなたの人生のサポートよ。誠の人生の主役は誠なんだからね。まずはあなたの意思を聞かないと、なにもアドバイスできないよ」

真樹が突き放すように言った。

「いままでは芸能プロとか虫王のＤＶＤとか俺の得意分野だったけど、小説のことは知らない分野だから……」

「誠は、勘違いしてる」

真樹が日向を遮り言った。

「誠のエネルギーは物凄くて、目標を定めたら一直線に突っ走ってきた。私は、エネルギーを向ける方向を微調整してきただけ。あなたは、あなたの力でいろんなものを摑み取ってきた。だから、『未来文学新人賞』に懸けるか磯川さんに懸けるか、まずは自分で決めて。因《ちな》みに、その磯川さんって人、なんだか面白そうな人ね。さ、ご飯にするわよ」

真樹はソファから立ち上がり、ダイニングキッチンに向かった。

「え？　なにそれ？　磯川さんにしろってこと？」

すかさず日向は、真樹に訊ねた。

「誰もそんなこと言ってないでしょ？　私はただ、面白そうな人って言っただけ」

ステーキの載った皿を手に持った真樹が、悪戯《いたずら》っぽく笑った。

3

「『世界最強虫王決定戦』は、もはや社会現象になって数多くのテレビ番組に取り上げられていますよね？　これだけの大ヒットシリーズの生みの親として、率直な感想をお願いします」

日向プロの応援ソファ——日向の向かいに座ったライターが、興味津々《しんしん》の表情で質問してきた。

写真週刊誌『サタデー』のライターのインタビューが始まって、まもなく一時間になる。

「たくさんのタレントさんが虫王を応援してくれて、出演している番組で取り上げてくれたのがいまのブームに繋がっていると思います。本当に、感謝ですね」

「日向さんが虫バトルのＤＶＤを制作しようと思ったきっかけは、なんでしょうか？」

「僕はもともと幼い頃から虫が好きで……」

「な〜んが僕ね。いつもは俺俺言うとるくせに〜。気取ってもすぐにメッキが剝《は》がれるば〜い」

隣に座る梳が、茶化してきた。

「お前が、どうしてここにいる？　向こうに行ってなさい」

日向はため息を吐きながら、梳を睨《にら》みつけた。

「社長が頼りなかけん、私がついてあげとるとたい」

梳が言うと、ライターが噴き出した。

「ほらほら、社長はインタビュー中だから邪魔しないの。すみません」

真理が梳を立ち上がらせるとライターに頭を下げ、フロアの奥へ引き摺《ず》るように連れ去った。

「ユニークなタレントさんですね」

ライターがクスクスと笑いながら言った。

「お騒がせしました。で、続きはなんでした……あ、虫バトルのDVDを制作しようと思ったきっかけですね。カブトムシとクワガタムシを戦わせるDVDはこれまでにもたくさんありましたが、カノトやクワガタとサソリ、タランチュラ、ムカデを戦わせるDVDなんて存在しませんでしたからね」

「でも、サソリやタランチュラやムカデが戦うDVDなんて、気持ち悪くて誰も観ないんじゃないかとは思わなかったんですか？」

ライターが顔を顰《しか》めながら言った。

「僕はそう思いませんでしたが、周囲の人間には全員反対されました」


『そんなグロいDVD、誰も観ませんよ！』

『親からクレームが殺到しますよ！』

『そもそも、ムカデとかタランチュラを戦わせるDVDなんて需要がありませんって』

日向は、当時のことを思い出して苦笑した。

虫王プロジェクトのために集めた十人のスタッフのうち、十人全員が反対した。スタッフだけでなく、日向の知り合いも全員反対した。

いや、一人だけ賛成した人間がいた。

『誠がやってみたいって言うなら、やってみれば？　たとえ世界中の人が反対しても、あなたが成功するって信じてるなら私は賛成よ！』

あのとき、背中を押してくれたのは真樹一人だけだった。

『いままでは、俺はこうしたいって自分の意見を言った上で相談してきたでしょ？　私にできることは、あなたの人生のサポートよ。誠の人生の主役は誠なんだからね。まずはあなたの意思を聞かないと、なにもアドバイスできないよ』

ふたたび、真樹の言葉が日向の脳裏に蘇《よみがえ》った。

「小説と虫は違うよ……」

無意識に日向は呟《つぶや》いた。

「え？」

ライターが怪訝な顔を日向に向けた。

「あ、すみません。ところでライターさんは、アントニオ猪木《いのき》を知ってますか？」

日向はライターに質問した。

「もちろんです。伝説のプロレスラーですからね。リアルタイムではないですが、『YouTube』で猪木さんの異種格闘技戦とか観ていました。それがなにか？」

「そうそう、その異種格闘技戦のことを言いたかったんです。僕が虫王の企画を思いついたのは、猪木さんが、ボクサーや空手家と戦ってきたから、いまの総合格闘技ブームがあるんです。猪木さんの発想です。異種の最強同士が戦って王者を決める。カブトvs.サソリ、クワガタvs.タランチュラ……絶対に、ヒットするという確信がありました。当時の猪木も、異種格闘技戦の発想を口にしたら全員に反対されたそうですから」

不意に、磯川の顔が浮かんだ。

日向が「未来文学新人賞」を受賞してデビューすることに、磯川は反対している。

磯川が反対した理由には、説得力があった。

日向の胸に迷いが生じ始めたのは、それからだ。

だが、それは磯川だけの考えではないのか？

「未来文学新人賞」でデビューしても、日向の長所を殺すようなことはしないのではないのか？

磯川が「阿鼻叫喚」を評価してくれているのは嘘《うそ》ではない。

評価しているからこそ、文芸第二部ではなく自分のところでデビューさせるために……。

「なるほど！　『世界最強虫王決定戦』誕生のルーツは、猪木さんの異種格闘技戦だったのですね!?

お忙しいところ、貴重なお時間をいただきましてありがとうございました」

ライターの声に、日向は頭から磯川を追い出した。

「こんな感じの内容で、大丈夫ですか？」

日向は訊ねた。

「十分ですよ！　とりあえずインタビュー記事のゲラが出ましたらファクスでお送りしますから、ご確認お願いします」

日向はライターをエレベーターの前まで送ると、事務所に戻りふたたび応接室ソファに腰かけた。

「勘違いしたらいかんば〜い」

椛がニヤニヤしながら、さっきまでライターが座っていたソファに腰を下ろした。

「なにが？」

「たまたま虫のＤＶＤがヒットしただけで、別に社長が凄かわけじゃなかですけん。インタビューの依頼がきたからって、調子に乗ったらいかんよ」

椛がのど飴《あめ》を口に放り込み、憎まれ口を叩いてきた。

「お前な……」

テーブルの上の日向の携帯電話が震えた。

「あ！　磯川って、愛人の名前ね？」

椛が言いながら、携帯電話に手を伸ばした。

「馬鹿。そんなのいないよ。磯川さんは出版社の人だ」

日向は椛より先に、携帯電話を手に取った。

「日向です」

『お忙しいところ、申し訳ありません。いま、ビルの近くの『ブロッサム』というカフェにいます。十五分でもいいので、お時間をいただけませんか？』

「え!?　『ブロッサム』にいるんですか!?　いきなりこられても、先約があるのですが……」

この前もそうだったが、磯川はまったく相手の都合を考えない男だ。

『私なら大丈夫です。お仕事が忙しいのなら、先に済ませてください。読まないといけないゲラがあるので、いくらでも時間を潰せますから』

日向は磯川の強引さにため息を吐いた。

「なにか、急用ですか？　返事をする期限の一週間まで、まだ三日もありますよ」

『わかってます。私のことは気にしないで、お仕事を優先してください』

「そんなこと言われても……」

日向は、言葉の続きを呑み込んだ。

ちょうどいい機会だ。

日向の気持ちは、「未来文学新人賞」の最終選考の結果を待ちたいという方向に傾いていた。

そう思ったのは、磯川を信用できないからではない。やはり、最初に応募した「未来文学新人賞」に懸けてみたいと思ったのだ。

その結果、最終選考で落ちたとしても悔いはなかった。

自分の直感を信じて決めてほしいという、真樹の言葉が決め手となった。

「いま、すぐに向かいます」

思い直して、日向は言った。

『え？　私なら、本当に大丈夫ですよ。無理しないで、先にお仕事を済ませてください』

「いいえ、俺も磯川さんに話がありますから。五分くらいで行けます。三十分くらい、『ブロッサム』で出版社の人と打ち合わせしてくるから」

日向は電話を切ると真理に言い残し、事務所を出た。

「もしかして、作家になれると⁉」

あとを追ってきた椛が、エレベーターに乗ろうとした日向の腕を摑んだ。

「いまから、それを断ってくる」

「え？　なんば言いよっと？　社長、頭がおかしくなったとじゃなかとね⁉　社長が作家になるとは、カラスが白鳥になるくらい奇跡的なことばい？」

「もう、お前は人より時間がかかるんだから、事務所に戻って台本を覚えてろ」

日向は椛の肩を軽く小突き、エレベーターに乗り込んだ。

☆

「ブロッサム」に入った日向は、巡らしていた視線を止めた。

窓際の席に座っていた磯川が手を上げた。日向は頭を下げ、磯川の席に向かった。

「すみません、アポなしで押しかけてしまいまして」

磯川が柔和な笑顔で言った。

「ホットコーヒーをください」

日向はウエイターに注文し、席に着いた。

「早速ですけど、答えは決まりました」

日向は切り出した。

「その前に、これをどうぞ」

磯川が五センチほどのシャーロック・ホームズ像をテーブルに置いた。

「なんですか？　これ？」

日向は視線をホームズ像から磯川に移した。

「文芸第三部の新人賞……『ホームズ文学新人賞』の受賞者に差し上げるトロフィーです。どうぞ」

磯川がホームズ像を日向に差し出しながら言った。

「ずいぶん小さなトロフィー……っていうか、俺はこれを受け取るわけにはいきません」

日向はホームズ像を磯川の前に置いた。

「それは、ウチからはデビューしないという意思表示ですか？」

磯川がレンズ越しに日向を見据えた。

「すみません。俺のことを買ってくれて、いろいろアドバイスをくれたのに」

日向は頭を深々と下げた。

「頭を上げてください。日向さんが謝る理由はなにもありませんから。むしろ、謝るべきは横槍《よこやり》を入れた僕のほうですよ。すみませんでした」

今度は、磯川が頭を下げた。

「そんな……頭を上げてください。俺は磯川さんには感謝しています。ただ、正直に言えば『未来文学新人賞』のブランドに魅力を感じている自分がいます」

日向は正直な思いを口にした。それが、自分を高く評価してくれた磯川にたいする礼儀だ。

「日向さんは正直ですよね。でも、それが普通ですよ。伝統あるメジャーな『未来文学新人賞』とマイナーな『ホームズ文学新人賞』では受賞の価値が違いますからね」

磯川の言葉は、皮肉には聞こえなかった。

「本当にすみません」

ふたたび、日向は詫《わ》びた。

「一つ、お願いがあります。僕なりに『阿鼻叫喚』を刊行するとしたらどうするかを考えてきたので、一応、つき合ってもらってもいいですか？」

磯川が言いながら、ゲラをテーブルに置いた。

ゲラには、赤ペンや鉛筆でびっしりとチェックが入っていた。

「これ……わざわざやってくれたんですか？」

日向は驚きを隠さず言った。

「せっかちなものですから」

磯川が眼を細めた。

日向はゲラを読み進めた。


この表現、最高です。この展開、僕は好きです。ここの主人公のセリフ、斬新です。この比喩、噴き出してしまいました。

磯川が鉛筆で入れてくれている感想から、彼の「阿鼻叫喚」への愛情が伝わってきた。


「ビックリマークや語尾の『っ』に鉛筆で『?』が入っているのはどういう意味ですか?」

日向は疑問を口にした。

「ビックリマークとみなさんが呼んでいるマークの正式名称は、エクスクラメーションマークといいます。因みに語尾の『っ』は促音《そくおん》です」

磯川が淡々とした口調で説明した。

「エクスクラ……なんとかっていうのと促音に、なにか問題があるんですか?」

「いえ、作家さんが意図して使う表現であれば、差別表現以外は問題ありません。日向さんがエクスクラメーションマークと促音を多用するのは、その場面を臨場感あるものにしたいからですよね?」

「まあ、ほかの人の小説を読んでいて、怒りや驚きのセリフにリアリティがないというか感情が伝わってこないというか……そんなふうに感じることが多いので。だから、どうしてもエクスクラメ……

ビックリマークや促音を数多く使ってしまうんです」

エクスクラメーションマークや促音が少ないほうが、すっきり美しい文章になるのはわかる。

だが、日向は磯川が言うように臨場感を大切にしたかった。

「この表現も同じ理由ですよね?」

磯川はゲラを捲《めく》りながら訊ねてきた。

「ここです」

磯川が鉛筆で「?」マークがついている会話文を人差し指で押さえた。


「はふふぇへふはふぁい……ふぉえふぁいひまふ……ひゅうひへふはふぁい」

助けてください……お願いします……許してください……

星野《ほしの》は、口の中に丸めた靴下を突っ込まれた土佐犬《とさいぬ》フェイスの命乞いを心で訳した。


「靴下を口に詰め込まれている男のセリフですが、ほかの作家さんは普通に書きます。たとえば、靴下を口の中に詰め込まれた状態の発音が聞き取りづらいということは地の文でも説明できますが、日向さんはそれをやらずにセリフで表現しています。作家として読者に稚拙《ちせつ》な印象を与えてしまうリスクを背負ってまで滑稽《こっけい》なセリフに拘《こだわ》ったのも、臨場感を優先した結果ですよね?」

磯川の質問に、日向は驚きを隠せなかった。

日向の作風を理解してくれているとは思っていたが、想像以上だった。

『面白かったけど、セリフはやり過ぎじゃない?』

『なんか、漫画みたいな感じがする』

『笑っちゃったけどさ、文章が下手に思われるからちゃんと書いたほうがいいよ』


日向は「阿鼻叫喚」が完成したときに、本好きの親しい友人に原稿を読ませて感想を聞いた。

磯川のように、土佐犬フェイスの男のセリフに関して肯定的な感想をくれた者はいなかった。

「はい。俺に言わせれば、丸めた靴下を口の中に突っ込まれている状態で、助けてください、お願いします、と普通に発音できている登場人物のほうが滑稽です。じっさい、自分の口の中に靴下を突っ込んで喋ってみたのでたしかです」

日向はきっぱりと言った。

自分の文章を美化しようとしているのではなく、本音だった。

「それでいいと思いますよ。因みに、土佐犬フェイスの男という表現を土佐犬のような顔をした男と書かなかったのはなぜですか？　いままでは会話文ですが、今度は地の文です。地の文はドラマでたとえればナレーションです。ドラマの登場人物のセリフで造語や略語を使っても、ナレーションでは例外を除いて正しい言葉を使います。日向さんの意図を教えてください。それとも、地の文という意識がなくて書いたのですか？」

磯川のレンズ越しの眼が鋭くなった。

磯川に試されている……というより、日向の作家性をたしかめようとしている。

信念の暴走か、それとも、本能のまま書いた結果としての暴走かを……。

日向は無言で携帯電話を出し、なにかを打ち込み、磯川に送信した。

「メール、読んでみてください」

大輔は大雨洪水注意報並みにびしょ濡れになった女の陰部を、「ラ・カンパネラ」を弾くピアニストさながらの指使いで愛撫した。

「この文章の意図は、大輔《だいすけ》という登場人物がいかに軽薄で女たらしかを読者に印象付けるためです。それとも一つは、土佐犬フェイスもこれも地の文でこういう書きかたをする作家はいないので、免疫がない読者に強烈なインパクトを与えることができるのかなって。つまり、確信犯です」

タレントの売り出しと同じだ。

爆発的に売れるタレントを作るには、過去にいないタイプを探すのが鉄則だ。

「なら、大丈夫です。さて、そろそろ本題に入りましょうか」

磯川が無表情に言った。

「本題？」

日向は訝しげに訊ねた。

「はい。ウチでデビューするに当たって、日向さんに確認したいことがあります」

「ちょっと待ってください。さっき言いましたよね？　俺は『未来文学新人賞』で……」

「文芸第二部でデビューしてしまえば、エクスクラメーションマークと促音はすべてカットされ、『はふふぇへふはふぁい』と土佐犬フェイスはノーマルな文章に直されてしまいます。辛《から》くない韓国料理を、誰が食べたいですか？　でも、文芸第三部ならある条件さえ満たせば、大きな手直しを入れずに『阿鼻叫喚』をベストセラーにする自信があります」

畳みかけるように磯川が言った。

「阿鼻叫喚」の、リアリティと臨場感を求めた日向の文章の「毒」を、磯川は理解して受け入れてくれた。

日向の心は、ふたたび揺れ始めていた。

「ある条件って、なんですか？」


文芸第二部の編集者が、磯川と同じように「毒」を受け入れてくれるとは思えない。

「日向さんに確認したいことがあるって、言いましたよね？」

日向は頷いた。

「日向さんは、ベストセラー作家になれる可能性はあるが直木賞作家にはなれないAと、直木賞作家になれる可能性はあるがベストセラー作家にはなれないBと、どっちを選びますか？」

「え……どういう意味ですか？」

日向は質問を返した。

「日向さんの作風では、直木賞をはじめとする主要文学賞を取ることは……いや、候補に挙がることもないでしょう。ですが、ベストセラー作家にはなれます。作風を変えれば文学賞の候補には挙がっても、ベストセラー作家になるのは厳しいでしょうね」

磯川が抑揚のない口調で言った。

「両方を狙える作家には、なれないということですか？」

間を置かず日向は訊ねた。

「皆無とは言いませんが、その可能性は極めて低いでしょう」

磯川がにべもなく言った。

「磯川さんは、直木賞を狙うなら俺に個性を殺せと言いたいんですか？」

日向は磯川を見据えた。

「逆です。ベストセラー作家になるために、直木賞に背を向ける勇気はありますか？　と訊ねているんです。イエスなら、僕と文芸第三部は全面協力しますよ」

磯川が言いながら、五センチのホームズ像を日向に差し出してきた。

☆

南青山の裏路地——外壁がコンクリート打ちっ放しのビルの、地下へと続く階段を日向は下りた。

日向は無機質なスチールドアの前で足を止め、インターホンを押しながらカメラに顔を向けた。

すると、ほどなくジーッという解錠音が聞こえた。

「お、こんな早い時間に珍しいな」

ドアが開き、ブリーチしたシルバーのロングヘアを後ろで結んだ男……大東《だいとう》が顔を出した。

「いいだろ。客が何時にこようが」

日向は言いながら、大東を押し退《の》けるように店内に入った。

細長い造りの店内は、八人が座れるカウンター席があるだけだった。

フランス語で隠れ家《が》や人里離れたところを意味する「エルミタージュ」は、南青山の住宅街でひっそりと営業する会員制のバーだ。

「オーナーの俺には、客を選ぶ権利があることを忘れるな」

大東が冗談めかして言いながら、カウンターの中に入った。

「『エルミタージュ』の記念すべき会員一号の俺様を、出禁《できん》にするつもりか？」

日向は軽口を返しつつ、いつもの指定席——カウンターの最奥のスツールに座った。

「今日は、別のやつを試してみるか？」

大東が、開いたメニューを日向の前に置いた。

メニューに値段は書かれていない。スタンダードカクテルはもちろん、自家製季節のフルーツカクテル、シャンパン、ワイン、ウイスキー、ジンなど軽く五十種類を超える酒の名前が並んでいた。

「いつものやつを頼む」

日向は素っ気なく言った。

「訊《き》くだけ無駄だったか」

大東がため息を吐き、背後の冷蔵庫から取り出した国産の瓶《びん》ビールとグラスをカウンターに置いた。

「ウチの看板メニュー、自家製フルーツカクテルにしろとは言わねえ。百歩譲ってビールはいいとして、せめてクラフトビール……いや生ビールでもいい。国産の瓶ビールなら、家で飲めるだろうが」

大東が呆れ顔で言った。

「俺が若い頃からビール党だって、お前が一番知ってるだろ？　二十代の頃は洒落《しゃれ》たクラフトビールを飲んでた時期もあったが、結局ビール党は一周回って国産の瓶ビールに落ち着くんだよ」

日向はそう言うと、タンブラーグラスに満たしたビールをひと息に飲んだ。

大東とは十代の頃に働いていたエステティックサロンの営業部の同期で、二人はトップセールスの座を争う好敵手《ライバル》だった。

基本給ゼロのフルコミッション……営業マンの取りぶんは、売り上げの五十パーセントだ。契約本数が増えれば増えるだけ稼げる半面、契約本数がゼロならば、給料もゼロというシビアな仕事だ。

街金融上がりの日向と暴走族上がりの大東は、持ち前のハングリー精神と根性で、入社一ヶ月目から互いに一千万円を超える売り上げを記録した。

最初は口も利かないほどの敵対関係だったが、しのぎを削るうちに互いを認め合うようになった。

高校を中退した者同士、体一つで伸《の》し上がってきた者同士……二人が意気投合するのは早かった。

二十代になって日向がエンターテインメントの世界、大東が飲食業界と、進む道が分かれてからも交流は続いた。

忙しい合間を縫って飲み歩き、パートナー同伴でダブルデートをし……出会ってから十数年、いまでは互いにとって兄弟以上の存在になっていた。

「それに、俺はビールじゃなくてここの空間に金を払ってるんだよ」

気障《きざ》なセリフだが、日向の本音だった。

明る過ぎず暗過ぎずのほどよい照明、壁にランダムにかけられたパリの街角を切り取ったセピア色の写真、低く流れるシャンソン……そして、気の置けないマスター。

日向にとって「エルミタージュ」は、ストレスを発散しエネルギーをチャージする聖域だった。

「やっぱ、小説家になる奴はかっこつけた言葉を使いやがる」

大東が鼻を鳴らし、シェイカーを振り始めた。

「どうして、お前がそれを知ってる⁉」

日向は訊ねた。

「真樹ちゃんから聞いたんだよ」

「ったく、口が軽いな……」

日向は舌打ちした。

正確には、大東にだけ口が軽いのだ。

二十歳の日向と十八歳で結婚した真樹もまた、大東と仲がよかった。

当時は日向と真樹、大東とその彼女の四人でよく遊んでいた。

飲んだ流れで大東と彼女が南青山の自宅にきては、そのまま泊まっていくことも珍しくはなかった。

その関係は、大東に彼女がいないときも変わらなかった。

日向夫妻と大東の家族同然のつき合いは、いまも続いていた。

「メジャーな賞か風変わりな編集者がいるマイナーな賞か、どっちでデビューするかを悩んでるらしいじゃん」

大東がシェイカーのトップを開け、カクテルグラスにピンクの液体を注いだ。

「そんなことまで話したのか……」

日向はふたたび舌を鳴らした。

「舌打ちをすると、幸せが逃げていくぞ」

「それを言うなら、ため息だろ」

すかさず日向は訂正した。

「舌打ちもため息も同じようなもんだ。そんなことより、どっちからデビューするんだよ?」

大東がピンクの液体で満たしたカクテルグラスに、ハート形に薄くカットしたイチゴを浮かべた。

「これは?」

日向はピンクのカクテルを指差し訊ねた。

「よくぞ聞いてくれた。『スプリングキッス』っていうカクテルだ。春には出会いのキスと別れのキスがある。出会いの甘いキス、別れのほろ苦いキス。それぞれのキスを表現するために、イチゴとピンクグレープフルーツをベースにした甘ほろ苦いカクテルを生み出したってわけだ。どうだ? 俺ってロマンチストだろ？」

大東が得意げな顔を日向に向けた。

「カクテルの説明なんて訊いてない。こんなもの、誰も頼んでないぞ」

「お前に作ったなんて、ひと言も言ってねえよ。で、どっちからデビューするんだっけ？」

大東が思い出したように訊ねてきた。

日向は無言で、磯川から貰ったミニチュアのシャーロック・ホームズ像をカウンターに置いた。

「なんだ？　そのショボい置物は？」

大東が怪訝な顔で訊ねてきた。

「『ホームズ文学新人賞』のトロフィーだ」

「え？　それって、風変わりな編集者の？」

ホームズ像を指差す大東に、日向は頷いた。

「え!?　じゃあ、風変わりな編集者のところでデビューすることに決めたのか？」

「ただの風変わりな編集者なら迷わないんだが、なんかなぁ……」

日向は言葉を濁した。

「未来文学新人賞」の最終選考の結果を待つ方向に傾いていた日向の気持ちは、磯川に会ったことでふたたび揺れ始めていた。

「なんか……なんだよ？」

「宇宙人みたいでさ」

「宇宙人？」

大東が繰り返した。

「冷淡に見えて人情味があるようにも見えるし、無関心に見えて情熱的にも見えるし……」

「なんだ。ようするに、見かけと違っていい奴ってことじゃねえか」

「いや、人情味があるように見えて冷淡にも見えるし、情熱的に見えて無関心にも見えるし……」

日向は独《ひと》り言のように言葉を続けた。

「はぁ!? いったい、どっちなんだよ!」

大東が昭和のコメディアンのように、コケる真似《まね》をした。

「でも、問題はそこじゃない。彼が天使か悪魔かわからないけど、俺の小説を好きだっていうのはわかる。俺にはそれで十分だ。それに……」

「磯川って編集者が悪魔でもいいのか? 悪魔に魂を売るってことだぞ?」

大東がカウンターから身を乗り出し、茶々を入れてきた。

「話を遮るな。それに、好きなだけじゃなくてきちんと評価してくれている。俺の作風の長所を伸ばし、短所は矯正するんじゃなくて長所に変えるっていう考えなんだ。まだデビューしたわけじゃないけど、磯川さんが担当者ならベストセラー作家も夢じゃないって気がして……」

「じゃあ、決定じゃん!」

日向の右側……勢いよくトイレのドアが開き、真樹が現れた。

「なんで……」

日向は状況が呑み込めなかった。

「おトイレに入ってたら、ぜーんぶ聞こえちゃった」

真樹が前歯を剝《む》き出し、ニッと笑った。

「お前、真樹と仕組んだな?」

日向は大東を睨みつけた。

「おいおい、変な言いがかりつけるんじゃねえよ。俺はさっき、小説デビューのことを真樹ちゃんから聞いたと言っただろう?」

「店にきてるとは、言ってないだろう!?」

日向は抗議した。

真樹に隠し事をする気はないが、男同士で話したいときもある。

「店にきてないとも、言ってないだろう?」

大東が人を食ったように、両手を広げて肩を竦めた。

「屁理屈《へりくつ》ばかり……」

「誠。いいじゃない! 久しぶりに三人で飲むのもさ!」

真樹が言いながら、日向の隣のスツールに腰を下ろした。

「いや、でも……」

「わあ! 美味《おい》しそう!」

真樹が顔を輝かせ、「スプリングキッス」のカクテルグラスを手にした。

「お前に作ったんじゃないって、わかったろ?」

大東が勝ち誇ったように言った。

「じゃあ、誠の『ホームズ文学新人賞』受賞を祝して……」

「ちょ……ちょっと待った! まだ、どっちにするか決めてないからさ」

日向は慌てて真樹の乾杯の音頭を制した。

「だったら、どっちにするか訊いてみて」

真樹がカクテルグラスを宙に掲げたまま言った。

「ん？　誰に？」

真樹が日向の左胸を指差した。

「え？　どういう意味？」

日向は意味がわからず訊ねた。

「自分の胸！　誠の中では、もう決まってるんでしょ？」

真樹が日向の心を見透かしたように言った。

図星だった。

迷っていると言いながら、磯川と会った時点で心は決まっていた。

「改めて、誠の『ホームズ文学新人賞』受賞に乾杯！」

「高校中退の星にかんぱーい！」

真樹が掲げるカクテルグラスに、大東がバドワイザーの小瓶を触れ合わせた。

真樹と大東が、日向をみつめて無言の圧力をかけてきた。

日向は苦笑しながら、タンブラーグラスを持つ腕を上げた。

4

パーティションで囲まれたミーティングルームのデスクには、五パターンの装丁のラフが並べられていた。

「未来文学新人賞」の最終候補を辞退し、文芸第三部からデビューすると磯川に告げてから一ヶ月が過ぎた。

その間に、著者校正というものを初めて経験した。

著者校正とは、校閲と編集者が原稿の誤字、脱字、文法の間違い、物語の矛盾などをチェックして鉛筆を入れた原稿を著者に確認してもらう作業のことをいう。

間違いではなくても、こっちの表現にしたほうがいいのではないか？　ここは漢字より平仮名にしたほうがいいのではないか？　などの提案が鉛筆で入っている場合がある。

磯川の話では、ゲラに指摘を入れると激怒する作家も少なくないという。

誤字を指摘されても認めずに怒り出すのは、大御所《おおごしよ》の作家に多いらしい。

磯川は約束通り、日向の独特な表現や過激な描写は活かしてくれた。


『さすがの編集長も、日向さんの原稿を読んでのけ反《ぞ》ってましたよ。飢《う》えた五十女のとろろ納豆を啜《すす》るような下品なフェラを……という表現と、「このババアのマンコをクンニするくらいなら、ゴキブリの死骸《しがい》を食ったほうがましだぜ！」のセリフをもう少し柔らかくできないかと相談されました。僕が文芸第三部の編集者になって五年になりますが、編集長にそんなことを言われたのは初めてですよ。もちろん、却下しました』


編集長とのやり取りを、愉快そうに語る磯川の顔が脳裏に蘇った。

有言実行——上司に逆らってまで、磯川は日向節を守ってくれた。

「日向さんはこのAからEまでの五パターンの中で、どのデザインがいいと思いますか？」

磯川が装丁候補のラフを見渡しながら訊ねてきた。

Aはゴヤの「我が子を食らうサトゥルヌス」、Bが死神と悪魔が睨み合うイラスト、Cが閻魔大王《えんまだいおう》のイラスト、Dがサタンのイラスト、Eが闇に浮かぶ数百個のデスマスクだった。

「とりあえずAはないです」

すぐに日向は言った。

「理由はなんです?」

すかさず磯川が訊ねてきた。

「Aを装丁に使うと、小説というよりも絵画のイメージになってしまいます」

日向が説明すると、磯川が涼しい顔で頷いた。

試されている。

気の抜けない男だ。

「では、次に脱落する装丁はどれですか?」

「BとDです。死神も悪魔も西洋のイメージが強く、仏教用語をタイトルにした『阿鼻叫喚』の装丁には似合いません」

日向は即答し、続けて候補から外した理由を説明した。

「ここまでは私も同意見です。残るはCの閻魔大王とEのデスマスクですね」

磯川がふたたび満足げに頷きながら、好奇心に満ちた顔で言った。

「Eが一番だと思います。『阿鼻叫喚』は主人公が生き地獄に落ちてゆくという物語なので、地獄に落とす側の閻魔大王よりデスマスクの海のほうがイメージに合います」

日向がEを推す理由を説明すると、磯川が右手を差し出してきた。

「え?」

意味がわからず、日向は首を傾げた。

「僕達、感性が合いますね。やっぱり日向さんは、『ホームズ文学新人賞』でデビューして正解でした」

磯川が得意げに言った。

「俺は芸能プロや『世界最強虫王決定戦』シリーズでいろんなヒットを飛ばしてきましたが、周囲のスタッフにはいつも反対されてきました。感性が合うなんて言われたのは、磯川さんが初めてです」

日向は磯川の手を握りながら言った。

「それは光栄です。でも、私は単なる変わり者ですから。ところで日向さん、献本《けんぽん》は何冊くらい必要ですか?」

磯川が微笑みながら訊ねてきた。

「献本ってなんですか?」

「お世話になった方や著書を紹介してくれそうな方に出版社から本をお送りすることです」

「ただですか?」

「はい。五十冊くらいまでなら大丈夫です。それ以上は、著者に八掛けで購入していただきます」

「なるほど。俺の場合は芸能関係者がほとんどですから、五十冊もあれば十分です。ドラマのプロデューサーや映画監督に優先的に献本します。『阿鼻叫喚』が映像化すれば、販促に繋がりますよね?あと、交流のある芸能プロダクションの社長にも送ります。売れてる俳優がブログとかで取り上げてくれれば、効果的だと思うんですよね」

日向は過去に、プロデューサーや俳優が原作者に媚《こ》びている姿を何度も目にしていた。

日向自身も所属タレントをキャスティングしてもらうために、原作者を接待したことがあった。

もちろんそういう扱いを受けるのは売れている作家にかぎるが、日向もベストセラー作家になればプロデューサーの態度が変わり、「日向プロ」の所属タレントの仕事を取りやすくなり一石二鳥だ。

そういう立場になるには、『阿鼻叫喚』を売らなければ話にならない。

「さすが日向さんですね。助かります。作家さんは書くのが仕事なので、販促に協力してくれる人はほとんどいませんからね。それに協力したくても、日向さんみたいに芸能界やテレビ業界に人脈もないでしょうから」

「たまたま芸能事務所をやっているだけです。せっかくだから、使える武器はなんでも使います！」

日向は力こぶを作ってみせた。

「心強いかぎりです。献本する人の名前と送付先は名刺のコピーでも大丈夫ですから、僕のＰＣにメールを送ってください。それから帯の推薦文の件ですけど、ご希望の人はいますか？」

磯川が訊ねてきた。

「『阿鼻叫喚』を薦《すす》めてくれる人ですか？」

「はい。書評家、文化人、芸能人……作家さんによって、希望は様々ですけど」

「芸能人なら頼めそうな人はいますけど、『阿鼻叫喚』は暴力描写とセックス描写のオンパレードで、映像化になってもＲ18は間違いないでしょう。事務所がＯＫを出さない可能性が高いですね」

芸能人はイメージが命だ。

影響力のある芸能人ほど……売れている芸能人ほど、事務所のガードは堅いものだ。

「芸能人に拘らなくても大丈夫です。過去の経験で言うと、人気の芸能人が推薦した小説が必ずしも売れるわけではないですからね。読者は、本当に『阿鼻叫喚』が好きで推しているかどうかを敏感に察知します。その意味では、書評家がいいかもしれませんね」

「たしかに。ＣＤを出せばミリオンセラー連発のアイドルが主人公のドラマでも、視聴率四、五パーセントで大惨敗ってパターンが多いですから」

日向の言葉に、磯川が大きく頷いた。

「ご理解いただけてよかったです。人気タレントに推薦を依頼すれば、必ず本が売れると思い込んでいる作家さんも多いですから。では書評家の推薦の線で動きます。どなたかご指名はありますか？」

「いいえ、書評家という存在自体、最近知りましたから。磯川さんにお任せします。それより、一つお願いがあるのですが……」

「なんでしょう？」

「著者の写真を載せたくないのですが、大丈夫ですか？」

日向は遠慮がちに切り出した。磯川から三日前に、著者近影に使う写真を頼まれていたのだ。

「もちろん大丈夫ですが、参考までに理由を聞かせてもらってもいいですか？」

「ビジュアルがこのガングロ金髪ですから、読者が引いてしまわないように自主規制です。本の売れ行きに影響するかもしれませんからね」

日向は冗談めかして言ったが、本気だった。

「僕は逆に個性的で面白いと思いますけどね。それに、『阿鼻叫喚』はノワールなのでイメージダウンにはなりませんよ」

「『阿鼻叫喚』に関してはそうですね」

日向は意味深な口調で言った。

「ほかに、理由があるのですか？」

なにかを察した磯川が、間髪《かんはつ》をいれずに訊ねてきた。

「デビュー前にこんなことを言うのはおこがましいのですが、ゆくゆくは恋愛小説や動物小説を書きたいと思っているんです。そのときに、俺の写真は間違いなくマイナスになりますから」

日向は自嘲的に言った。

デビュー作がたまたま暗黒小説だっただけの話で、日向はノワール作家になるつもりはなかった。

「恋愛小説に動物小説ですか⁉　それはまた、物凄いギャップですね。でも、ありだと思いますよ。日本一エグい小説家が日本一ピュアな小説を書くなんて、最高じゃないですか！」

磯川が声を弾ませた。磯川が日向に調子を合わせていないことは、瞳の輝きが証明していた。

改めて磯川を選んでよかったと日向は思った。

「では、著者近影はなしでいきましょう。それから広告の件ですが、まずは、『朝読新聞《あさよみ》』の半五段……このスペースに『日文社』から刊行する作品の広告が載ります」

磯川が紙面の下段……単行本サイズの広告欄をペン先で指した。

「こんなに大きな広告を出してくれるんですか⁉」

日向は思わず大声を上げた。

「はい。でも、日向さんだけではなくて同月発売の文芸第二部の作品も載りますので、『阿鼻叫喚』のスペースはこれくらいです」

磯川が栞を半五段の広告欄に置いた。

「え……細っ」

日向の口から、今度は落胆の声が零《こぼ》れ出た。

「やはり『日文社』の主流は文芸第二部ですから、仕方がないです」

磯川が肩を竦めた。

「文芸第三部の作品は俺だけですか?」

日向は訊ねた。

「残念ながら文芸第二部との政治力の差は否めませんね。でも、『朝読新聞』は全国八百万世帯で読まれているので、栞程度の広告でもかなりの効果が見込めます。この細さで、広告費はいくらくらいだと思いますか?」

磯川が訊ねてきた。

「十万円くらいですか?」

「その七倍はします」

「こんな細いのに七十万円もするんですか!?」

日向は素頓狂な声を上げた。

「『朝読新聞』の半五段の広告代が、六、七百万円しますからね。逆に言えば、それだけの広告価値があることの証明です。それに、広告を大きく出した作品が売れるとはかぎりませんからね」

磯川がうっすら微笑んだ。

「『阿鼻叫喚』が文芸第二部の作品より売れる可能性もあるということですか?」

日向が訊ねると、磯川が頷いた。

「広告はあくまでも、こういう作品が発売されましたよ、と報せるための手段です。もちろん大きな広告のほうが眼につきやすいのは事実ですが、最終的に物を言うのは作品力です。作品に力があれば広告が小さくても口コミで広がり、作品に力がなければ広告が大きくても初速だけで尻すぼみになります。『阿鼻叫喚』の刊行日は再来月……七月です。九月には、この広告に掲載されているどの作品よりも売れている自信があります」

磯川が力強く断言した。その言葉には、ハッタリとは思えない説得力があった。

考えてみれば『世界最強虫王決定戦』のＤＶＤも、「日向プロ」のホームページで細々と販売を始めたのがスタートで、内容の面白さが口コミで広がりテレビや雑誌に取り上げられるようになり、記録的ベストセラーシリーズにまで成長したのだ。

「頼もしいかぎりです。俺も芸能界人脈を活用して、『ホームズ文学新人賞』の受賞作品がベストセラーになるように頑張りますよ」

「よろしくお願いします。あ、大事なことをお伝えするのを忘れていました。初版部数《しょはん》は一万五千部になります。本来は発売一ヶ月前の部数会議で決まるのですが、『ホームズ文学新人賞』の受賞作品は一律一万五千部と決まっているのです」

磯川が思い出したように言った。

「初版部数というのは、最初に作ってくれる冊数ですか？」

日向は訊ねた。初版部数という言葉を耳にしたことはあるが、意味はあまり理解していなかった。

「ええ。新人で一万五千部というのはいいほうです。もちろん初版五万部や十万部といったベストセラー作家もいますが、一万部以下の作家さんのほうが圧倒的に多いです。初版部数の七割くらい売れれば、重版《じゅうはん》がかかります。出版社にとっても作家さんにとっても部数が増えるほど印税が入るわけですから、重版がかかるのとかからないのとでは天国と地獄です。ま、地獄は言い過ぎですが、売れ残った本は取次会社経由で書店から出版社に返品されて在庫……つまり赤字になるので、喜ばしい状態ではありません。作品が売れ残ると次の作品の初版部数は落とされてしまいます。二作、三作と続くと出版社から本を出せなくなってしまうこともあります。なので、私と日向さんが目指すのはまずは二刷《ずり》です。重版を重ねて三万部も売れれば、デビュー作としては大成功でしょう」

磯川の話はどれもこれもが興味深く、日向はメモを取った。

デビュー作として大成功と言われた三万部と聞いてもピンとこなかったが、三万人の人が『阿鼻叫喚』を買ってくれると考えると凄さが理解できた。

「『日文社』で一番売れた本にはどんなものがありますか？」

「ミステリー作家の野口慎吾《のぐちしんご》さんの『夜に囀《さえず》るスズメ』が、単行本と文庫本合わせて三百万部を突破しましたね」

「三百万部⁉」

日向は想像を絶する部数に大声を張り上げた。

「単行本が百二十五万部で、三年後に刊行された文庫本が百九十万部で合計三百十五万部です。因みに単行本の定価は千六百円で文庫本は七百円でした。作家さんの印税は定価の十パーセントに部数を掛けた金額ですから、『夜に囀るスズメ』は単行本が二億円、文庫本が一億三千三百万円……合わせて三億三千三百万円が野口さんの口座に振り込まれたというわけです」

「三億……」

日向は絶句した。

『世界最強虫王決定戦』シリーズは十億円を超える利益だったが、日向が驚いたのは個人が書いた一冊の小説の印税が三億円を超えたということだった。

「小説家は、夢のある仕事でしょう？　お金の意味で言っているのではなく、三百万人が日向さんの書いた小説を読んでくれる……最高のロマンですよね」

磯川が柔和に微笑んだ。

「俺も、必ずミリオンセラーを生み出しますよ」

日向は力強く宣言した。

有言実行——日向が常に意識している四字熟語だ。

「期待していますよ。日向さんなら、本当に実現してしまいそうな気がします。打ち合わせの最後に、僕からのお願いを聞いてもらえますか？」

磯川が改まった口調で話し始めた。

「なんだか、怖いなぁ。お願いって、なんですか？」

冗談めかして、日向は訊ねた。

「『阿鼻叫喚』が売れても売れなくても、書き続けてください」

磯川が真剣な顔で言った。

「書き続ける……ですか？」

日向は磯川の言葉の意味がわからなかった。

「ええ。作家は書き続けなければ存在できません。デビュー作が売れても二作目を書かなかったら、そのうち忘れ去られてしまいます。デビュー作が売れなくても、書き続けているうちにベストセラー作品を生み出すかもしれません。日向さんは寡作《かさく》ではなく多作な作家になってください」

磯川が日向をみつめる瞳に、強い思いを感じた。

寡作ではなく多作な作家……。日向は磯川の願いを心に刻んだ。

5

日向はガイドブックを選ぶふりをしながら、三、四メートル先の文芸作品のコーナーで小説を物色する客達を注視した。

「置いて行こうとしても無駄ばい！」

アイドル誌を手にした椛が、日向の隣にきた。

「お前……どうしてここにいるんだ⁉」

「社長こそ、こぎゃんとこでなんばしよっと？」

椛がキャスティングされた映画のロケが、新宿の歌舞伎町で正午から始まる。マネージャーとして帯同した日向は、「与那国屋《よなぐにや》書店」本店に立ち寄るため、早めに新宿入りしたのだ。

今日は待ちに待った『阿鼻叫喚』の発売日だった。

椛を移動車に残して「与那国屋書店」にきたのだが、あとをつけられていたようだ。

「この書店で、俺の本が売られてるんだよ」

「え⁉　社長の小説がこの本屋で売られとると⁉」

椛が大声で訊ねてきた。

「馬鹿……静かにしろ」

日向は椛の唇に人差し指を立てて睨みつけた。

「こぎゃん大きか本屋に、社長の小説が置かれとるはずがなか。見に行ってくるけん！」

「だめだって。いま、俺の本を手に取ろうかどうか迷ってる人がいるんだよ。お前が行ったら、立ち去ってしまうだろ」

日向は椛の腕を摑んだ。

「は？　もしかして社長、自分の小説を買われるところば見にきたと⁉」

椛が円《つぶ》らな瞳をさらに大きく見開いた。

「悪いか？　我が子の初登校を見守るようなものだ」

「キモキモキモキモ！　自分の小説を買う人ば盗み見しとる変態！」

椛が大袈裟に顔を歪《ゆが》めながら、日向を指差した。

「誰が変態だ。お前こそ仮にも女優なんだから、変装しないで本屋に立ってたらパニックになるくらい売れてみろ」

日向は憎まれ口を返した。

「私ば大女優にするとは、社長の仕事ば〜い」

椛が上から目線で言いながら、日向の肩を叩いた。

「もういい。お前は車に戻ってろ」

日向は、ため息交じりに命じた。

「嫌ばい。私も『ＳＭＡＰ』の写真集ば買う……」

「シッ！」

日向は椛の言葉を遮った。

三十代と思しきサラリーマン風の男性が、『阿鼻叫喚』を手に取り帯文を読み始めた。

「買え……買え……買え……」

日向は呟きながら、男性に念を送った。

カムフラージュするために、読むふりをしていたガイドブックを持つ手に力が入った。

「マジにキモか。こぎゃん変態作家、日本中探してもおらんばい」

椛の毒舌が耳を素通りした。

日向の意識は、男性の一挙一動に向けられていた。

男性は『阿鼻叫喚』を裏返し、帯に書かれているあらすじに視線を走らせているようだった。

「お！　いいぞ！　そのままレジに持って行け！　早く！　歩け！」

日向の心臓の鼓動が早鐘を打ち始め、握り締める掌が汗ばんだ。

「人にうるさか言うとったくせに、自分のほうがうるさかばい」

椛が呆れたように言った。

男性の足が動いた。

「よし！　貰った……え？」

日向は振り上げようとした握り拳を途中で止めた。

男性が『阿鼻叫喚』を平台《ひらだい》に戻し、左隣の本を手に取った。

あの位置には、風間《かざま》玲《あきら》の小説が並んでいたはずだ。

風間玲は日向より五年早くデビューした作家で、暗黒小説の超新星として注目を集めた。

デビュー作の『闇人《やみびと》』はいきなり五十万部の大ベストセラーとなり、二作目、三作目と立て続けにベストセラー作品を連発した。

平台に並んでいる風間玲の作品は四作目の『堕天狼《だてんろう》』で、大手配給会社の全国ロードショーが決定している話題作だ。

発売前に重版が決まり、「毎朝《まいちょう》新聞」の朝刊の全五段広告には十万部突破と書かれていた。

「嘘……」

男性の次に現れた青年も、迷わずに『堕天狼』を手に取りレジに向かった。

日向が張り込みを始めて僅か十五分あまりで、『堕天狼』は二冊も売れていた。

まだ、オープンしたばかりだというのに……。

「うわっ、ダサ！　社長の小説がフラれたばい！」

椛がケラケラと笑いながら、アイドル誌のフロアへ駆けていった。

別の男性客が書店に入ってくるなり、『阿鼻叫喚』の右隣の小説を手に取りレジに向かった。

右隣はハードボイルド界の重鎮《じゅうちん》と言われる、東郷真一《とうごうしんいち》の『無双検事《むそうけんじ》』シリーズの最新作だ。

『無双検事』は二十年以上に亘《わた》り続く人気シリーズで、多くの読者が新作の発売を待ち侘《わ》びている。

その後十五分の間に、『堕天狼』と『無双検事』がさらに一冊ずつ売れた。

『阿鼻叫喚』は一冊も売れていないというのに、『堕天狼』は三冊、『無双検事』は二冊売れていた。

風間玲と東郷真一に共通しているのは、日向と違い多くのファンがついていることだ。

知名度と固定ファンの有無の差……頭ではわかっていたが、ジンをストレートで一気飲みしたように胃が熱くなりキリキリと痛んだ。

日向は幼い頃から並外れた負けず嫌いで、父や兄に将棋やオセロゲームで負けたら勝つまで何度でも挑んでいた。

エステティックサロンの街頭セールスでライバルに抜かされ売り上げが二位に落ちたときは、真夜中まで新宿の路上を歩き回りながら客を探した。

日向は文芸作品のフロアに足を向けた。

左に『堕天狼』が二十面、右に『無双検事』が二十面……二作品の間に肩身が狭そうに二面の『阿鼻叫喚』が挟まれていた。

二十面とは、二十冊の表紙が見えるように平台に並べられていることを言う。

売れる作家の作品は書店も多くの面数を並べ、売れない作家の作品は平台に並べてももらえない。

その意味では、二面とはいえ平台に並べてもらえているだけ日向は恵まれている。

だが、満足したらそこで終わりだ。

不満を垂れるのと現状に満足しないのは意味が違う。常に上を目指してゆくというのが、日向の生き方だった。

「十倍か……。これがいまの俺の評価か」

日向は歯嚙《が》みした。

平積《ひらづ》みされている小説の面数が、日向と二人の実績と認知度の差を如実に物語っていた。

平積みの面数だけではなく、『堕天狼』と『無双検事』にはそれぞれ書店員の手書きの推薦ポップが立っていた。

『誰の本を買うか決めていないお客さんが、参考にするのは書店員の推薦する本です。日向さんも、早く書店員に推薦される作家になってくださいね』

磯川の言葉が脳裏に蘇った。

日向の眼の前で、『堕天狼』と『無双検事』が一冊ずつ売れた。

「くそっ……」

日向は無意識に六冊の『阿鼻叫喚』を手に取ると、『堕天狼』と『無双検事』の三面を潰した。

「これで俺の本が八面、二人の本が十七面」

日向は満足げに独《ひと》り言《ご》ちた。

「うわっ、セコっ！」

背後から椛の声が聞こえた。

「なんだお前？　まだいたのか？」

「人の本の上に、自分の本ば載せるなんてありえん！」

椛が、信じられないといった表情で言った。

「もう、いいから早くあっちに……」

日向は言葉の続きを呑み込んだ。

五十代と思しき男性が『阿鼻叫喚』を手に取ると、本を裏返して、あらすじを読み始めた。

買え！　買え！　買ってくれ！　今度は、心で念を送った。

「またフラれるけん、期待せんほうがよかばい」

椛が日向の耳元で囁《ささや》いた。

「お前はどうして憎まれ口ばかり……」

日向は、ふたたび言葉を呑み込んだ。

男性が『阿鼻叫喚』を手にレジに向かった。

「おいっ、見たか!?　俺の本が売れたぞ！」

日向は歓喜して小躍りし、椛に抱きついた。

「うわうわっ……みなさん、変態が女子高生にセクハラばしとります！」

「馬鹿っ……」

日向は慌てて椛から離れ、周囲に首《こうべ》を巡らした。

「慌てとる慌てとる！　痴漢した罰たい！」

椛が昭和の子供のようにあかんべーをし、文芸作品のフロアから駆け出した。

「あいつ、ふざけやがって……」

言葉とは裏腹に、椛の遠ざかる背中を見送る日向の口元が綻んだ。

たった一冊……だが、この一冊はベストセラー作家になるための記念すべき第一歩となるだろう。

6

午前十一時。代官山《だいかんやま》のカフェで、日向はノートパソコンを開いた。

二作目のテーマを決めるために、磯川と待ち合わせをしていた。

待ち合わせの時間は十一時半だが、調べたいことがあり日向は早めに店に入った。

日向は検索エンジンに、目的のワードを打ち込んだ。

毎週月曜日は、「与那国屋書店」の週間ベストセラーランキングが発表される。

発売十日目の『阿鼻叫喚』は、ランキング対象になっていた。

日向は時間の許すかぎり都内の大型書店を回り、売れ行きをチェックした。

「日文社」の営業力のおかげで、『阿鼻叫喚』は主要な書店のほとんどに平積みされていた。

大手出版社はベストセラーになった書籍の点数も多いので、書店にとっては大切なお客様だ。

その関係性は、芸能プロダクションとテレビ局に似ている。

売れているタレントを数多く抱える大手プロダクションにたいして、テレビ局は頭が上がらない。

視聴率の取れる俳優をドラマにキャスティングするためだ。

立場の強い大手プロダクションは、数字の読める俳優をドラマに出演させる代わりに、同じ事務所の無名の俳優の出演を取り付ける……いわゆるバーターと呼ばれる交換条件だ。

視聴率の取れる俳優イコール売り上げが見込める作家、同じ事務所の無名の俳優イコール同じ出版社の無名の作家——新人の日向の小説が、大型書店に平積みされている理由だ。

だが、売れなければ二度目はない。

売り場でいい扱いを受けるのは「日文社」の力でも、売れるかどうかは小説の力だ。

その意味で、初速の売り上げは重要だ。

日向はアイスコーヒーで喉を潤し、眼を閉じた。

心を落ち着かせ、眼を開けた。

1位『下町ブルジョア娘』名倉さゆり（日文社）
2位『堕天狼』風間玲（美冬社）
3位『無双検事』東郷真一（夏秋文芸社）
4位『ちらりひらり』朝丘美織（大潮社）

ランキング上位には、日向の予想通りのベストセラー作家が名を連ねていた。

どの書店でも、一番いい場所の平積み台を独占している四人だ。

日向は無意識に奥歯を噛み締め、拳を握り締めていた。

カーソルをスクロールした。

ベスト10に『阿鼻叫喚』はランクインしていなかった。

噛み締めた奥歯が、ギリギリと鳴った。

いまの日向が『阿鼻叫喚』の登場人物なら、悔しさに五臓六腑《ごぞうろっぷ》が煮え滾《たぎ》り、全身を駆け巡る血液が沸騰《ふっとう》した、という描写になるだろう。

「頼む……頼む……」

日向は祈りながらカーソルをスクロールした。

せめて20位以内には入っていてほしかった。

「嘘！」

思わず出た日向の声に、隣のテーブルでスポーツ新聞を開いていた初老の男性が怪訝な顔を向けた。

日向は会釈し、ディスプレイに視線を戻した。

日向の願いも通じず、20位までに日向誠の名前はなかった。

「こんなもんか」

日向はやけくそ気味にマウスをタップした。

21位、22位、23位、24位、25位、26位、27位……日向はマウスから人差し指を外した。

28位『阿鼻叫喚』日向誠（日文社）

「二十八位か……」

日向はため息交じりに呟いた。

「ため息を吐くと幸せが逃げるって、誰が言い始めたんでしょうね？」

日向はパソコンから視線を離して顔を上げた。

柔和な笑みを浮かべた磯川がそう言いながら、日向の正面の席に座った。

「ところで、険しい顔をしていましたけど、芸能プロでトラブルでもあったんですか？」

磯川は訊ねると、運ばれてきたアイスコーヒーをストローで吸い上げた。

「いや、これを見ていたんです」

日向はノートパソコンのディスプレイを磯川に向けた。

「あ、『与那国屋書店』の週間ランキングですね。二十八位、凄いじゃないですか！」

磯川が声を弾ませた。

「えっ、凄くないですよ。二十八位ですよ？」

日向は即座に否定した。

「はい。二十八位はいい数字ですよ」

磯川が頷きながら言った。

「でも、同じ日文社から出ている名倉《なぐら》さんの『下町《したまち》ブルジョア娘《むすめ》』は一位だし、風間さんと東郷さんは二位、三位です。二十八位なんて、全然凄くないですよ！」

日向は強い口調で否定した。

磯川にからかわれている気がして、日向はムッとした。

「日向さんの原動力はその負けん気です。ですが、気落ちする必要はありません。ボクシングのデビュー戦で、世界チャンピオンに負けるのはあたりまえですからね」

日向とは対照的に、磯川が穏やかな口調で言った。

それが、日向のイライラに拍車をかけた。

「俺はデビュー戦でも、チャンピオンを倒したいんですよ！」

熱《いき》り立つ日向を、磯川は愉快そうに見ていた。

「俺、そんなにおかしいことを言いましたか!?」

日向は八つ当たり気味に言った。

「すみません。こんなにハングリー精神に溢《あふ》れている人を見たのは初めてなので。僕とはまったく正反対のタイプですけど、嫌いじゃありませんよ」

磯川は相変わらずおかしそうに笑っていた。

不思議と、馬鹿にされている気はしなかった。

そもそも、苛立《いらだ》っているのは磯川が原因ではなく、二十八位という順位にたいしてだ。

「改めて言いますけど、デビュー十日目で二十八位は胸を張ってもいい順位です」

「磯川さんも頑固な男……」

「最後まで聞いてから、僕が頑固な男かどうかを判断してください」

磯川が、それまでと一転して抑揚のない口調で言った。

「たしかにボクシングであれば、体力とセンスが天才的ならデビュー戦で世界チャンピオンを倒せるかもしれません。ですが、世界チャンピオンと戦うには同じリングに立つことが前提条件になります。現実には、新人がデビュー戦で世界チャンピオンに挑戦するのは不可能です。四回戦、六回戦、八回戦と勝ち進み日本ランカーになり、さらに勝ち進み日本チャンピオンになり、東洋チャンピオンになり、世界ランカーになり、ランキングが一桁になったところでようやく世界タイトル戦の挑戦権を得られるという流れです」

「作家がデビュー作で一位になるのに、ボクシングみたいに順序を踏む必要はないですよね？」

日向は疑問を口にした。

「ランキングの問題はありませんけれど、代わりに出版部数の壁があります」

磯川がそう言いながら、鞄《かばん》からノートパソコンを取り出した。

「出版部数の壁？」

日向は磯川の言葉を鸚鵡返《おうむがえ》しにした。

「これを見てください。本来は持ち出し厳禁のデータですが」

磯川がノートパソコンを日向の前に置いた。

ディスプレイには、『下町ブルジョア娘』、『堕天狼』、『無双検事』、『阿鼻叫喚』のタイトルと著者名が表示され、その横には、それぞれ数字が並んでいた。

「これ、なんですか？」

「各作品の初版部数と各作家の刊行点数です。『下町』の初版部数は十五万部、『堕天』と『無双』はそれぞれ十万部、『阿鼻叫喚』は一万五千部です。『下町』は『阿鼻』の十倍です。つまり、単純に全国の書店に十倍の本が並んでいるという計算になります。『堕天』と『無双』も、十倍とまではいかなくても似たようなものです。十倍のハンデがあるので、トップ3に勝てないのは当然の結果です」

磯川がディスプレイをペンで指しつつ、留守電の応答音声のように抑揚のない口調で説明した。

「加えてこれまでに、名倉さんは三十三冊、東郷さんは五十二冊、風間さんは四冊の刊行点数があり、一方の日向さんの刊行点数はゼロです。三人には少なくとも五万人の固定読者がついています。特別な広告を出さなくても、書店に並べさえすれば五万部前後の売れ行きが見込めるという計算です。一方の日向さんの固定読者はゼロです。読者にとって、新人の小説に手を出すのはリスクがあります。千数百円をドブに捨てることになるかもしれないからです。だから、多くの読者は慣れ親しんだ作家の小説を手に取ります。その逆境の中で二十八位というのは、お世辞抜きに凄いです。現に、日向さんと同じ今月がデビュー作の新人が二人いるのですが、ベスト１００にも入っていません」

磯川の説明は淡々としただけでなく、長台詞《ながぜりふ》の脚本をＮＧなくこなす俳優のように流暢《りゅうちょう》だった。

「説明のおかげで、二十八位という数字が大健闘だとわかりました。でも、大健闘じゃ嫌なんです。

初版部数は俺の力じゃどうしようもないし……トップ3と張り合うのは無理ってことですか?」

「正直、いますぐには無理です。でも、三ヶ月先なら可能性はあります」

磯川が日向を見据えた。

「どういうことですか!?」

日向は身を乗り出した。

「二刷、三刷、四刷、五刷と版を重ねるんです。版が重なれば全国の書店に本が行き渡りますし、書店員の印象もよくなり積極的に目立つ場所に並べてくれたり、お手製のPOP、つまり広告を作ってくれます。読者が増えれば『阿鼻叫喚』の評判が口コミでさらに広がり、実売部数がネズミ算式に増えてゆきます。仮に一作目でトップ3に近づけなくても、二作目からは『阿鼻叫喚』で獲得した固定読者がいるので、売れ行きの初速が違ってきます。初版部数も増えているでしょうし、トップ3の牙《が》城《じょう》の一角を崩すことも十分に可能です。現時点でも、消化率では負けてませんからね」

言葉を切った磯川がノートパソコンのディスプレイを見て、別のファイルをクリックすると、本のタイトルと赤と緑の数字が並ぶ表が現れた。

「日向さんとベストセラー作家と呼ばれる方々の消化率を比較しました。『阿鼻叫喚』の『与那国屋書店』新宿本店の横に、赤で70とあるでしょう? これは、仕入れた冊数の七十パーセントが売れているということを表しています。消化率が五十パーセント以下なら、緑の数字で表示します。新宿本店は五十冊仕入れているので、三十五冊売れています。新宿南口店の消化率は七十二パーセント、渋谷店は七十五パーセント、池袋《いけぶくろ》店は六十八パーセント……全五十店舗の『阿鼻叫喚』の平均消化率は七十一パーセントです。見てください。四店舗を除いて数字が真っ赤でしょう」

磯川の言葉通り、『阿鼻叫喚』の表はほとんどが赤の数字で埋め尽くされていた。

「七十一パーセントは、そんなにいい数字なんですか?」

日向は各店舗の消化率を視線で追いながら訊ねた。

「凄いですよ。一万冊仕入れたら、七千百冊売れている計算ですから。しかも固定読者がいない新人の、発売十日目ですからね。普通の新人のデビュー作なら、消化率が四十パーセントもいけば大健闘です。その証拠に……」

磯川がディスプレイの表示を変えた。

「これは一位の『下町ブルジョワ娘』の消化率で平均七十五パーセント、これは二位の『堕天狼』の消化率で平均七十四パーセント、これは三位の『無双検事』の消化率で平均七十二パーセント……どうです? 『阿鼻叫喚』の消化率とほぼ同じでしょう?」

「たしかに! なんだか、自信が湧いてきました」

磯川が言った通り、消化率でトップ3と互角という事実は日向を勇気づけた。

「水を差すわけではありませんが、これで日向さんが、トップ3の作家と互角だとはいえません」

「わかってますよ。版を重ねて部数を増やす必要があるんですよね?」

「もちろんそうですが、三万部、四万部と部数が増えたときに、いまと同じ消化率を保てるかが重要です。消化率はトップ3と同じ七十パーセント台でも、分母は『阿鼻』が一万五千部にたいして、『下町』は十五万部、『堕天』と『無双』は十万部です」

「つまり、俺の作品が増えたら消化率が下がる可能性があるというわけですね?」

日向が訊ねると磯川が頷いた。

「分母が増えれば消化率が下がるのは普通です。ある洋菓子店で一日に百個売れるプリンを千個作ったら、同じように完売すると思いますか? もしかしたら完売するかもしれません。じゃあ、一万個は？　奇跡的に完売するかもしれません。でも、十万個となったら無理ですよね。それだけの数を売るには、洋菓子店のネームバリューを全国区にしなければ不可能です。十万部、二十万部のベストセラー作家になるには、一にも二にも日向誠と『阿鼻叫喚』の存在を広く知らしめる必要があります」

磯川の説明は、日向の心にすっと入ってきた。

「話は変わりますけど、磯川さんは芸能プロを立ち上げても成功するでしょうね。タレントの長所を伸ばしてテレビ局に売り込む仕事なんて、ドンピシャですよ」

お世辞ではなく本音だった。

もし作家と担当編集者ではなく、別の形で出会っていれば「日向プロ」にスカウトしただろう。

「いえ、絶対に無理です」

にべもなく磯川が即答した。

「なぜです？」

「興味がない物事には、一ミリもやる気が起きませんから」

磯川が涼しい顔で言った。

「あ、そうでしたね」

日向は苦笑した。

「話を戻しますけど、知名度を上げるにはテレビは効果的ですよね？　仕事柄、テレビ局に太いパイプがありますから。どんな番組が効果的ですか？」

「テレビに出演できれば最高です。ただし、跳ねる番組と跳ねない番組があります。僕の経験では、視聴率が高くても本とは関係のないバラエティ番組は跳ねないことが多いですね」

「本に興味のない百万人の視聴者より、本に興味のある十万人の視聴者ということですね？」

日向が確認すると、磯川が大きく頷いた。

「理想を言えば『王妃《おうひ》のシエスタ』のブックコーナーで『阿鼻叫喚』を取り上げてもらえたら最高ですが、内容的に昼の番組は難しいでしょうね。いつも取り上げられているのは、恋愛小説や感動系の小説ばかりです」

磯川が渋い顔で言った。

「女子大生と二十代の働く女性をターゲットにした番組ですからね。しかもMCの夏井紬《なついつむぎ》は大手モデル事務所所属の看板タレントですから、放送禁止用語がバンバン出てくる小説を紹介させるわけにはいかないでしょうし」

日向も渋い顔で言った。

日向が所属タレントを「王妃のシエスタ」にキャスティグしようとしたときに、プロデューサーから男性誌に水着で掲載された過去を指摘されて断られてしまった。

「『王妃のシエスタ』より視聴率は格段に落ちますが、テレ関《かん》の『小説《しょうせつ》バー』でもいいですか?」

テレビ関東《かんとう》には何人か親しいプロデューサーがいて、その中の一人が「小説バー」の担当だった。

「いいと思います。あの番組は時間帯も夜ですし、本読みとして有名な女優さんがMCを務めているので、本好きな読者からの支持を集めていますからね。是非、お願いします」

磯川が日向を後押しした。

「わかりました。打ち合わせのあとで、『小説バー』のプロデューサーに連絡して会ってきます」

「あ、言いそびれていましたが、午後一時にさくら出版で『週刊現実《しゅうかんげんじつ》』のインタビューの予定が入っています」

「他社の週刊誌のインタビューですか?」

日向は怪訝な顔で訊ねた。

「『阿鼻叫喚』の見本を書評家やマスコミ関係者に百冊以上献本していたのですが、そのうちの何社かの週刊誌やスポーツ新聞の記者から、インタビューの申し込みがありました。『週刊現実』は文芸部ではないので、出版社の垣根はないんですよ。事後報告になりましたが、大丈夫ですよね？」

「もちろんです。俺と著書の認知度を広めなければなりませんからね。じゃあ、テレ関に行くのはインタビューが終わってからにします」

「ありがとうございます。あと、読者は『阿鼻叫喚』の話がどこまで事実に基づいて書かれているのかに興味がありますから、日向さんの金融時代の話を訊かれると思います……もしまずいようなら僕のほうからNGを出しておきますが？」

磯川は日向に選択肢を与えてはいるものの、本当はNGなしでインタビューを受けてほしいはずだ。記者もまた、有害図書に指定されてもおかしくないほど過激な問題作を生み出した著者に興味を持ち、オファーしたに違いない。

「大丈夫です。『週刊現実』のインタビューで爪痕《つめあと》を残せれば、俺も『阿鼻叫喚』も注目を浴びますからね」

磯川に言った通り、最初が肝心だ。

日向が一年かけて出演を決めたバラエティ番組で、所属タレントが爪痕を残せなければプロデューサーから二度と呼ばれることはない。

「日向さんが協力的な作家さんで、本当に助かりました」

「自分の本を売るのに、協力的でない作家なんていているんですか？」

「いくらでもいますよ。書店にたくさん並べれば売れるだろ？　みたいな考えの作家さんは多いですからね。ま、どうぞお好きに、って感じです」

磯川が肩を竦めた。

「興味がない作家には一ミリも労力を使いたくない、って感じですか?」

日向は冗談めかして言った。

「僕のことをよくご存じで」

磯川が軽妙に切り返してきた。

束《つか》の間《ま》、顔を見合わせた二人は同時に噴き出した。

☆

銀座《ぎんざ》のさくら出版の五階……雑誌部の応接室のソファに日向と磯川は並んで座っていた。

応接室は十坪ほどの縦長のスペースで、雑然とした雑誌部のフロアとは対照的にすっきりと整頓されていた。

「では、スイッチを入れさせてもらいます」

記者の奈須田《なすだ》が、テーブルにカセットテープレコーダーを置きながら言った。

奈須田の陽灼《ひや》けした筋肉質の体に、ポロシャツにデニムというラフな服装が似合っていた。

年は日向よりいくつか下……二十代後半に見えた。

「早速ですが、『阿鼻叫喚』、とても面白かったです! これまでもノワール作品、暗黒小説と呼ばれるものを数多く読んできましたが、こんなに衝撃を受けたことはありません!」

奈須田が頬を上気させ、声を弾ませた。

これが演技なら、たいした役者だ。

「ありがとうございます」

「まず一番驚いたのは、圧倒的なスピード感と暴力とセックスの容赦《ようしゃ》ない描写です。『阿鼻叫喚』は二段組みで四百六十ページの長編ですが、息もつかせぬ展開に三時間で完読しました。暴力シーンで骨や歯が折れた描写はよくありますが、腹をナイフで刺したときに黄白色《こうはくしょく》の脂肪や便が溢れ出してくる描写には、うわっ！　って声を出しました。あと、二十一歳の兄と十八歳の妹の近親相姦《そうかん》のシーンですが、わざと両親の寝ている隣でセックスし、妹の愛液を父親の寝顔になすりつけるシーンには声を失いました。普通、そんなシーンを思いつきますか？　思いついたとしても、読者に引かれるんじゃないかと懸念して書かないですよね？　ほかにも、五十過ぎの女は腐った卵と同じで食中毒を起こして死んじまう、ブスは化粧すればするほど吐き気を催すから風俗で金貯めて整形しろとか、日本中の女性を敵に回すような文章を書くときに躊躇《ちゅうちょ》しませんか⁉　躊躇しないとしたら、それはどうしてですか⁉　『阿鼻叫喚』は最高に面白く中毒になるような小説ですけど、絶対に文学賞の候補にはなりませんよね⁉」

奈須田は身を乗り出し、真っ赤に充血した眼を見開いて、口角泡を飛ばして日向を質問攻めにした。

「奈須田さんの最後の言葉が、質問の答えですよ」

日向は微笑みながら言った。

「え？　僕の最後の言葉が答えって、どういう意味ですか？」

「担当の磯川さんに、最初に言われたんですよ。文学賞を狙うなら、いまの文章ではだめだって。でも俺は、文学賞より麻薬のように中毒性のある作品を書きたいって答えたんです。一度読み始めたら、奈須田さんみたいな中毒者が続出するような小説をね」

「なるほど！　アンチが出てくるのは計算のうちってていうわけですね」

　奈須田が感心したように言った。

「まあ、好んで敵を作りたいわけじゃないですけどね。リアリティを追求した結果、敵が増えるなら仕方がないって感じです」

　日向は苦笑した。

「リアリティを追求する……もう少し詳しく教えてもらえますか？」

「『阿鼻叫喚』に出てくる登場人物は、ひとでなしとろくでなしばかりです。現実に彼らのような人間がいたら、もっとひどく汚い言葉を口にし、非道な行いをしてると思うんですよ。たとえば、『女子高生コンクリート詰め殺人事件』を知ってますか？　四人の不良少年グループが、通りすがりに当時十七歳の女子高生を拉致《らち》、輪姦《りんかん》して、四十日以上監禁、暴行、強姦を繰り返し行った挙句《あげく》、殺害してコンクリート詰めにした死体を東京湾埋立地に遺棄《いき》した事件です。現実には、こんなに残酷な少年達がいるんです。モラルがどうの描写がどうのと気にしていたら、この事件を書くことはできないでしょう。つまり、小説が現実を超えられないということです」

　日向は言葉を切り、奈須田に出されたミネラルウォーターで喉を潤した。

「小説が現実を超えられない……ですか。もう少し、詳しくお願いできますか？」

　奈須田が瞳を輝かせた。

「母親にくそ婆《ばば》あと毒づく思春期の少年、若い女と浮気し、長年連れ添った妻を浮気相手の前で糞味《くそみ》噌《そ》にけなすサラリーマン、数千万円以上貢《みつ》がせた女性の金が底を突くと切り捨てるホスト……現実世界では、犯罪者じゃなくても、ひどい行為をし、汚い言葉を使う人間は大勢います。通学路で無差別に児童を刺し殺す通り魔、老人を虐待する介護士、猫の首を切り犬の皮を剝ぐ動物虐待……現実世界には、眼を覆いたくなるような事件を起こす人間が大勢います。『阿鼻叫喚』は、底辺に蠢《うごめ》く卑劣《ひれつ》と下劣が服を着たような人間達を描いた物語です。読者や書評家からの批判を恐れ、文学賞を取れなくなるという理由で、描写やセリフにブレーキをかけたひとでなしやろくでなしに、リアリティはありません。現実の極悪人を超えられない小悪人しか出てこない暗黒小説もどきを、誰が面白いと思いますか？　これが、批判を覚悟でリアリティに拘る理由です。こんな感じで、答えになってますか？」

日向は訊ねた。

「めちゃめちゃ納得です！　日向さんが物語の世界観同様に振り切った人で安心しました！」

奈須田の顔は赤みが増していた。

「本当は、少し心配していたんです。これ、作家あるあるなんですけど、作品のイメージと真逆過ぎて会わなければよかったと後悔するケースが多々あるんですよ」

奈須田の言わんとしていることは、日向にもわかった。

たとえば純愛をテーマにした恋愛小説で有名な作家が、実生活の男女関係で二股も三股もかけていたり、酒と煙草が似合う主人公が活躍するハードボイルド小説で有名な作家が、下戸《げこ》で嫌煙派だと読者が知ったら少なからず幻滅するだろう。

だからといって、作家が物語の主人公のイメージ通りであるべきとは思わないし、また、不可能だ。外科医、弁護士、ピアニスト、ボクサー、ヤクザ、猟奇殺人犯……作家の書く物語は、九十パーセント以上は未体験の世界をテーマにしている。

そもそも、物語のイメージを壊さない作家でいろというのが無理な話だ。

「これが一番訊きたかった質問です。『阿鼻叫喚』には、取り立て屋の過激な追い込みのシーンが出てきますが、日向さんの金融時代の実体験ですか？」

奈須田が、さらに身を乗り出し訊ねてきた。

「実体験の場合、実体験ではない場合、中間の場合があります。たとえば借金を踏み倒した不良債務者を追い込むときに、子供の通う小学校に行くシーンがあります。取り立て屋は子供のクラスに授業中に乗り込み、お父さんにお金を返すように伝えて、と伝言します。このシーンでいえば、不良債務者の息子の小学校に行ったのは実話で、子供のクラスに乗り込み伝言したというのは創作です。子供の小学校の正門の写真を撮って、債務者にメールしたというのが実話です」

「うわっ……それでも、十分に怖いですよ。でも、日向さんはじっさいにそういう経験をしているから、取り立てのシーンにリアリティがあるんですね！」

奈須田が興奮気味に言った。

「ありがとうございます。でも、実体験を基に書くシーンにリアリティがあるのは、作家としては当然だと思っています。体験したことのないフィクションを、あたかも体験したことがあるかのように読者に信じ込ませる……それが真の作家だと思います。イカサマ宗教団体の教祖を主人公にした小説を書けば、日向はどこかの宗教団体で信者を洗脳していたんじゃないのか？　天才ピアニストを主人公にした小説を書けば、日向は過去にピアニストを目指していたのかもしれないな、殺人犯を主人公にした小説を書けば、日向はもしかして……と、作品を出すたびに読者にそう思わせるような作家になるのが理想です」

『阿鼻叫喚』は日向のバックボーンをテーマにした物語なので、書評家や読者からリアリティがあると称賛されても真の成功とは言えない。

日向誠の作家としての真価が問われるのは、金融業界以外のテーマの小説を書いたときだ。

「じゃあ、人を殺すシーンを書くときは、ドラマや映画を参考にするんですか？」

「いや、ドラマや映画の殺人犯は偽物なので参考にはしません。ノンアルコールビールを飲んで、酔ってる演技をするのと同じですからね」

「でも、リアリティを出すために人を撃ったり刺したりできないわけですし、なにを参考にするんですか？　まさか……」

奈須田は芝居がかった表情で、言葉を呑み込んだ。

「そんなわけないじゃないですか。そういう経験のある方に、取材してるんですよ」

日向は苦笑いしながら言った。

「え!?　殺人犯に取材してるんですか!?」

奈須田が素頓狂な声を上げた。

「さすがにそこまでの伝手《つて》はありません。でも、喧嘩《けんか》で人を刺したり鉄パイプで殴《なぐ》ったりっていう経験のある人を探すのは、昔の知人の伝手を辿《たど》っていけば難しくはなかったです。薬物使用者もね」

「なるほど。日向さんの金融時代は、周りは裏社会の人ばかりですもんね」

奈須田が納得したように言った。

「ノワール小説を書く環境としては、恵まれていたかもしれませんね。俺、取材したことはないんです。いまの話も、過去にそういう経験のある人と雑談している中で、興味本位でいろんな質問をしていただけです。それも十代の頃の話ですよ。金融時代の人達にも、辞めてからは一切接触していません。まさか二十年以上前の雑談が、いまになって役立つとは、人生って不思議なものですね」

本音だった。当時は、小説家になるとは夢にも思っていなかった。

「悪夢のような人生経験と夢のような人生経験、作家にはどちらも宝物です。たとえ一行でも作品に活かせた経験は、貴重な財産ですからね」

磯川の言葉が、日向にはしっくりときた。

気紛《きまぐ》れで口を挟んできたふうに見せて日向に教えている……そんな気がした。

肚《はら》の読めない男なので、本当のところはわからない。

だが、一つだけはっきりしているのは、磯川は無駄なことはしない男ということだ。

「そう考えれば、作家さんって羨《うらや》ましい仕事ですね。なにをやっても執筆の糧《かて》になるわけですからね！　あー、羨ましいです。僕も作家になりたかったな」

冗談とも本気ともつかない口調で、奈須田が言った。

「すみません、話が逸《そ》れました。日向さんは、この先ヒット作を連発してベストセラー作家になっても、いまのスタイルを変えない自信はありますか？　芸能界だと、毒舌で売れたバラエティタレントが知名度上昇と共にキャラを変えたり、グラビアアイドルが女優で成功したら水着を封印したりしますよね？　バラドルやグラドルと一緒にしているわけではありませんが、日向さんもベストセラー作家になったら文体がおとなしくなったりしませんか？　個人的には、いまの荒々しく過激なスタイルを貫いてほしいと願っているんですが……」

奈須田が不安げな顔で日向をみつめた。

「それはありません。これまでの文壇の常識に囚われない、唯一無二の作家になるのが俺の目標です。だから、売れれば売れるほど作風を変えることはありません」

日向は躊躇《ためら》わずに言った。

「安心しました。でも日向さんの作風だと、批判も半端ないと思いますけど大丈夫ですか？」

「批判は称賛の裏返しとして受け止めます。どの世界でも初めてを成し遂げた人達は、強烈なアンチに叩かれました。でも、それ以上の熱烈な信者が支えていました。俺もそうなるために、批判は甘んじて、ではなく喜んで受け入れます！」

日向は力強く断言した。

インタビューに答えると同時に、日向はどんな苦難にも揺らがないように己に誓った。

☆

「今日はありがとうございました！　いい意味で、僕の想像通りの人でした。悪い意味の想像は見事に裏切られましたけど」

見送りにきたエレベーターの前で、奈須田が意味深に言った。

「どんな想像ですか？」

だいたいの検討はついていたが、日向は訊ねた。

「ネットで検索したら金髪ガングロでコワモテの写真がたくさん出てきたので、お会いするまでは不安だったんですよ。怖い人だったらどうしようって。でも、僕なんかに気遣いもしてくれますし、失礼な質問にも嫌な顔一つせずに答えてくれました。一番驚いたのは、日向さんのサービス精神です。一つ質問したら何倍もの話をしてくれたので、インタビューする側としては物凄く助かりました」

「ビジュアルとのギャップがあると、よく言われます。俺のサービス精神が旺盛なのは、芸能プロの影響だと思います。テレビ局を回ってプロデューサーにタレントを売り込むときに、短時間でこの子を使いたいと思わせる話術が必要ですからね。こちらこそ、新人の俺にインタビューしてくれてありがとうございました」

日向は深々と頭を下げた。

「あ、やめてください！　僕のほうこそ、快くオファーを受けてもらって感謝していますから。日向さん、早く頭を上げてください」

奈須田に促され、日向は頭を上げた。

「明日までにインタビュー原稿を送りますので、訂正箇所があれば明後日中であれば大丈夫なのでご連絡ください。問題なければ来週の発売号に掲載されますので。では、よろしくお願いします！」

「わかりました。では、失礼します」

磯川がクローズのボタンを押すと、エレベーターのドアが閉まった。

「お疲れ様でした。日向さんらしい個性的なインタビューで、聞いていて面白かったです。奈須田さんは既に、熱烈な日向信者でしたね」

磯川が笑顔で言った。

「作家として一発目のインタビューが『阿鼻叫喚』のファンの記者で、幸先がいいですね。磯川さんのおかげですよ。ありがとうございました」

お世辞ではなかった。タレントがブレイクするには、いい仕事と巡り合わなければならない。そして、そのきっかけを作るのがマネージャーであるように、作家日向誠の場合は磯川の動きが命運を分ける。

「僕は見本を撒《ま》いただけです。奈須田さんを引き寄せたのは、日向さんの筆力ですよ。それに、二十八位でお礼を言われるのは気が引けます。重版がかかったら、二人でお祝いしましょう」

磯川が淡々とした口調で言いながらビルのエントランスを出ると、空車のタクシーを止めた。

「日向さんはテレビ関東に行くんですよね？　私もお供してよろしいですか？」

先に後部シートに乗り込んだ磯川が、日向に訊ねてきた。

「え？　いいですけど、どういう風の吹き回しですか？」

「日向さんの芸能プロ社長としての顔も、見てみたいと思いまして」

「興味を持ってもらえて光栄です。運転手さん、六本木の防衛庁のあたりに行ってください」

日向は磯川におどけた口調で言うと、運転手に告げた。

「初めてですよ」

対照的に磯川は真顔で言った。

「なにがですか？」

「いろんな作家さんのインタビューに立ち会ってきましたけど、帰り際に記者にあんなに頭を下げてお礼を言う人を初めて見ました」

「ああ。タレントを売り込むときは、二十歳そこそこのＡＤにも頭を下げてますから。今日は、日向誠という小説家を『週刊現実』に売り込まなければならなかったので、当然のことをしたまでです」

「本当に変な人ですね、日向さんは」

磯川がレンズ越しの眼を細めて言った。

「それは俺のセリフですって」

すかさず、日向は切り返した。

「じゃあ、変人同士ということで」

磯川が珍しく冗談を口にした。

「そう言えば、二作目の打ち合わせをまだしていませんでしたね」

日向は思い出したように言った。

「なにか、新しい構想はありますか？」

「具体的なものはまだですが、二作目は金貸し以外のテーマを書きたいです。たとえば新興宗教とか復讐代行屋《ふくしゅうだいこうや》とか。自分の身を置いていた世界以外の小説でも書けるってことを証明したいです」

日向は正直な気持ちを磯川にぶつけた。

「お気持ちはわかりますが、最低でも三作は我慢して金融業をテーマにした作品を書いてください」

「三作！　どうしてですか？　金融業を舞台にした小説しか書けない作家だと思われますよ」

「せっかくデビュー作の『阿鼻叫喚』が好調なスタートを切ったのに、二作目に別ジャンルの小説を書けば読者が離れてしまうリスクがあります。読者が日向作品に固定するまで、同じテーマで書き続けるべきです。風間玲さんはデビュー五作目までヤクザ世界をテーマにした作品、東郷真一さんはデビュー四作目まで検事を主人公にした作品を書いてます。そこまでとは言いませんけど、三作は金貸しの世界で勝負してください」

束の間、日向は思案した。

俳優の世界も、ブレイクした役柄を何作か続けてイメージを定着したほうがいいと言われている。

二作目から読者が離れて小説が売れなくなったら、テーマ云々《うんぬん》を口にしている場合ではなくなってしまう。

「わかりました。四作目からは、別ジャンルを書いてもいいですか？」

日向は念を押した。

「はい。四作目からは、日向さんの好きなテーマで書いてください」

車内に携帯電話のコール音が鳴り響いた。

「もしもし？　お疲れ様です。いま、日向さんのインタビューが終わり、移動中です」

鳴ったのは磯川の携帯電話だった。

「え？　本当ですか⁉　わかりました。日向さんに伝えます」

「どうしたんですか？」

電話を切った磯川に、日向は訊ねた。

「日向さん。今夜、空いてますか？」

磯川が質問を質問で返してきた。

「空いてますけど、なにかあるんですか？」

「お祝いです」

「え？」

日向は怪訝な顔で磯川を見た。

「おめでとうございます！　発売十日目で重版がかかりました！」

「え⁉　マジですか⁉」

日向は大声を張り上げた。

「はい、マジです」

悪戯っぽい顔で、磯川が頷いた。

7

ページを捲る手が止まらなくて、一気に読んでしまいました！　登場人物がひとでなしとろくでなしばかりで誰にも感情移入できない小説でしたが、不思議と読後はスッキリ爽快な気分になりました。日向誠の二作目が、いまから待ち遠しくて仕方ありません。

『阿鼻叫喚』。このおどろおどろしいタイトルを見たときに、反射的に手に取っていた。暴力、セックス、裏切り、変態、サディスト……タイトルに負けない地獄絵図の連続で、何度も吐き気を催したがトイレに行くのも忘れて読了！　暗黒小説界に、新しいスターが誕生した。


最悪。始まりから終わりまで残酷でエログロなシーンのオンパレード。風間玲や東郷真一に比べて、文章が下品でご都合主義の展開に終始。

この本を買って後悔。時間と金の浪費だ。


下劣な登場人物、突拍子もないストーリー、悪い意味での劇画チック。街金業者の残虐さばかりを出そうとして、登場人物に魅力が感じられなかった。

風間玲の小説に出てくる登場人物も極悪人だが、言動に哀愁が感じられ感情移入ができる。

文学としては間違いなく風間玲が上であり、『阿鼻叫喚』は出来の悪いVシネといったところだ。


この人の小説には賛否両論あるだろうが、俺は好きだ。

アンチの人が書いている、登場人物がひど過ぎて感情移入できないというコメントは、日向誠の作家性をわかっていない証だ。

そもそもこの作家は、自身の経験した街金融の世界をリアルに書くのが目的だ。『阿鼻叫喚』に善人が一人も登場しないのも、ひとでなしやろくでなしばかりなのも、現実の街金融の住人がそうだったのだろう。

逆に言えば風間玲や東郷真一の書く闇世界はリアリティに欠け、手ぬるく感じてしまう。一つだけ言えるのは、日向誠は好き嫌いが分かれる極端な作家ということだ。

生理的に無理。文壇の品位を落とすから、一作で消えてほしい。

『阿鼻叫喚』を読むと、ほかの犯罪小説は嘘っぽくて読めない。お世辞にも文章がうまい作家とは言えないが、ジェットコースターストーリーから眼を離せない。

「なにこれ？　生理的に無理とか品位を落とすとか、好き放題書いちゃって！」

細長い店内に低く流れるＢＧＭのシャンソンを、憤然とした真樹の怒声が搔《か》き消した。

「エルミタージュ」のカウンター席——日向と真樹は、ノートパソコンで読者の感想を読んでいた。

日向は苦笑しながら、ビールのタンブラーグラスを傾けた。

「なになに？　そんなにひどいことを書かれてんのかよ？」

カウンターの奥でグラスを磨いていた大東が、身を乗り出してノートパソコンのディスプレイを覗《のぞ》き込んだ。

「下品な比喩、吐き気がする描写、稚拙な表現……たしかに、罵詈雑言《ばりぞうごん》のオンパレードだな。でもさ、罵《のの》しられているのと同じくらいにべた褒めしてる人もいるから、いいんじゃねえか？」

「だからって、こんなにアンチがいたらだめよ！　食べログとかでもさ、五つ星がついても同じくらいに一つ星をつけられたら平均が二・五になっちゃうでしょ？　読者の人は星の数を参考にするから、売れ行きに影響しちゃうんだって」

真樹が大東に反論した。

真樹の言う通り『阿鼻叫喚』の百を超えるコメントは、五つ星と一つ星がほぼ半々で平均は二・八という微妙な数字だった。

「だけど、誠の本は売れてるんだろ？」

大東が日向に視線を移した。

「ああ。発売一ヶ月で実売が累計五万部を突破したらしい」

「与那国屋書店」の週間ランキングで『阿鼻叫喚』は、風間玲の『堕天狼』、東郷真一の『無双検事』、名倉さゆりの『下町ブルジョア娘』に次いで四位だった。

発売十日目の週間ランキングが二十八位だったことを考えると、大躍進と言えよう。

だが、相変わらずトップ3は強く、順位こそ入れ替わってはいるものの三作品の牙城を崩すことはできなかった。

「五万部⁉　真樹ちゃん、聞いたか⁉　五万部って言えば、東京ドームをほぼ満員にできる数だぜ！　凄くないか？」

大東が興奮気味に言った。

「だから言ってるの。ここまで尖《とが》った小説だと読者を選んじゃうから、爆発的には広がらないじゃない。二作目は、少し柔らかくしたほうがいいって言ってるんだけど、頑固で聞いてくれないのよ」

真樹が不満げな顔で唇を尖らせた。

真樹は、日向にミリオンセラーの作品を生み出すような作家になってほしいと願っていた。

そのためには女性読者を増やす必要があり、いまの日向の過激な作風では難しい。

全国区の作家になるために前向きな妥協をしてほしい、というのが真樹の言いぶんだった。

『豆に凝《こ》ったコーヒー専門店もいいけどさ、日本中の人に飲んでもらう店にするにはチェーン店の要素も必要なんじゃないかな？』


脳裏に蘇る真樹の言葉。

これまでがそうであったように、真樹の言いぶんは正しいのだろう。

だが、今回は日向なりの考えがあった。

豆に凝ったコーヒー専門店でありつつ、全国の人に飲んでもらえる店にする方法を思いついていた。

「お前が真樹ちゃんの言うことを、あそこまで拒否するなんて珍しいじゃねえか。真樹ちゃんの番犬なのに」

大東がジントニックのグラスを手に、茶化すように言った。

「せめて忠犬って言えよ……って、冗談はさておき、別に頑固になってるわけでも拒否してるわけでもないさ。ところで、お前、本当に読んだのか？」

日向はさりげなく話題を変えた。

「なんだ？　疑ってんのか？　読んだに決まってるだろ」

大東がムッとした顔で言った。

「疑ってないわよ。誠は話を逸らしたいだけだから。でしょ？」

真樹がマンゴーカクテルのグラスを傾けながら、日向を睨みつけてきた。

「真樹の前では、俺の心はスケルトンだな」

「いよっ、さすが小説家！」

大東が合いの手を入れてきた。

「真面目に話して。もう少しソフトな描写にしたほうが読者は増えるっていう私のアドバイスを受け入れるの？　それとも拒絶するの？」

真樹は場を和《なご》ませようとする大東を無視して、日向に詰め寄ってきた。

「二者択一の片方が拒絶って言いかた、プレッシャーだからやめてくれよ。まったく、勘の鋭さと勝負どころの瞬発力は豹《ひょう》みたいだな」

日向は真顔で言った。

比喩で茶化したわけではなく本音だった。

「ほら、またそうやって話をはぐらかす……」

「白《しろ》作品を書こうと思ってる」

日向は真樹を遮り言った。

「白作品？　なにそれ？」

すかさず真樹が訊ねてきた。

「黒《くろ》作品の『阿鼻叫喚』と、真逆の世界観の作品だよ。恋愛小説とか、動物小説とかさ」

「お前が恋愛小説!?　無理無理無理無理無理！」

大東が顔の前で手を振りながら大笑いした。

「なんでだよ？」

「だってさ、放送禁止用語と差別用語がオンパレードの小説を書いているお前が恋愛小説だって!?　頼むから、笑わせないでくれ……」

悪ふざけでも演技でもなく、大東の眼には涙が浮かんでいた。

「私は、そうは思わないけどな。誠は恋愛小説でも動物小説でも家族小説でも、どんなジャンルでも書ける……っていうか、もしかしたらそっちのほうが得意かもしれないわ」

真樹が真顔で言った。

「え!? 真樹ちゃん、それ、本気で言ってんの!?」

大東が素頓狂な声で真樹に訊ねた。

「もちろん。誠の才能は、大東君より私のほうがよく知ってるから」

真樹が得意げに言った。

「なんだなんだ、こんなところでノロケか?」

大東が眉間《みけん》に皺を刻み、下唇を突き出した。

「でも、大東君の言うことも一理あるわ。いまの黒作品のイメージがつき過ぎると、誠がどんなに素敵な恋愛小説を書いても読者は買う気が起こらないと思うの。だって、ゲテモノ料理の専門店がスイーツ店を始めても、女性は敬遠するんじゃないかな。ヘビやサソリの唐揚げが頭に浮かんで、パンケーキやパフェって気分じゃなくなるもの」

真樹が唇をへの字に曲げた。

「俺の小説がゲテモノ料理って……ひどいな」

日向は苦笑いした。

「ひどくないわよ。恋愛小説が好きな女性読者からすれば、『阿鼻叫喚』を読んだらゲテモノ料理を見たときと同じくらいの嫌悪感を覚えるんじゃないかしら」

真樹が淡々とした口調で言った。

「泥酔したおっさんがゲロ吐いたグラスでどんなに洒落たカクテルを作っても、飲みたくねえのと同じだな」

大東が悪戯っぽい顔を日向に向けた。

「お前らな、俺の小説をゲテモノだのゲロだの言いたい放題だな」

日向は渋い顔で、大東と真樹を交互に見た。

「大東君のたとえはひどいけど、私の言いたいことと同じよ。ねえ、誠。二作目からは描写と表現を少しソフトにして、白作品を買ってくれる読者を取り込んでいこうよ」

「真樹は、俺にミリオンセラー作家になってほしいんだろ?」

「そうだよ」

「『阿鼻叫喚』の売り上げが伸びて、最終的に十万部まで売れたとしよう。それでも、百万部には九十万部届かない。裏を返せば、『阿鼻叫喚』を買ってない読者がそれだけの数いるということさ」

「なにが言いたいの?」

真樹が怪訝な顔になった。

「俺は、黒作品と白作品の読者はまったく別物だと思っている。だから、『阿鼻叫喚』の読者に白作品を買ってもらおうなんて思わない。恋愛小説や動物小説を出版するときは、『阿鼻叫喚』を買っていない九十万人の読者をターゲットにするつもりだ。もちろん、黒作品も白作品も好きって読者も大歓迎だけどね」

日向は言うと、グラスのビールを飲み干した。

「お前さぁ、その根拠のない自信はどこからくるんだよ?」

大東がため息を吐きながら訊ねてきた。

「誠の言いたいことはわかるけど、わざわざ遠回りすること……」

「遠回りじゃなくて、近道なんだよ」

日向は真樹の言葉に言葉を重ねた。

「え？　どういうこと？」

真樹が驚いた顔で日向をみつめた。

「女性読者を獲得するために作風をマイルドにしたら、せっかくついてくれたファンが離れてゆく。それに、作風をマイルドにした二作目を五万人の女性読者が買ってくれる保証はない。どっちつかずの中途半端な作品になってしまったら、五万部どころか五千部も売れなくなるかもしれない。いま俺がやるべきことは、『阿鼻叫喚』の読者をしっかり摑んで離さないこと……日向ワールドを確立して中毒者を増やすことだよ。白作品に挑戦するのは、それからの話さ」

この瞬間、日向は作家として生きてゆく肚を決めた。

真樹の気持ちはわかっていた。

なぜ、比喩や表現をソフトにしてほしいかを。

女性読者を獲得する、ということだけが理由ではない。

眼を背けたくなる暴力描写、口汚いセリフの数々、女性を性の対象にしか見ていない男達。

鬼畜、下種《げす》、カス、変態、倒錯者、サディスト……最低最悪の登場人物達。

真樹は、日向が世間から叩かれることを危惧《きぐ》しているのだ。その危惧は、ネット上で現実になった。

そして真樹自身、『阿鼻叫喚』を嫌悪している。

「日向ワールドっていうのは、世の中の女性を口汚く罵って性の捌《は》け口《ぐち》にする登場人物だらけの世界観のこと？」

真樹が皮肉っぽく言った。

『阿鼻叫喚』が女性ウケしない作品だってことはわかってるさ」

「女性ウケしないどころか、敵に回していると言ってるの！」

真樹が強い口調で言った。

「日向が女性の敵だっていうことはわかってるけど、そこまではっきり言うとかわいそうだぜ」

大東が冗談めかして、ピリつく空気を和ませようとした。

「突き抜けた作品にしないと、デビュー作でここまで目立つことはできずに埋もれていたよ」

「悪目立《わる》ちなら、埋もれていたほうがましだったかもよ」

相変わらず、真樹の言葉には棘《とげ》があった。

「悪目立ち！　日向、お前にぴったりだな！」

険悪な空気にしないために、大東が茶々を入れてきた。

「俺の小説が個人的に好きじゃないって、はっきり言ったらどうだ？」

日向は単刀直入に言った。

ネットの批判なら笑って受け流すが、真樹は違う。

生涯を共にするであろう妻の理解を得られなければ、執筆に集中できなくなる。

「おいおい、日向、なにマジになってんだよ。真樹ちゃんがお前の小説を好きじゃないわけないだろうが。な？　そうだろ？　真樹ちゃん」

大東が慌てて二人を執《と》り成《な》した。

「嫌いよ。正直、私の夫にこんな作品を書いてほしくない。でも、個人的な感情だけで言ってるんじゃないの。誠の将来を考えてのことよ」

「いままで、真樹を信じてきた。今度は、俺を信じてくれないか？」

日向は思いを込め、真樹の瞳をみつめた。

「わかった。あなたの販売戦略は信じるわ。じゃあ、個人的なお願いなら聞いてくれる？」

「個人的なお願いってなに？」

日向は、切実な瞳でみつめる真樹に訊ねた。

「妻として、夫にこんな小説は書いてほしくない……ってお願いよ」

真樹が視線を逸らさずに言った。

「すぐに答えは出せないし、約束もできない。少し、考えさせてくれ」

日向は真樹から視線を逸らして言った。

☆

「うわぁ、広か個室ね〜。私なんていつも大部屋なのに、社長ばっかりずるかばい」

テレビ関東の楽屋に入った椛が、不満げな顔で首を巡らした。

今日は「小説バー」の収録日だった。

「あたりまえだろ。俺はベストセラー作家で、お前は無名の新人女優だ。格が違うんだよ、格が」

日向はスタンドミラーの前に立ち、ネクタイを締め直しながら挑発的に言った。

スカイブルーのスリーピースにグッチのローズピンクのネクタイ——『阿鼻叫喚』の原作者のイメージを裏切らないように、日向は派手に決めてきた。

「な〜にがベストセラー作家ね！　センスの悪かホストみたいな恰好《かっこう》ばしてから。まぐれで少し売れただけで、す〜ぐ調子に乗る単純ガングロ男ばいね〜」

椛も負けじと、日向を小馬鹿にした。

「椛さん、五万部はまぐれでは売れない数字ですよ」

テーブルでゲラを読んでいた磯川が顔を上げ、レンズ越しの眼を細めて椛に言った。

「編集者さん、社長ば甘やかさんほうがよかですよ。大物作家になったと勘違いしますけんね〜」

椛が磯川に言いながら、テーブルに置かれていたサンドイッチを手に取った。

「ところで、お前がどうしてここにいるんだよ！」

日向は椛からサンドイッチを取り返した。

「社長一人じゃ心配だけん、今日は特別にマネージャーとしてついてきてあげたとたい！　お礼は広《ひろ》尾《お》の『ミョンドン』でよかば〜い」

椛がニッと笑った。

「あんな高級店、十年早い！　お前は四百円の牛丼で十分だ」

日向は大笑いした。

「社長には牛丼でももったいなか。卵かけご飯が、お似合いばい！」

椛も負けじと大笑いした。

「二人とも、兄妹《きょうだい》みたいに仲がいいですね」

磯川が微笑みながら言った。

「兄妹なんて、冗談じゃなか！」

椛がせんぶり茶を飲んだような顰めっ面《つら》の前で、大きく左右に手を振った。

「失礼します！　日向先生、そろそろお時間です！」

ノックの音に続いてドアが開き、ＡＤの若い男性が日向に告げた。

「お前も日向先生の収録を見学して勉強しなさい」

日向は、椛の肩を叩いて楽屋を出た。

「ガングロチャラ男の収録なんか見ても勉強にならんばってん、女優さんに会えるけん見学してやるばい」

椛が憎まれ口を叩きながら、日向についてきた。

「お前も女優だろ？　そんなミーハーなことばかり言ってるから、素人臭が抜けないんだよ」

日向は振り返り、憎まれ口を返した。

「すぐに言い返すところがガキ……」

「すみませんけど、これ、預かっててください」

日向は椛を遮り、磯川に携帯電話を差し出した。

「作家日向誠の初陣《ういじん》ですね。頑張ってください」

磯川が左手で携帯電話を受け取ると、笑顔で右の拳を突き出した。

「あれ？　磯川さんって、そういうキャラでしたっけ？」

日向は訊ねながら、磯川の拳に拳を触れ合わせた。

「そういう一面もあります。ただし、相手によっては拳どころか眼も合わせないですけどね」

磯川は悪戯っぽく笑い、グータッチを解いた。

「日向先生入りまーす！」

ＡＤが大声で言いながら、日向をスタジオに先導した。

「ピンマイク失礼しまーす」

ＡＤが日向のワイシャツの胸元に手際よくピンマイクをつけ、送信機を腰に装着した。

「森崎芳恵《もりさきよしえ》さん入りまーす！」

ＡＤの女性に先導されながら、ＭＣの森崎芳恵がスタジオに入ってきた。

男性プロデューサーが、日向のほうを見ながらピンマイクを取りつける森崎芳恵に話しかけていた。

「やっぱり、お綺麗《きれい》ですね。四十五には見えませんよ」

磯川が日向の耳元で囁いた。

森崎芳恵は十数年前まで、トレンディドラマの主役を張る売れっ子女優だった。

トレンディドラマのブームが下火になってからも二時間ドラマを中心に活躍していたが、結婚、出産してからは女優業をセーブするようになった。

小説好きとしても有名だったが、この五年は「小説バー」以外で森崎芳恵をテレビで見かけることはなかった。

ピンマイクをつけ終えた森崎芳恵が、日向のほうに歩み寄ってきた。

「はじめまして、ＭＣを務めております森崎です」

森崎芳恵が上品な微笑みを湛《たた》え、頭を下げた。

若い頃からドラマで観ていた彼女が、自分の小説を読んでくれたという実感が湧かなかった。

なにより、好感度ランキングで常に上位にいた清純派女優が『阿鼻叫喚』の内容をどう思ったのかが気になった。いくら第一線から退いているとはいえ、彼女のイメージダウンになりかねない仕事を受けてくれたことに日向は驚きを隠せなかった。

「日向誠です。今日は番組に呼んでいただきありがとうございます」

日向も頭を下げた。

社交辞令ではなく、心からの言葉だった。

「いえいえ、こちらこそお会いしたかったんです。あんなにショッキングな物語を書く作家さんが、どんな方か興味がありました」

森崎芳恵が、好奇に輝く瞳で日向をみつめた。

「会ってみて、どうでしたか？」

「期待を裏切らない強烈なインパクトです。番組でお会いしていなければ、絶対に作家さんだとわからなかったと思います」

森崎芳恵が、笑いながら言った。

ウルフカットの金髪、褐色の肌、サングラス、派手なスーツ……普通なら、水商売か怪しげな自由業に見えるだろう。一万人に訊いても、作家だと言い当てる者はいないに違いない。

「褒め言葉として受け取っておきます」

日向は口元を綻ばせた。

「もちろんですよ。では、のちほど」

森崎芳恵と入れ替わるように、濃紺のスーツを着た四十絡みの男性が歩み寄ってきた。

「日向先生、ご挨拶《あいさつ》させていただいてもよろしいでしょうか？　私、森崎のマネージャーの稲木《いなき》と申します」

稲木が名刺を差し出してきた。

木山《きやま》オフィス　チーフマネージャー　稲木清太《せいた》
「日向です。よろしくお願いします」

日向は名刺を受け取りながら頭を下げた。

「こちらこそ、本日はよろしくお願いいたします。先生の小説、凄かったです。一気に読み終えてしまいました」

稲木が折り目正しく挨拶すると、日向に言った。

「ありがとうございます。そういうふうに言ってもらえるのが、一番嬉しいです」

「また改めて、ご挨拶に伺わせてください。ウチは若手も数多く所属していますので、先生の作品が映像化になる際はよろしくお願いします。今度、宣材をお持ちしますので。では、失礼します」

稲木が深々と頭を下げ、森崎芳恵のもとに戻った。

「褒め言葉として受け取っておきます」

椛が、日向が森崎芳恵に言った言葉を真似しながら歩み寄ってきた。

「お前は、いちいち絡んでこないでスタジオの端っこでおとなしくしてろ」

日向は手で追い払う仕草をした。

「あの男の人、本当に小説ば読んだとだろうか？　あぎゃんエログロな小説の映画に出演したら、イメージダウンになるばい」

「お前はキャスティングしないから安心しろ」

「頼まれたってお断りばい。私は安っぽいタレントじゃなかけんね～」

「お前な……」

椛が変顔をして、スタジオの隅から日向達のやり取りを見ていた磯川のところへ逃げた。

日向は台本を開いた。

台本といっても、ドラマや映画のようにセリフが書いてあるわけではなく、進行表のようなものだった。

「作家になったという実感が湧いてきましたか？」

背後から磯川に声をかけられた。

「たしかに、いつもは俺がタレントを売り込んでいますが、逆の立場になってみて実感しましたね」

新人タレントが中心の芸能プロダクションの社長は、テレビ局で頭を下げることはあっても下げられることはほとんどない。

一冊本を出版しただけの日向にスタッフや稲木が低姿勢で接してくるのを見て、小説家が強い影響力を持っているということを肌で感じた。

「二冊、三冊とベストセラーを連発していくと、周囲の態度がもっと露骨になりますよ」

磯川が皮肉っぽく言った。

磯川は、相手の立場次第で態度を変える人種を軽蔑《けいべつ》しているのだろう。

「日向先生、そろそろ本番になります！　スタンバイお願いします！」

ＡＤが日向をセットに促した。

「いざ、戦場に！」

日向はおどけた口調で言いながら磯川に力こぶを作ってみせると、ＡＤのあとに続いた。

☆

「みなさん、こんばんは。『小説バー』の時間です。小説ナビゲーターの森崎芳恵です。今宵《こよい》、みなさんを陶酔の世界に誘《いざな》うのは、四月に文壇騒然の衝撃作『阿鼻叫喚』でデビューを果たした日向誠さんです」

森崎芳恵が、一カメに向かって日向を紹介した。

「こんばんは。日向誠です。よろしくお願いします！」

日向は強張《こわば》った笑顔で挨拶した。サングラスをかけていなければ、もっと緊張していたことだろう。

「こちらこそ、よろしくお願いします。最初にお写真を見たときは、どんなに怖い方だろうと思いましたが、ご挨拶させていただいたとき、物腰が柔らかくて優しい方だったのでホッとしました」

森崎芳恵が冗談めかした口調で言った。

「ギャップだけが取り柄ですから」

日向も冗談を返した。

「サングラスの奥の瞳もお優しそうで。顔出しがNGというわけではないのですよね？」

「インパクト狙いですね」

「インパクト……ですか？」

「はい。私が経営している芸能プロの新人を売り込むときにも、プロデューサーさんに印象づけるためにガングロ金髪サングラスで通してます。ああ、あの派手な社長のプロダクションの子、って覚えてもらえますからね」

「なるほど、納得です！　たしかに日向さんは、一度お会いしたら絶対に忘れられないインパクトですから！」

森崎芳恵が胸の前で手を叩き、笑顔で言った。

「それは、褒め言葉として受け取ってもいいですか？」

日向はおどけた調子で訊ねた。

「もちろんですよ。本題に入りますが、日向さんは作家になる前は金融業界で働き、現在は社会現象になった『世界最強虫王決定戦』の制作会社と芸能プロダクションの経営者という異色の経歴と肩書をお持ちですよね？　いろんなインタビューで訊かれていると思いますが、どうして小説家になろうと思ったんですか？」

森崎芳恵が身を乗り出してきた。

「妻に言われたんです。あなたは昔から読書が趣味だから小説家を目指したら、って」

「畑違いのお仕事をなさっていた旦那さんに小説を書くことを勧めるなんて、凄い洞察力をお持ちの奥様ですね！」

「ええ。こうしてテレビ出演できるまでになったのも妻のおかげです。足を向けては寝られません」

日向はしみじみと言った。

パフォーマンスではなく、本音だった。

真樹が導いてくれなければ、いまでも自分は闇の人生を歩んでいたことだろう。

「奥様も素敵ですけど、感謝の言葉をサラッと言える日向さんも素敵な旦那様ですね。ところで日向さんは、『日文社』の『未来文学新人賞』の最終候補を辞退して、同じ『日文社』の『ホームズ文学新人賞』でデビューなさっていますが、差し支えなければ理由を教えていただけますか？」

「『未来文学新人賞』も魅力的でしたが、私の作風を考えると幅広いジャンルの作家を輩出している『ホームズ文学新人賞』のほうが個性を活かせると判断しました。一番の理由は、ウチでデビューしないかと声をかけてくれた担当編集者のIさんの存在です。ウチの賞のほうが、日向作品の個性を活かせるとアドバイスをくれたのも彼です。じっさい、Iさんはよその出版社なら撥《は》ねられそうな数々の過激な表現を、上司と戦ってすべて採用してくれました。ほかの編集者だったら、文章を綺麗に整えられて個性を殺されてしまったでしょうね」

日向はスタジオの隅から収録を見学している磯川にちらりと視線をやった。

「あそこにいる方ですね？」

森崎芳恵も、磯川に視線を移した。

「はい」

日向は噴き出しそうになるのを堪《こら》えて頷いた。

自分が注目されて、居心地悪そうにしている磯川の様子がおかしかったのだ。

「発売一ヶ月で五万部のベストセラーという結果を見ると、日向さんと担当編集者の方の判断は正しかったということですね」

森崎芳恵が日向に視線を戻した。

「そうですね。でも、まだこれからです。一発屋で終わらないように、気を抜かずに頑張ります」

日向は、自らにも言い聞かせた。芸能界でも、デビュー曲こそヒットしたものの二曲目からさっぱり売れずに消えていった歌手は珍しくない。

「デビュー作がベストセラーになっているというのに、先のことを見据えて気を引き締めるなんて、さすがは実業家ですね」

森崎芳恵が感心したように言った。

「いえいえ、そんなにたいしたものじゃありません。恥をかきたくないんですよ。ほら見ろ。まぐれで一作売れただけだよ、ってね」

日向は自嘲的に言った。

文壇デビューした以上は、二十年、三十年と第一線で活躍できる作家になるのが目標だった。

「この番組で数多くの作家の方にお会いしましたが、日向さんみたいなタイプは初めてです。作家さんは自分の内面と向き合う方が多いのですが、日向さんは自分を俯瞰的《ふかんてき》に見ている気がします」

「それは、私が作家らしくないという意味ですね」

日向は苦笑しながら言った。

「あ、いえ、そういうわけでは……」

「冗談ですよ」

慌てる森崎芳恵に、日向は微笑みを向けた。

「それに、森崎さんの言われた通りですから。『世界最強虫王決定戦』、タレント……昔から私は、プロデュースするのが大好きなんです。今回は、日向誠という商品をプロデュースしているという感じです。作家らしくないという言葉は、私にとっては最高の褒め言葉です」

本音だった。

日向は、自分の書きたいテーマより読者が求めているテーマを書く作家でありたかった。

「日向さんの懐の深さに救われました」

森崎芳恵が、ばつが悪そうに言った。

「本当のことですから、気にしないでください」

「ありがとうございます。では、お言葉に甘えて踏み込んだ質問をさせていただきますね。『阿鼻叫喚』は熱烈なファンがいる一方、書評家やアンチの方々から手厳しいコメントも数多く寄せられています。日向さんは、インターネットのコメント欄を読まれたりするんですか？」

「ええ、読みますよ」

「正直、腹が立ったり落ち込んだりしますか？」

「いえ、それはないです。もちろん、嬉しくはないですけどね。批判するっていうことは読んでくれているわけですから読者です。だから、次はファンにしてやろうと燃えますね」

日向は笑い飛ばした。

その後、『阿鼻叫喚』が実話か否か、作家になって変わったこと、意識する作家、次作の構想、と流れるように質問が続いた。

「本日は興味深いお話をありがとうございました。最後に、恒例の締めの質問をさせていただきます。作家日向誠の夢はなんですか？」

森崎芳恵が、お決まりのセリフを口にした。

「私の夢は、ミリオンセラー作家になることです。そして、それは夢ではなく目標です」

「はいカットー！　お疲れ様でしたー！」

ディレクターの声がスタジオに鳴り響いた。

☆

「小説バー」の収録を終えた日向は、次作の打ち合わせのために「テレビ関東」の近くのカフェラウンジに移動していた。

椛もついてきたがっていたが、日向が強制的に帰した。

あの調子で憎まれ口ばかり叩かれたら、打ち合わせどころではなくなる。

「いい収録でしたね。お疲れ様でした」

磯川の隣に座る文芸第三編集部の編集長の羽田《はた》が、ビールのグラスを宙に掲げた。

「お疲れ様です」

日向もビールのグラスを掲げ、羽田と磯川のグラスに触れ合わせた。

収録終盤にスタジオに顔を出した羽田も、日向に一杯奢《おご》りたいと磯川との打ち合わせに参加することになったのだ。

「まだ三時なのに、お酒を飲むなんて背徳感がありますね」

日向はグラスをみつめながら言った。

「作家の特権ですよ。サラリーマンと違って、売れる原稿さえ書いていれば朝から飲んでも誰からも責められませんから」

羽田が上機嫌に言うと、喉を鳴らしながらビールを流し込んだ。

「なにかと理由をつけて、自分がお酒を飲みたいだけですから」

磯川が茶々を入れてきた。

『ウチの編集長は仕事もできて作家さんからの評判もよく、酒さえ飲まなければ完璧な上司なんですけどね』

磯川の苦笑いが脳裏に蘇った。

磯川の話では、羽田は仕事中も水筒に入れた水割りを飲みながら原稿を読んでいるらしい。

だが、羽田が編集長になってからの文芸第三編集部は、それまでの三倍の収益を上げるようになったという。

「まあ、否定はできないな」

羽田はそう言うと、あっという間にビールを飲み干した。

「同じのにしますか？」

すかさず磯川が訊ねた。

「いや、とりあえずいまはいい。日向さんに、大事な話があるからね」

羽田が真顔で言った。

「改めて、『阿鼻叫喚』をウチで出してくれてありがとうございます。発売一ヶ月で五万部なんて、ここ数年ありませんでしたから」

羽田が頭を下げた。

「いえいえ、磯川さんのおかげです。頭を上げてください」

日向は慌てて言った。

「いえ、このまま一つお願いがあります」

羽田が頭を下げたまま言った。

「なんですか？」

「単刀直入に言います。二作目は、表現をもうちょっとソフトにしていただきたいのですが……」

羽田が申し訳なさそうに切り出した。

「え……。文芸第三編集部は、文芸第二編集部に比べて自由に書かせてくれると、磯川さんに聞いてましたけど。『未来文学新人賞』の最終候補を辞退して『ホームズ文学新人賞』でデビューしたのも、俺の個性を殺さずに自由に書かせてくれるというのが決め手でした」

日向は正直な思いを口にした。

「編集長、日向さんの言う通りです。日向さんの個性を殺しませんと、僕は約束しました。結果も出しているわけですし、いまさらそういうことを言われるのは納得できません」

磯川が日向を擁護《ようご》した……というより、言葉通り納得できないといった感じだった。

「『阿鼻叫喚』の表現について、人権団体からクレームがきているんだよ」

羽田がため息を吐きながら、磯川に言った。

「どういうクレームですか?」

磯川が訊ねた。

「『阿鼻叫喚』の街金業者が取り立てのときに言う、『てめえみたいな貧乏人は首がないのと同じだ。つまり、貧乏人は死人と同じだ』と、『お前みたいな不細工な女とやってやるだけ感謝しろ』というセリフが、人権を蹂躙《じゅうりん》していると言ってきてね。一ヶ月以内に『阿鼻叫喚』を書店から回収しなければ訴訟を起こすと脅《おど》してきたんだ。なんとかそれは説得して納得してもらったが、二作目にも同じ感じの描写があれば今度こそ裁判沙汰になるだろう。日向さん。僕は『阿鼻叫喚』の容赦ない描写が大好きです。ただ、出版差し止めみたいな事態になったら本末転倒なので、二作目は描写をソフトにしてほしいとお願いする次第です」

羽田が顔を上げ、日向をみつめた。

「編集長に迷惑かけるわけにはいかないので……」

「裁判上等、受けて立ちましょう」

日向を遮り、磯川が言った。

「どういう意味だ?」

羽田が怪訝な顔で磯川に訊ねた。

「言葉のままですよ。日向さんみたいに突き抜けた小説を書く作家さんに、丸くなれというのは致命傷です。それに、そういう輩《やから》は一つの要求が通ったら味を占めて、次、となります。編集長。僕が入社した頃に、なんと言ったか覚えてますか？　編集者の仕事は、作家に最高の物語を書いてもらう環境作りをすることだ。そのためには、どんな犠牲をも厭《いと》わない精神でいなさい。そう言われました。だから僕は裁判沙汰になろうとも、日向さんにいまのままのスタイルで二作目も書いてもらいます」

磯川が羽田を見据え、きっぱりと言った。

羽田にたいして信念を貫く磯川を見て、「ホームズ文学新人賞」を選んだことに間違いはなかった、と日向は改めて思った。

8

「日文社」に向かうホーミーエルグランドのミドルシートで日向は、『フィクサー貴族《きぞく》』のノベルスを開いていた。

『フィクサー貴族』は『阿鼻叫喚』に続く二作目で、街金融の帝王と畏怖《いふ》される、若く怜悧《れいり》なヤクザ……海東《かいとう》が武力と知力のかぎりを尽くして、闇社会のフィクサーへと伸し上がる物語だ。

海東は目的を果たすためなら手段を選ばず、逆らう者、行く手を阻《はば》もうとする者は誰であろうと抹殺する冷血漢だった。

『おい……いったいなにをするつもりだ？　俺にこんなことをしたら、ただじゃ済まないぞ！　俺の親父《おやじ》が誰だか知っていながら、さらったんだろうな？』

海東の企業舎弟が経営するＳＭクラブ——天井に取りつけられたチェーン付きの手枷《てかせ》に両手首を拘

束された花崎《はなさき》は、懸命に虚勢を張った。

『関東最大手の広域組織、「陣流会《じんりゅうかい》」の会長だ』

海東は抑揚のない口調で言いながら、無表情に花崎を見据えた。

『わかってるなら、早く解放しろよ！　いまなら、親父には黙っておいてやるから』

花崎が強気に言った。

『なにか勘違いしてないか？　お前が「陣流会」会長の息子だからさらったんだ』

海東は片側の口角を吊《つ》り上げた。

『な、なんだって……』

花崎の顔が瞬時に強張った。

大事な一人息子を屈辱塗《まみ》れにすれば、会長の大林《おおばやし》は怒髪天《どはってん》を衝《つ》くような形相で海東組に刺客を送り込んでくるだろう。

大林の長男をさらったのは、抗争のきっかけ……大義名分を得るためだった。

『連れてこい』

海東は組員に命じた。

ほどなくして、組員がグレート・デンを連れて戻ってきた。

「犬界のアポロ神《しん》」と呼ばれるグレート・デンは世界一、二を争う体高を誇り、立ち上がると二メートル近くになる超大型犬だ。

『な、なんだよ……その犬は!?』

グレート・デンを眼にした花崎の顔が蒼白《そうはく》になった。

『脱がせろ』

海東に命じられた二人の組員が、花崎のベルトのバックルに手をかけた。

『なにするんだ！　や、やめろ！』

花崎は必死に抵抗したが、あっという間にズボンとブリーフを脱がされてしまった。

『さあ、ショータイムの始まりだ』

海東が言うと、二人の組員が花崎の左右の足をそれぞれ抱え込んだ――股を開かせた。

グレート・デンを連れた組員が花崎の肛門《こうもん》にローションを塗り始めた。

『おいっ、やめろっ……なにやってんだ！　やめろよ……やめろって言ってるだろっ。なあっ、おいっ、ふざけんなよ！　やめろよ！』

両手、両足を拘束されている花崎は逃れることができなかった。


「主人公が犬にレイプされるって……。変態とは思っとったばってん、社長は私の想像ば超えたド変態ばい。あ～怖か～。キモか～」

隣に座る椛が、己の体を抱き締め大袈裟に顔を顰めてみせた。

日向は未成年の所属タレントには著書を読むことを禁じているが、『フィクサー貴族』では主要登場人物が大型犬にレイプされるという衝撃的な描写が話題になり、数多くの書評家が雑誌や新聞で取り上げたので椛の眼にも入ってしまったのだ。


デビュー作『阿鼻叫喚』を超える衝撃作！

この小説をR指定にしなくてもいいのか!?

日向誠の辞書にモラルという文字はないのだろうか？

私が読んできた暗黒小説史上、『フィクサー貴族』は最も過激で救いようのない作品だ。

日向作品に比べれば、これまでのノワール作品がファンタジーに思えてしまう。

本作の登場人物のひとでなしぶりとろくでなしぶりは、デビュー作を遥《はる》かに超えた。


賛否両論の書評だったが、発売前に様々な媒体に取り上げられたことで『フィクサー貴族』はロケットスタートを切ることができた。

レギュラーを十数本抱える、毒舌が売りの人気芸人が、日向誠は現代文学の鬼才、とゴールデンタイムのバラエティ番組でコメントしてくれたおかげで、『フィクサー貴族』は一気に広まった。

発売一ヶ月の「与那国屋書店」の月間ベストセラーランキングでは、風間玲の『六本木《ろっぽんぎ》ギャング』と東郷真一の『白狼《はくろう》の牙《きば》』に次いで三位に入っていた。

『阿鼻叫喚』の発売から一年が経っているので、上位の二人もそれぞれ新作がランクインしていた。

発売一ヶ月で『フィクサー貴族』は版を重ねて七万五千部に達し、同じ時期の実売が五万部だった『阿鼻叫喚』を超えていた。だが、日向に満足感はなかった。

磯川の調べでは、発売月が同じ『六本木ギャング』が十五万部、一ヶ月早い『白狼の牙』が十四万部の実売らしい。

それぞれ、『フィクサー貴族』のほぼ倍の部数が売れているのだ。

「超大型犬に犯されるのは、主人公じゃなくて準主人公だ」

日向は真面目な顔で訂正した。

「は？　そこに拘ると？　人間が犬に犯される小説なんて書く作家は、社長みたいな変態しかおらんばい。恥ずかしくなかとね？」

椛が呆れた口調で言った。

「ほかにない物語を書くから売れるんだよ。お前も、いま売れてる女優の真似じゃなくて自分のスタイルを確立しろよ」

日向は涼しい顔で言った。

「なーにが自分のスタイルね！　変態に偉そうに言われたく……」

「到着したわよ」

チーフマネージャーの真理が「中央テレビ」の前でエルグランドを停《と》め、椛の憎まれ口を遮った。

椛は先月から連続ドラマの撮影に入っていた。二十四時台の深夜ドラマの脇役だが、椛にとっては大チャンスだ。どんな大女優でも、脇役からスタートしているものだ。

「真理さんは？」

「私は社長を『日文社』で降ろして戻ってくるから、一階のカフェで待ってて」

真理は言いながら、スライドドアを開けた。

「こぎゃん変態作家は電車で行かせて、未来の大女優ば……」

「ほらほら、未来の大女優さん、撮影頑張って！」

日向は椛の背中を押して、車から降ろした。

振り返った椛は日向に中指を突き立てると、正面玄関に向かって駆け出した。

☆

日向は文芸第三編集部の前で足を止めた。

今日は書店から頼まれたサイン本のために「日文社」を訪れたのだ。

磯川との打ち合わせは、いつもカフェやミーティングルームばかりだったので、編集部に入るのは初めてだ。

三十坪ほどの空間、スチールデスク三台が並んで向き合う島が三つ、それぞれのデスクに積み上げられた書籍や原稿、たくさんのロッカー、吸い殻が溢れた灰皿……文芸第三部は、ドラマや漫画に出てくる編集部のイメージ通りに雑然としていた。

ゲラをチェックする者、電話をかける者、パソコンのキーを叩く者……業務に没頭する編集者達は、来訪者に一人として気づいていなかった。

日向は視線を巡らした。

磯川の姿は見当たらなかった。

「あの、お仕事中すみません。磯川さんはいらっしゃいますか？」

日向は近くでゲラを読んでいた若い編集者に訊ねた。

「あの……どちら様でしょうか？」

一瞬、編集者の顔に驚きの色が浮かんだのを日向は見逃さなかった。

これまで文芸編集部に、金髪ガングロでメタリックグレーのスーツを着た男が訪れたことなどないのだろう。

「磯川さんが担当で、『阿鼻叫喚』と『フィクサー貴族』をこちらから出版している日向誠です」

「あ！　お世話になってます！　磯川はすぐに戻ってきますので、こちらへどうぞ！」

目の前の派手な男が自社で作品を書いている作家と知り、慌てて編集者が日向をフロアの奥へと促した。

「磯川の席です。こちらでお待ちください」

編集者がキャスター付きのデスクチェアを日向に勧めた。

「ありがとうございます」

日向はデスクチェアに腰を下ろした。

乱雑に積まれたゲラや資料が雪崩《なだれ》を起こしているデスクもあったが、磯川のデスクはすっきりしており、パソコンの横のブックスタンドには担当作家のものだろう書籍が整然と並べられていた。

開いたゲラ……チェックの途中だったのだろう。

ゲラは書き込まれた文字で真っ赤になっていた。

日向はデスクチェアに座ったまま磯川のデスクに近づき、ゲラにチェックを入れた赤字を視線で追った。


そこまで僕のことを考えて頂いて、申し訳ありません。

この場合は補助動詞なので、頂いて、ではなく、いただいて、と平仮名になります。

僕は汚名挽回《ばんかい》を誓った。

汚名挽回ではなく、汚名返上、名誉挽回ではありませんか？

次の舞台の主役？　駆け出しの僕なんか、役不足です。

役不足とは、①俳優などが与えられた役に満足しないこと。②能力に対して、役目が軽すぎること。(※『大辞林』)という意味で、主人公のセリフのように自分の力量を遜《へりくだ》る意味で用いるのは誤りです。力不足では?

何時間考えてもいいアイディアが浮かばず、僕達は煮詰まってしまった。

煮詰まるの本来の意味は、十分に議論、相談などをして結論が出る状態になる、です。行き詰まって、では?

まず最初に選ばれたのは、水川《みずかわ》君だった。

この場合のまずと最初は重複表現、重言《じゅうげん》です。まず選ばれたのはor最初に選ばれたのは　トカ?

君ははっきり断言したじゃないか!?

この場合のはっきりと断言は重言です　君ははっきり言ったor君は断言した　トカ?

それは、思いがけないハプニングだった。

この場合の思いがけないとハプニングは重言です　思いがけない出来事だったorハプニングだったトカ?

一番ベストなのは、僕が彼に主役を譲ることなのかもしれない。

この場合の一番とベストは重言です　一番いいのはorベストなのは　トカ?


「これ、どうぞ」

さっきの若い編集者が、日向にミネラルウォーターのペットボトルを差し出してきた。

「ありがとうございます」

日向は礼を言いながら、ペットボトルを受け取った。

「あっ、またやってる……」

デスクの上のゲラを見た、編集者の顔が強張った。

「重言は、うっかりやっちゃうんですよね。俺も気をつけないと」

日向は苦笑しながら言った。

「こんなに赤を入れたら、激怒する作家さんもいるんですよ」

「でも、赤を入れてある箇所は誤用や誤字なので仕方ないですよね?」

「それはそうですけど、磯川の場合はストレートに指摘し過ぎるというか容赦ないというか……もっと、オブラートに包んだ指摘をしたらいいのに」

若い編集者が困惑した表情で言った。

「誰の作品……え！　嘘！」

ゲラの扉ページを見た編集者が、蒼褪《あおざ》めた顔で声を上げた。

「どうしたんですか？」

日向は訊ねた。

「これは、大和田《おおわだ》先生の原稿です……」

編集者が震える声で言った。

「大和田先生って、大和田泰造《たいぞう》さんですか？」

日向の問いかけに、編集者が頷いた。

大和田泰造は新作を出せば最低二百万部は売れる、日本一出版社を稼がせる作家だ。

発売二ヶ月前から五十万部の予約が入るという、モンスター級の人気作家だ。

「たしかに大和田泰造さんは人間国宝のような偉大な作家ですが、間違いは間違いですよね？」

磯川が大和田泰造の担当編集者だったことには驚いたが、彼が間違っているとは思わない。

「大和田先生は、そういうレベルでは語れない神様です。もし、大和田先生の機嫌を損ねて二度と『日文社』では書かないと言われてしまったら、その損失は計り知れません。大和田先生の定価二千円の作品が刊行されれば、人件費や制作費、印刷代などの必要経費を除くと、約四億円の利益が出るんですよ？　四億のために誤用や誤字に目を瞑るのはあたりまえでしょう」

「谷《たに》君、君が詐欺師《さぎし》なら、その考えも一理あると思うよ」

磯川が編集者……谷に言いながら、デスクに歩み寄ってきた。

「え？　どういう意味ですか？」

谷が磯川に訊ねた。

「君は編集者だろう？　編集者がお金を払ってくれる読者に誤用や誤字だらけの出版物を確信犯で売るというのは、詐欺師と同じだ。作家さんにも、恥をかかせることになる」

磯川が淡々と言いながら、デスクチェアに座った。

「先輩の言っていることは正論ですよ。でも、四億……いえ、二作書いてもらえれば八億、三作で十二億になります。些細《ささい》な間違いに目を瞑るには、十分過ぎる利益じゃないですか」

「編集者にとって大切なのは、良質な作品を読者に提供することだ。利益を得たいからって傷物の果物を売り続けたら、悪評が広まりそのうち客が離れてしまう」

磯川がゲラチェックを再開しながら言った。

「傷物って……大和田先生と果物を一緒にしないでくださいっ。いいですか？　日本文学界の至宝の大和田泰造先生を敵に回す……」

「敵に回すんじゃなくて、大和田さんのイメージを守るのさ」

磯川が涼しい顔で言いながら、ゲラに赤ペンを走らせ始めた。

「僕は先輩のことを心配してるんですよっ。大和田先生を怒らせて原稿をいただけなくなったら……いえ、版権を引き揚げるなんてことになったら、間違いなく先輩はクビです！　お願いですから、今回だけは目を瞑ってくださいっ」

谷が悲痛な表情で、磯川に懇願《こんがん》した。

「大事な作家さんの作品に、傷があると知りながら、世に出すことはできない。押し切られて仮にそのまま出すことになっても、進言するのは編集者として最低限の役目だ」

磯川が赤ペンを持つ手を止め、谷を見据えた。

「そもそも、ほかの版元《はんもと》も含めて大和田さんにたいして原稿の間違いを指摘できず、裸の王様にしたからこういうことになったんだ。百部しか売れない作家でも百万部売れる作家でも、誤用、誤字は指摘しないといけない……いや、百人にしか読まれない作品より百万人に読まれる作品だからこそ、なおさら間違いは正しておかなければならない。怒らせたら大変なことになると腫《は》れ物《もの》に触るようにした結果、最終的に恥をかくのは大和田さん自身だからな。話は以上。日向さんに書店用にサインしてもらうから、君は席に戻ってくれ」

磯川が谷に興味を失ったようにゲラに視線を戻した。

頑《かたく》なところはあるが、日向は磯川と同意見だった。

作家の名前で作品が出る以上、最終的に傷つくのは大和田なのだ。

とはいえ、谷が慌てて磯川に翻意を促す気持ちもわかる。

あれほどの作家の原稿を指摘で真っ赤にすれば、上司を巻き込んだ大事《おおごと》になるのは目に見えている。

当然、上司は大和田側につくだろう。

それでも信念を曲げないだろう磯川を、日向は誇りに思った。

そして、彼のもとでデビューした選択が間違っていなかったことを再認識した。

「お恥ずかしいゴタゴタをお見せしてしまい、申し訳ありませんでした。ミーティングルームに移りましょう」

磯川がゲラを抽出《ひきだし》にしまい、日向を笑顔で促した。

☆

ミーティングルームのロングデスクには、サイン本用の『フィクサー貴族』が山積みになっていた。

「三百冊あります。大変ですが、それだけ書店が『フィクサー貴族』に期待している証ですから」

椅子に座る日向のテーブル越しに立った磯川が、一冊目の本の表紙を開きながら言った。

「筋トレで鍛えてますから、大丈夫です」

日向は笑顔で力こぶを作ってみせた。

「それは頼もしい。ここにサインしましょう。紙が黒なので、マーキングペンは白、金、銀を用意しました。お好きな色を使ってください」

開いた表紙を左手で押さえた磯川が、本文のページの前にある「見返し」と呼ばれる厚めの黒い紙を右手で軽く叩いた。

「百冊ずつ違う色を使う感じでもいいですか?」

日向は訊ねた。

「あ、いいですね! 最初は何色でいきますか?」

「俺の髪色と同じでいきます」

日向は金色のマジックを手にした。

十冊目くらいまでは緊張で硬いサインになってしまったが、それ以降は無駄な力が抜けてのびのびと書けるようになった。

「『フィクサー貴族』がデビュー作を超える売れ行きで、安心しました。二作目で部数が落ちる作家さんのほうが多いですから。『阿鼻叫喚』で日向中毒になった読者が大勢いるという証ですね」

磯川が嬉しそうに言った。

さっきの、谷にたいする厳しい磯川とは別人のようだった。

「ありがたいですね。でも、風間さんと東郷さんの新刊にはダブルスコアの差をつけられているので、早くぶち抜きたいところです」

日向は語気を強めた。

ランキングを見るたびに、トップ3に入っている喜びよりも二人に負けている悔しさのほうが勝ってしまう。

「この調子でいけば、そうなる日も遠くはないと思います。まだデビュー二作目ですから、上々過ぎるスタートですよ」

「満足するとそこで止まってしまいそうなので、一位を取るまで喜べません」

昔から、そういう考えだった。

営業マン時代の日向は、月間五百万円の売り上げを達成するために一千万円の目標を立て、一千万円の売り上げを達成するために二千万円の目標を立て、トップセールスの座を勝ち取った。

「日向さんは意志が強いですね」

磯川が、サイン本に合紙《あいし》と呼ばれる半紙を挟みながら言った。

乾燥していないインクが、対向するページに移らないようにするためだ。

「磯川さんには負けますよ。大和田さんの件、トラブルになりませんか?」

「なるでしょうね」

磯川が拍子抜けするほどあっさり認めた。

「磯川さんがクビになったら困りますよ」

口調こそ冗談めかしていたが、日向の本音だった。

「僕は編集者として当然のことをやったまでです。作家さんが大御所だから、売れるから指摘なんかするな。それでクビにするような会社なら、こっちから願い下げです。もしそうなっても、日向さんは大丈夫ですよ。日向ワールドは読者の心を摑みましたし、これからも力作を書いてゆけば読者は増え続けますから」

磯川が力強く頷いてみせた。

「そんな言いかた、やめてくださいよ。本当に担当から外れるみたいじゃないですか」

「安心してください。僕も好んで無職になりたいわけではありませんから」

磯川が微笑んだ。

突然、ドアが開いた。

「日向先生、お疲れ様です。わざわざ、サイン本のためにご足労いただきありがとうございます」

編集長の羽田が半開きのドアから顔を出し、恭《うやうや》しく言いながら頭を下げた。

「いえいえ、売り上げ促進のためですから当然です」

「わざわざきてやったんだ、みたいな顔をする先生が多い中、日向先生はいつも我々を気遣ってくださるので助かります。あの、少しだけ磯川を借りてもいいですか?」

「あ、はい。大丈夫です」

「ありがとうございます。じゃあ、磯川君、ちょっときてくれ」

羽田が磯川を呼び、ドアを閉めた。

「噂《うわさ》をすれば、ですね。日向さんは休んでいてください。なるべく早く戻ってきますから。では、戦場に行ってきます」

磯川はおどけた口調で言うと、ミーティングルームをあとにした。

日向はパイプ椅子に腰を下ろしたが、すぐに立ち上がった。

羽田が磯川を呼び出したのは、大和田泰造のゲラを指摘で真っ赤にしたことに違いない。

磯川が谷にたいして言ったのと同じことを口にすれば、本当にクビになるかもしれなかった。

しかし磯川は、クビを恐れて長い物に巻かれるような男ではない。

日向はミーティングルームを出て、文芸第三編集部に向かった。

「そんなこと、本気で言ってるのか⁉」

編集部の前の廊下にまで、羽田の大声が聞こえた。

日向が危惧した通り、大和田の件は大事になっているようだった。

編集者達の視線はデスクの脇で対峙《たいじ》する羽田と磯川に向いており、日向がフロアに足を踏み入れても気づく者はいなかった。

「お言葉ですが、編集長のほうこそ本気でゲラに赤を入れるなと言ってるんですか？」

磯川が冷静な口調で訊ね返した。

「本気に決まっているだろっ。編集者を何年やってる⁉　大和田先生の原稿をこんなに汚すなんて、自殺行為だぞ！」

羽田の顔は紅潮していたが、今日にかぎっては酒が原因ではないようだ。

「汚しているのではなくて、それだけ大和田さんの原稿に指摘すべき箇所が多いということです。逆鱗《げきりん》に触れるのが怖いからといって、誤用や誤字に気づかないふりをして書店に並べるほうが自殺行為だと思いますよ。よく考えてみてください。編集長は部下にたいして、欠陥商品を店頭に並べろと言ってるんですよ！　出版社以外に、そんなこと指示するメーカーはありませんよ」

興奮する羽田と対照的に、磯川は顔色一つ変えずに冷静な口調で諫《いさ》めた。

「屁理屈を言うな！　大和田先生は、俺が三年がかりで交渉してようやくウチで書いてもらえることになったんだぞ⁉　三年だぞ、三年！　それをお前の青臭い拘りでフイにするつもりか！」

このまま羽田の怒りがヒートアップすれば、取り返しのつかないことになる。

「三年もかかったのであれば、なおさら、大和田さんの名声に傷がつかないように作品を完璧な状態にしましょう。それが編集者としての恩返しです」

磯川の言葉が綺麗事《きれいごと》に聞こえないのは、すべての物事にたいして媚びずに己を貫く姿を見てきたからだ。そんな磯川だからこそ、日向は作家人生を委《ゆだ》ねることにしたのだ。

「そんなものは詭弁《きべん》だ！　百歩譲ってお前の言うことが正しいとしても、一冊刊行すれば三、四億の利益を確実に生み出す大和田先生を怒らせるような恩返しなら必要ない！　お前は四の五の言わずに、編集長の俺の言うことを聞けばいいんだよ！」

羽田はかなり苛立っていた。

このままでは、結果は見えていた。

「無理です。たとえ社長であっても、欠陥商品を店頭に並べろというような命令には従えません」

予想通り、磯川が長い物に巻かれることはなかった。

「命令に従うか従わないかはお前の勝手だが、従えないなら辞めてもらうまでだ」

日向の恐れていた言葉が、羽田の口から出てしまった。

「わかりました。編集者としての仕事ができない出版社にいても、仕方ありません。僕のほうから、辞表を出しますよ」

日向の恐れていた言葉が、磯川の口からも出てしまった。

「そこまで言うのなら、望み通り辞表を出して……」

「待ってください！」

日向は羽田の言葉を遮り、二人のもとに駆け寄った。

「磯川さんを解雇するなら、俺は今後『日文社』で書きません！」

無意識に、口走っていた。

自分でも驚きを隠せなかったが、嘘偽りない本音だった。

「日向先生、そんなこと言わないでください。これは、編集部の問題……」

「磯川さんが、間違ったことを言ってますか!?」

日向はふたたび羽田を遮り、詰め寄った。

「いや、その……間違ったことは言ってませんが……」

「言ってませんよね？　だったら、彼を辞めさせる理由はなんですか？　こんなことは言いたくありませんが、どうしても磯川さんを解雇するというのならワイドショーに流します。芸能プロをやっているので、テレビ局のプロデューサーの人脈は豊富ですから。磯川さんを解雇してワイドショーのネタになるか、磯川さんを解雇しないか……どうします？」

しどろもどろになる羽田に、日向は二者択一を突きつけた。

「……わかりました。日向さんがそこまでおっしゃるなら」

羽田が苦々しい顔で言うと、フロアをあとにした。

「なんか、僕のためにすみません」

磯川が申し訳なさそうに言った。

「いつも守ってもらっている恩返しです」

日向は微笑んだ。

磯川が解雇を免《まぬが》れ、日向はほっと胸を撫《な》で下《お》ろした。

「日向さんにたいしても、編集者として当然のことをやっているだけですよ。さあ、サイン本の続きをやりましょう」

何事もなかったように、磯川が日向を促した。

9

「誠の二作目、調子いいね」

ダイニングキッチンの食卓——真樹が日向の持つグラスにビールを注《つ》ぎながら言った。

「うん。でも、まだ上に二人いるからね」

日向は、風間玲と東郷真一を思い浮かべていた。

『フィクサー貴族』は発売二ヶ月で十万部を突破したが、二人の先輩作家に倍の差をつけられていた。

「デビュー二作目で十万部も売れたら、十分でしょう？」

真樹はノートパソコンで日向誠を検索していた。

「俺の性格、知ってるよね？　一位以外は最下位だから」

日向は真樹に言うのと同時に、己に言い聞かせた。

真樹は『フィクサー貴族』を読んでいなかった。


『「阿鼻叫喚」みたいな小説は、もう書かないで』

デビュー作を超える過激さと評判の二作目から、真樹は目を逸らしていた。

日向も無理に『フィクサー貴族』を薦めずにいた。

真樹との夫婦関係を、これ以上悪化させたくなかった。

「もう、やめれば？　黒日向作品は嫌なんだろう？」

日向は検索を続ける真樹に言った。

「読みたくはないけど、評価は気になるからさ」

真樹が肩を竦めた。


自分のことを思ってくれている……真樹の気持ちは嬉しかった。

同時に、日向には妻に自分の作品を受け入れてもらえない複雑さがあった。

「なにこれ……」

真樹の顔が強張った。

「どうした……」

ノートパソコンのディスプレイを覗き込んだ日向は、言葉の続きを失った。


グレート・デンに犯されるなんて、ありえないでしょ？

この人、犬嫌いなんだろうね。

日向って、絶対に変態だよね。じゃなきゃ、獣姦とか書かないって。

「誠……こんな話、本当に書いたの？」

真樹がディスプレイをみつめたまま、うわずった声で訊ねてきた。

「ああ。なんで？」

訊かなくても、わかっていた。

真樹の言わんとしていることを……なににショックを受けているかを。

だが、平然とするしかなかった。

小説家として生きていくと決めたからには……。

「なんで？　じゃないでしょう！」

真樹がディスプレイから日向に視線を移した。

「グレート・デンの件？」

観念して日向は訊ねた。

日向が妥協しない以上、避け続けられる問題ではなかった……また、妥協する気もなかった。

『阿鼻叫喚』みたいな内容の物語は、書かないでほしいと言ったよね？」

真樹の口調は物静かだったが、日向をみつめる眼は笑っていなかった。

「書かないとは言ってないだろう？」

日向も穏やかな口調で言った。

「それ、本気で言っているの？　今回の小説は、『阿鼻叫喚』よりひどいみたいじゃない？　グレート・デンだなんて……ネットを見てないの？　千件以上、非難するコメントが上がっているのよ？」

真樹の声は震えていた。

わかるような気もする。

自分の夫が、ヤクザに拉致されてグレート・デンに犯される物語を書いている作家だと親や友人に知られたら、合わせる顔がなくなるだろう。

「売れてない小説ならバレないけど、十万部以上のベストセラーになって、テレビや雑誌にも取り上げられて……私の気持ちを考えたことある？　周りから訊かれたときに、なんて答えればいいの？」

本当は叫びたいのだろうが、真樹は必死に感情を抑えていた。

日向が悪いことをやっているわけではないと、わかっているからだ。

そして、心の底では日向の成功を共に喜びたいと誰よりも思ってくれている。

「千人の中には、褒めてくれている人もいるだろう？　それに、叩いてくる人も含めて俺はファンだと思っている」

日向もまた、真樹に優しい言葉をかけてやれなかった。

真樹の頼みを聞くことは即《すなわ》ち、日本一下劣で凶悪な小説を書く作家として認知されつつあった口向誠の個性を殺すことになるからだ。

「わかった」

押し殺した声で言うと、真樹が席を立った。

あまりにもあっさり引き下がる真樹に、日向の胸に嫌な予感が広がった。

「なにがわかったんだ？」

「誠は読者のことは考えるけど、私の立場はどうなってもいいってことよ」

真樹が無表情に日向を見下ろした。

必死に平静を装っているが、真樹の瞳は寂しげに揺れていた。

俺が悪かった。次からはもっとソフトに書くから。

たったそれだけの言葉をかけてやることができたなら……だが、たったそれだけの言葉が口にできないことはわかっていた。

「そんなこと、あるわけないだろう」

「だったら、こういう内容はもう書かないって約束してくれるの？」

それまでと一転して、真樹が縋《すが》るような瞳で日向をみつめた。

いまなら、まだ間に合う。心で思っていることを、口にするだけでいい。

思いとは裏腹に、日向は無言を貫いた。

「それが誠の答えね」

真樹が哀しげに言った。

「いや、そういうわけじゃ……」

「もう、いいから。ごめんね、お祝いの言葉もろくに言わずに文句ばっかりで。先にお風呂入るね」

真樹が、あっけらかんとした口調で言った。皮肉でないことは、彼女の顔を見ればわかった。

感情を封印したのだ。

昔から、そうだった。

真樹はネガティヴな感情を引き摺らずに、前に足を踏み出してゆく女性だった。

ただ、そのたびに心に傷を負っていた。封印した感情が、消えるわけではないのだ。

真樹に笑顔が戻っても、心の闇は深く……。

思考を止めた。

闇を取り払ってあげたいなら、作風を変えればいいだけの話だ。

たったそれだけのことで、真樹の気持ちが楽になるのだ。

日向は携帯電話を取り出し、大東のバーに行くと真樹にメッセージを送り、キーと財布を手に席を立った。

☆

「どうしたんだよ？　いまやベストセラー作家先生になったんだから、辛気《しんき》臭い顔でビールなんて飲んでないで、景気よくシャンパンでも開けたらどうだ？」

カウンター越し——大東がウォッカトニックのグラスを傾けながら言った。

「いつもビールだろう」

日向は素っ気なく言った。

普段なら冗談や軽口を返すところだが、今夜はそういう気分になれなかった。


いってらっしゃい！　私は明日が早いから先に寝ちゃうね。大東君に、高いお酒ばかり勧めないようにメールしとくから笑

何事もなかったかのような真樹からのメッセージを読み返すたびに、日向の胸は痛んだ。

あれ以上話を続けると険悪になり、日向の執筆にも影響するだろうと真樹が引いてくれたのだ。

「ご機嫌斜めの顔は、真樹ちゃんが原因だろ？」

大東が日向のグラスに瓶ビールを注ぎながら言った。

「なんだよ、急に？」

「実は、真樹ちゃんに口止めされているんだが……お前達が取り返しのつかないことになる前に、俺

が口の軽い男になってやるよ」

冗談めいた口調とは裏腹に、大東は真顔だった。

「真樹になにを口止めされているんだ?」

「ご両親が心配しているらしい。親父さんはお前の小説を読んで激怒してるらしいし、お袋さんは寝込んだらしいぜ」

「え……」

瞬間、日向の思考が止まった。

「娘の旦那の作品だからって、『阿鼻叫喚』を夫婦で百冊くらい買い込んで親戚や職場に配りまくったらしい。不運だったのは、義理の息子の小説を読んだのはみんなに配ったあとだったってことだ」

大東の言葉の意味が、すぐに理解できた。

ベストセラー作家になった自慢の義理の息子が、結果的に娘の恥を親戚中に晒《さら》すことになった。

真樹は両親に相当問い詰められたことだろう。

なにも知らなかった。


『俺の小説が個人的に好きじゃないって、はっきり言ったらどうだ?』

個人的感情で日向の作品を否定していると思い、真樹にひどいことを言ってしまった。

違った。

『阿鼻叫喚』を読んだ父が激怒し、母がショックで寝込んだというのに、そのことを真樹はひと言も口にしなかった。

『阿鼻叫喚』が原因で両親や親戚が騒ぎになっていることを伝えると、日向が罪の意識に囚われるかもしれないと心配したのだろう。

それなのに、真樹の気持ちも知らずに自分は……。

日向は唇を嚙み締めた——空のタンブラーを握り締める手に力が入った。

「真樹ちゃんの気持ちがわかったなら、こんなところで飲んでないで早く帰ってあげなよ」

大東が言った。

「いや、いい」

日向は素っ気なく言うと、手酌で瓶ビールを注いだ。

「いいって、どういう意味だよ?」

大東が訝しげな顔を日向に向けた。

「なにも聞かずに、今夜は黙って俺につき合ってくれ」

日向はタンブラーに満たしたばかりのビールをひと息に飲み干した。

言えるわけがなかった。

両親との間で板挟みになった真樹を、日向が救わないと決めていることなど。

10

新宿の「与那国屋書店」本店に平積みにされた『無間煉獄《むげんれんごく》』を、日向は感慨深い思いでみつめた。

「一、二、三、四……」

日向は平台に並ぶ自著の面数を数え始めた。

「恥ずかしかね〜。一応ベストセラー作家なら、そぎゃん幼稚なことばせんほうがよかばい」

呼びもしないのに勝手についてきた椛が、呆れたように言った。

「うるさいな。数がわからなくなっただろ。一、二、三……」

日向は椛を睨み、『無間煉獄』を数え直した。

「高校中退だけん計算もできんとばいね〜」

椛が得意の憎まれ口を叩いた。

「三十面！」

日向は大声を上げた。

「三十面は凄いですよ。デビュー四作目で最高記録ですね」

椛の隣に立っている磯川が微笑んだ。

「ついでに風間玲さんの『一等星《いっとうせい》』、東郷真一さんの『孤高《ここう》の鷹《たか》』、名倉さゆりさんの『下町人情《したまちにんじよう》モンスター』は二十面！　この三人の面数を初めて抜いた！」

日向は興奮気味に言った。

「まさか、ほかの人の本の面数も数えたとね⁉　ほんとに、精神年齢が十歳くらいじゃなかと⁉」

椛が大袈裟に驚いてみせながら言った。

「まあまあ、いいじゃないですか。四作目で『与那国屋書店』本店の一番目立つ場所に三十面も並ぶというのは、大変なことですよ。しかも、日向さんの『無間煉獄』は発売二週間で十五万部を超え、ベストセラーランキングで初めて一位を取ったんですからね」

磯川が椛に、諭すように言った。

磯川の言う通り、『無間煉獄』は「与那国屋書店」のベストセラーランキングで風間玲、東郷真一、名倉さゆりの同時期発売の新刊を抑えて初の一位に輝いた。

この二年で、日向はほかにも様々な〝初めて〟を経験した。

デビュー四作目で「日文社」以外の出版社での刊行、情報バラエティ番組の準レギュラー、新居への引っ越し、そして……。

日向誠の名が広まるに連れ、環境が大きく変わった。

『ドラマとかでよくある、好きだからこそ別れるとか、好きなら別れなきゃいいじゃん、って思ってたけど、いまはその気持ちがわかるような気がするわ』

一年前の真樹の声が、日向の脳裏に蘇った。

『そうするしか、方法はないのかな？』

無意味な問いかけ……本当は、わかっていた。

真樹にその決断をさせたのが日向だということを……。

『それは、あなたが一番わかっていることでしょう？　いままでいろんなわがままを言ってきたけど、最後に特大のわがままを聞いてね』

記憶の中の真樹の泣き笑いに、日向の胸は痛んだ。

日向のデビュー作『阿鼻叫喚』の過激な文章のせいで、真樹は親や親戚から責められていた。追い打ちをかけるように二作目の『フィクサー貴族』は、主要登場人物がグレート・デンにレイプされるという衝撃的なシーンがあり、三作目の『ひとでなし』は登場人物全員がジャンキーと変質者という、親から真樹への風当たりはさらに強いものとなった。

真樹はつらい立場に置かれていることは言わずに、もう少し物語をソフトにしてほしいとだけ日向に頼んできた。

真樹が個人的に、日向の文章を嫌っているとばかり思っていた。

親と夫の間で板挟みになっている妻を、察してやることができなかった。

だが、真樹がその決断をしたのは親が原因ではなかった。

『誠は、もう、私がいなくても平気よ。皮肉とかじゃなくて、これは本音。だって、十代の頃に出会った誠は、危なっかしくて私がコントロールしなければ暴走しそうで心配だったけど、いまはしっかり物事を見極められるようになったしね』

「そうだ。『無間煉獄』は、この瞬間、日本で一番売れてる小説だ。つまり、この瞬間、俺は日本一売れてる作家ということだ。特別に、サインしてやろうか?」

日向は悲痛な記憶を打ち消すように、梳に軽口を叩いた。

「あー、もう、つき合っとられん。磯川さんも、あんまり甘やかさんほうがよかですよ。す〜ぐ、図に乗りますけん」

梳が肩を竦めた。

「これだけ売れれば、少々図に乗ってもいいと思います」

磯川が笑いながら切り返した。

「でも、この小説は磯川さんとこじゃなくて別の出版社でしょ？　売れても嬉しくなかでしょ？」

椛が怪訝そうに訊ねた。

椛の言う通り、『無間煉獄』は磯川の勤務する「日文社」ではなく「美冬社《みふゆしゃ》」から刊行されていた。

「嬉しいですよ。僕がデビューの頃から担当してきた日向さんが、ベストセラー作家になってくれたんですから」

磯川が眼を細め、平台を占拠する『無間煉獄』をみつめた。

「よその出版社での成功ば喜んでくれて、磯川さんは心が広かね〜。社長も少しは見習ったほうがよかばい」

椛が日向の肩を叩きながら言った。

「お前、勝手についてきて、どこから目線で言ってるんだよ？」

日向は小さく首を横に振り、呆れた口調で言った。

「椛さんは、社長のことが大好きなんですね」

磯川の目尻が柔和に下がった。

「へ、変なことば、言わんでください！　こぎゃんガングロ金髪の変態社長を、好きなわけなかでしょ⁉」

椛がムキになって否定した。

「じゃあ、そういうことにしておきましょう。ところで、日向さん。ここは僕じゃなくて『美冬社』の編集者を連れてきたほうがよかったんじゃないですか？　今回、僕は部外者ですから」

磯川が椛から日向に顔を向け、遠慮がちに言った。

「なに言ってるの？　いまの俺があるのは、磯川さんのおかげだよ。もし、文芸第二部でデビューしてたら、ベストセラー作家どころか、ここまで作家を続けられたかどうかもわからない。磯川さんが俺の個性を殺さず、編集長や販売部と戦って日向節を守ってくれたからベストセラー作品を生み出せたんだ。磯川さんと二人三脚でやってきたからこそ、『美冬社』に高く評価してもらえる作家になれたのさ。だから、そんな水臭いこと言わないでよ」

日向は磯川をみつめ、真剣な口調で言った。

編集長や販売部に押し切られて、柔らかな表現とセリフに修正させられていたら、デビュー作の『阿鼻叫喚』は毒気を抜かれた作品になりベストセラーにはならなかっただろう。

飛ぶ鳥を落とす勢いの「美冬社」も日向に声をかけてこなかっただろうし、たとえかけてきたとしても今回の『無間煉獄』のように、一日で八百万円の朝刊紙の広告を六本も打つような厚遇はありえなかっただろう。

「ありがとうございます。僕はただサポートしただけで、ここまできたのは日向さんの実力です」

磯川が顔の前で手を振り謙遜した。

いや、磯川は本当にそう思ってくれているのだろう。

売れれば自分の手柄、売れなければ作家の責任にする編集者が多い中で、磯川は地位や金よりワクワクする仕事を選ぶ稀有《けう》なタイプの男だ。

改めて日向は、あのとき磯川の誘いに乗って文芸第三部でデビューしてよかったと思った。

「社長も感謝くらいはできるけん、チンパンジーより知能が上なのは認めてやるばい」

椛が日向に顔を向け、ニッと歯を剝き出した。

「まったく……お前は女優より毒舌芸人になったほうが成功するんじゃないか？」

日向は椛に皮肉を返した。

いや、皮肉ではない。

女優が向いていないというよりも、頭の回転の速さ、空気を読む力、よく回る口……椛は芸人で成功する要素を備えていた。

「金髪ガングロ変態男に、そぎゃんこつ言われたく……」

「磯川さん、今夜、七時から二時間くらい空いてる？」

日向は椛を遮り、磯川に訊ねた。

「空いてますが、なにか？」

「『美冬社』の担当編集者と簡単な打ち上げをやることになってるから、磯川さんもおいでよ」

『無間煉獄』の初の一位を祝うという名目で君島《きみじま》という担当編集者と飲むのだが、磯川抜きでは気が進まなかった。

刊行祝いということならば、二人で飲みに行っただろう。

だが、日向作品初の一位を祝うということであれば、磯川の参加は不可欠だ。

『無間煉獄』が爆発的に売れたのは、もちろん多大な広告費をかけてくれた「美冬社」と君島の編集者としての能力のおかげだ。

だが、デビュー三作で日向誠の独特な世界観を確立していたからこそ……実績を残していたからこそ、「美冬社」と仕事ができたのも事実だ。

「いやいや、他社の打ち上げに僕が参加するのはまずいですよ」

磯川が驚いた顔で言った。

「打ち上げと言っても、担当編集者と二人で飲むだけだから大丈夫だよ」

「僕がよくても、他社の編集者がいい気持ちしませんって。誘ってくれた気持ちだけで十分です。今夜は、二人で祝杯を挙げてきてください」

「磯川さんが実家なら、これから仕事をするほかの出版社は留学先だよ。俺にとってはどっちも大事な場所だけど、留学先でどれだけ大きくなっても最後に帰ってくるのは実家だからさ。俺の親代わりだと思って、一緒に祝ってよ。ね？　パパ」

日向はおどけながら、顔の前で手を合わせた。

「パパ⁉　黒く脂《あぶら》ぎったおやじがキモ！」

梲が舌を出し大袈裟に顔を顰めた。

「実家と留学先ですか。さすが作家さん、うまいこと言いますね。わかりました。パパとまで言われて、断るわけにはいきませんから。少しだけ顔を出して、ホームステイ先にご挨拶を済ませたら帰ります。それでよければ」

ウイットに富んだジョークで磯川が切り返した。

「ありがとう！　場所はあとでメールするよ。これから、『週刊マダム』のインタビューだから」

「『無間煉獄』のインタビューで、『週刊マダム』ですか？」

磯川が怪訝そうに訊ねてきた。

たしかに、君島に『週刊マダム』からインタビューのオファーが入ったと聞いたときに日向は違和感を覚えた。

『無間煉獄』は、街金融の伝説の取り立て屋とエステティックサロンのトップセールスマンの二人を軸に展開してゆく話だ。

元ホストのトップセールスマンの藤城《ふじしろ》は、売り上げを伸ばすために女を性の奴隷にして高額のローンを組ませ、金が尽きたら切り捨てる卑劣な男だ。

女性が読んだら、間違いなく嫌悪する内容になっている。

男性誌ならわかるが、女性誌からのインタビューオファーとは驚きだった。

「不思議なこともあるよね」

日向は他人事《ひとごと》のように言うと笑った。

「根拠はありませんが、なんだか嫌な予感がします」

磯川が不安げな顔で言った。

「大丈夫だよ。物好きな女性誌もあるんじゃない？　じゃあ、行ってくるよ」

「私も……」

「お前は電車で帰れ」

「タレントば人込みに置き去りにするなんて、最低の社長ばい！」

椛の声から逃げるように、日向は出口へとダッシュした。

☆

「本日は、よろしくお願いします。ライターの井澤涼子《いざわりようこ》と申します。では、レコーダーを回させていただきます」

新宿駅近くの「東京《とうきよう》プラザホテル」のカフェラウンジ。ショートカットに黒いパンツスーツの女性……『週刊マダム』のライターが、ＩＣレコーダーのスイッチを入れた。

君島は、ほかの担当作家とのトラブルで日向に同行できなかった。

「日向先生の最新刊、『無間煉獄』は発売二週間で十五万部を突破するベストセラーになりました。デビュー四作目にして、ベストセラーランキング一位を獲得した感想をお願いします」

「率直に嬉しいです。昔から負けず嫌いで、なにをやるにも一位を取らなければ気が済まない性格をしていますので。でも、満足はしていません。一位といっても、まだ二週間です。私は欲深いですから、三ヶ月はトップでいたいですね」

日向は冗談めかして言ったが、本音だった。

いや、本当は三ヶ月では足りない。

最低、半年はトップの座を守りたかった。

「負けず嫌いですか？　イメージ通り強気な方ですね。ほかのインタビューで、日向さんはデビュー作の『阿鼻叫喚』は実体験をベースに書いた物語だとおっしゃっていましたが、本作もやはり実体験が入っているのでしょうか？」

ライターが、好奇の色の宿る眼で日向をみつめた。

「すべてというわけではありませんが、実体験を反映させた部分、実体験をデフォルメした部分、まったくのフィクションの三つをブレンドしています。その比率は作品によってまちまちです」

日向はすらすらと答えた。

この質問は毎回必ず聞かれるので、マニュアルのような返答が出来上がっていた。

「では、本作に出てくる女性を食い物にする街頭キャッチセールスマンの藤城というキャラクターは、日向さんの実体験を基にしているんですか？　それとも、この卑劣なセールスマンのモデルがいるんですか？」

気のせいか、ライターの言いかたに棘があるように感じた。

「モデルはいますが、特定の個人ではなく、複数のセールスマンの言動を寄せ集めて作り上げたキャラクターです」

「エステのセールスマンというのは、女性を利用するだけ利用して生ごみのように捨てる最低な男性の集まりだったんですか？　それとも、日向さんがいた会社だけ女性の敵のような男性が集まっていたんですか？」

気のせいではなかった。

ライターが日向を見る眼は敵意に満ちていた。

「モデルにしたみんなが、藤城みたいな最低の男というわけではありません。誰にでも二面性……いい部分と悪い部分があります。たとえば、子供思いの母親もワイドショーを見ているときに不倫した男優を罵倒したり、稼ぎの悪い旦那のことをママ友のお茶会で糞味噌にけなしたりすることもあるわけです。だからといって、その母親が最低ということにはなりませんよね？　もし最低の母親を書くのであれば、いろんな母親の悪い部分だけをチョイスしてキャラクターを作り上げていくという感じと同じですね」

日向は懇切丁寧に説明した。

主婦を対象とした週刊誌なので、女性蔑視の藤城というキャラクターが嫌悪されるのは仕方がない。

「なるほど、そういうことなのですね。でも、ここを読んでください。藤城がカモにする四十代の主婦との濡れ場シーンなのですが、彼が心で浴びせる罵詈雑言は誰もが持っている二面性と言い切るには下劣過ぎませんか？　本当は読者の皆様にも読んでいただきたいところですが、さすがに女性誌にそのシーンの描写を載せるわけにはいきませんから」

ライターは、嫌悪感を隠そうともせずに眉を顰《ひそ》めながら、『無間煉獄』に付箋《ふせん》を貼ったページを開いた。

藤城が腰を振るたびに、四十路《よそじ》女のセルライト腹がたぷたぷと波打った。

四十路女が小鼻を膨らませ、セイウチのような野太い喘《あえ》ぎ声を発するたびに藤城のペニスは萎《な》えそうになった。

いま萎えてしまったら、セイウチババアに美顔器と脱毛器の百万コースのローンを組ませられなくなってしまう。

契約不成立なら、これまで不細工な中年女の機嫌を取ってきた屈辱と苦痛が無駄になる。

なんとしても自分の肉体の虜《とりこ》にして、セイウチババアに百万超えのローンを組ませなければならない。

『トシキ……あはぁん……中でイッていいのよ……うふぉん……真由美《まゆみ》と一緒にイッてぇ……』

全身のセルライトを揺らしながら、セイウチババアがよがりまくった。

ふざけんな！　てめえみてえな脂肪塗れの四十路ババアで、イケるわけねえだろうが！

藤城は腰を振りながら心で激しく毒づいた。

日向はマーカーが引かれた部分を読み終えた。

「読まれましたか？」

ライターの問いかけに、日向は頷いた。

「善人の二面性の一面がこんなふうだったら、それはもはや善人ではありません。もしかして日向さんには、女性にたいしてのトラウマか恨みでもあるのですか?」

ライターが皮肉っぽい口調で訊ねてきた。

「そんなものありませんよ。私は女性をリスペクトしています。私達男性は、女性から生まれてきたんですからね」

「じゃあ、なぜ、女性を冒瀆《ぼうとく》するような小説を書けるのですか?」

ライターが挑戦的に質問を重ねた。

日向には、なぜ『週刊マダム』がオファーをかけてきたのかの理由がわかった。

インタビューという体《てい》を取り、『無間煉獄』を叩くためだ。

「女性を冒瀆する主人公の小説だからですよ」

日向は即答した。

「逆にライターさんにお訊ねします。殺人犯を主人公にする作家は殺人犯ですか? 高所恐怖症の男を主人公にする作家は高所恐怖症ですか?」

「それは詭弁です」

ライターがすかさず言った。

「詭弁じゃありませんよ。小説というのは、自叙伝じゃありません。自分とは価値観も性格も百八十度違う登場人物であっても主人公にしなければならない……それが作家の仕事です。『無間煉獄』の女性蔑視《べっし》の登場人物にずいぶんと腹を立てているようですが、読者の感情をそこまで揺さぶることができたのは作家冥利《みょうり》に尽きます」

日向はライターに微笑んだ。

「日向さんはポジティヴですね。これをご覧ください。先週号で、読書家として知られる女優の小《こ》林《ばやし》美鈴《みすず》さんのインタビュー記事です」

ライターが『週刊マダム』のページを開き、日向の前に置いた。

――いま、日向誠さんの『無間煉獄』という小説が発売直後にベストセラーとなり話題になっていますが、小林さんはお読みになりましたか？

小林　はい、読ませていただきました。冒頭から過激な発言になりますが、これまでの人生で読んできた小説の中で、これほど気分が悪くなった小説はありません。

――たとえば、どのあたりをお読みになってそういう感想になったんでしょうか？

小林　すべてですね。とにかくすべての表現が悪意に満ち、下品過ぎて読むに堪えません。『週刊マダム』のインタビューがなければ、最初の数ページで読むのをやめたでしょうね。とくにエステのキャッチセールスをしている藤城という登場人物が、高額ローンを組ませるために次々と女性を誑《たぶら》かすシーンがあるのですが、心で毒づくセリフがひど過ぎてひど過ぎて。よくもまあ、こんなに女性にたいしての罵詈雑言が浮かぶものだと怒りが込み上げて内容が頭に入ってきませんでしたよ。これは有害図書に指定すべきレベルです。

――有害図書ですか？　それは飛躍し過ぎじゃないですか？

小林　とんでもない。映画にはR指定がありますが、小説には制限がありません。つまり、書店に行けば十代の子供でも『無間煉獄』を購入できるわけです。こんなに女性を冒瀆した小説を子供が読んでしまえば、百害あって一利なしです。人生経験に乏しい子供達の心に、女性に対しての偏見を植えつけてしまう可能性もありますからね。

――なるほど。青少年の教育にも悪影響を及ぼす恐れがあるということですね？

小林　恐れではなく、間違いなく悪影響を及ぼします。

――次号、『無間煉獄』の原作者である日向誠さんにインタビューをする予定なのですが、流れによっては小林さんとの対談を組ませていただいてもよろしいでしょうか？

小林　私のほうは、構いませんよ。でも、日向さんが断るんじゃないですか？

「いかがですか？　日向さん流に言えば、これも褒め言葉ですか？」

ライターが皮肉っぽい口調で訊ねてきた。

先週号で、女優の小林美鈴が『無間煉獄』を酷評していたことは初耳だった。

磯川だったら、すぐに日向の耳に入れて対策を立てたはずだ。

小林美鈴は今年還暦を迎え、若い頃は大河《たいが》ドラマで二度も主役に抜擢《ばってき》された大女優だ。

歯に衣《きぬ》着せぬ発言が視聴者にウケ、情報番組のコメンテーターやバラエティ番組に引っ張りだこになり、いまでは芸能界のご意見番と呼ばれている。

すべてに納得がいった。

『週刊マダム』は先週号で『無間煉獄』を酷評した小林美鈴に続き、今週号で原作者の反論を載せるという流れで記事を盛り上げ、対談という名の直接対決を実現させて部数を伸ばすつもりなのだろう。

「ええ、褒め言葉です」

日向は言い切った。

「理由を聞かせてもらってもいいですか？」

ライターが挑むような眼を向けてきた。

「小林美鈴さんほどの知名度のある方が、メジャーな週刊誌で私の作品を取り上げてくれたんです。

たとえ酷評であったとしても、読んでくれた上で日向誠の名前と『無間煉獄』のタイトルを出してくれたわけですからね。広告費に換算したら数千万円に値すると言ってもいいでしょう。作家や芸能人みたいな知名度に左右される職業は、取り上げられないことが一番つらいものですから」

痩せ我慢ではなかった。

批判は賛辞と同じ褒め言葉というのが、日向の考えだった。

「そうですか。では、日向さんと小林さんの対談を組ませていただいても……」

「お断りします」

日向はライターを遮り言った。

「え？　小林さんの感想を褒め言葉として受け取るとおっしゃっていませんでしたか？」

ライターが肩透かしを食らったような表情で訊ねてきた。

大物女優と文壇界の異端児の対立構図を作り直接対決に持ち込むという目論見《もくろみ》が外れそうになり、ライターの顔から焦りが窺《うかが》えた。

「言いましたよ。でも、対談となると話は違ってきます。小林さんは『無間煉獄』の文体に否定的発言をするでしょう。しかし、私はそれを否定も肯定もしません。作品をどう評価するかは、読者が決めることですから。週刊誌的には私と小林さんの討論を期待するのでしょうがね。ということで、小林さんとの対談はお断りします」

「つまり、小林さんの言いぶんを認めるということですか？」

なんとか日向に対談を受けさせようと、ライターが挑発的に言った。

「さっきも言いましたが、『無間煉獄』を好きも嫌いも読者の判断ですから。小林美鈴さんが嫌いだということとは認めるのではなく、わかりました、ということです。そろそろ切り上げさせていただいてもいいですか？　これ以上インタビューを続けても、生産的な話はできそうにありませんから」

日向は席を立ちながら言った。

「あ、日向さん……」

「あとは『美冬社』の君島さんと話してください。では、今日はありがとうございました」

日向は一方的に言い残し、ライターに頭を下げて店を出た。

☆

南青山の骨董通《こっとうどお》り沿いのビルの前に立っていた磯川が、タクシーから降りた日向を認めて歩み寄ってきた。

「大変でしたね」

開口一番、磯川が労《ねぎら》いの言葉をかけてきた。

磯川には移動のタクシーの車内から電話をかけ、『週刊マダム』での一件を話していた。

「参ったよ。井澤って女性のライターだったんだけど、端から喧嘩腰でさ。海外で試合するボクサーみたいな完全アウェー状態だったよ。『美冬社』の君島さんにも、簡単に報告したけどね」

日向は苦笑いしながら肩を竦めた。

予想はしていたが、日向作品と女性読者の相性は最悪だった。

だが、先々のことを考えると女性読者を増やす必要があった。

映画の大ヒットの条件は、女性客をターゲットにすることだ。

小説も同じで、ミリオンセラーを狙うなら最低でも女性読者が六割はいなければならない。

「与那国屋書店」のデータによれば、これまでの日向作品はすべて男性読者が八割以上を占めている。女性読者を増やす策は考えてあった。

これまでの日向作品と真逆の世界観……純愛小説を書くつもりだった。

もちろん、編集者は大反対し書店員は失笑するだろう。

暴力、セックス、騙《だま》し合いばかりを書いてきた作家の純愛小説など売れるわけがない、と考えるのが普通だ。

しかし、日向は常識という尺度を信用していない。

『世界最強虫王決定戦』の大ヒット然り、高校中退の身で作家デビューしたこと然り、放送禁止用語連発の作風でベストセラー作品を生み出したこと然り……日向は常識に背を向けた挑戦を続け、数々の成功をおさめてきた。

今回の純愛小説への挑戦も同じだ。

向かい風を追い風に変える自信はあった。

だが、いまではない。

白作品に移るには、あと一作……街金融もの以外の黒作品を書いてからだ。

いまのままでは、日向誠は実体験のある街金融を舞台にした小説しか書けないというレッテルを貼られる恐れがあった。

「担当編集者がアクシデントでこられなかったのは不運でしたね」

磯川が慰めるように言った。

「まったくだよ。日向誠VS.小林美鈴の犬猿関係を作り上げて部数を伸ばす作戦があったと知ったら、君島さんもびっくりするだろうね。もう到着しているみたいだから、とりあえず行こう」

日向はエレベーターに乗り、三階のボタンを押した。

「びっくりしてくれたらいいんですが」

磯川が呟いた。

「え？　どういうこと？」

日向は訊ねた。

「いえ、なんでもないです」

磯川が微笑みで日向の質問を躱《かわ》した。

「気になる……」

日向の言葉を遮るように扉が開いた。

バー「アジト」の電飾看板の立つドアを開けると、ジャズのＢＧＭが流れてきた。

「日向先生、お待ちしていました」

ボックス席に座っていた百八十センチをゆうに超える長身で筋肉質の男……君島が立ち上がり、爽やかに白い歯をこぼしながら日向と磯川のほうに歩み寄ってきた。

君島は日向と同年齢の三十二歳で、高校のときに柔道の全国大会でベスト4に入ったほどの有望株だったらしい。

稽古《けいこ》中に靭帯《じんたい》を損傷したことが引き金になり、大学で柔道の強化選手を目指す夢を断念したという。

体育会系として有名な「美冬社」は、君島にぴったりの職場かもしれない。

「こちらは『美冬社』の君島さん、こちらは『日文社』の磯川さん」

日向は二人の間に立ち、互いを紹介した。

磯川と君島が名刺交換を終わらせると、ボックス席に移動した。

光栄です」


「先生、奥へどうぞ」

君島が日向を上座に促した。

日向が席に腰を下ろすと、下座の正面に君島が、君島の隣に磯川が座った。

「改めまして、君島です。孤高の編集者、磯川さんのお噂は、かねがね聞いてますよ。お会いできて光栄です」

君島は体育会系のイメージと違い、口がうまく処世術に長《た》けていた。

いや、上の命令は絶対の体育会系の世界に身を置いてきたからこそ、立ち回りがうまいのだろう。

「孤高なんて、そんなにかっこよくないですよ。孤独が好きなだけです。それより、今日は『美冬社』さんの打ち上げに部外者の私が図々《ずうずう》しく参加してすみません」

磯川が謙遜し、君島に頭を下げた。

「部外者なんて、とんでもない。日向さんがいつも言ってます。磯川さんは小説家、日向誠の生みの親だと。だから、『無間煉獄』を世に出せたのは磯川さんのおかげでもあるんです」

君島の言っていることは間違いではないが、口がうま過ぎて心に響かない。

「『無間煉獄』の大ヒットは日向さんの実力と君島さんのサポートがあったからですよ」

ふたたび磯川が謙遜した。

注文を取りにきたスタッフに、君島がグラスのシャンパン、日向と磯川が生ビールを頼んだ。

「では、生みの親と育ての親が揃ったところで、乾杯といきましょう」

君島が掲げるシャンパングラスに、日向と磯川は生ビールのタンブラーを触れ合わせた。

「日向先生。本日はインタビューに立ち会えず、大変失礼しました。『週刊マダム』の編集長に、きつく抗議しておきましたから、今後、このようなことがないように気をつけます」

君島が神妙な面持《おもも》ちで頭を下げた。

「今日はおめでたい場だから、その話はもういいよ。自分の主張もできたし、結構楽しかったしさ」

日向は笑い飛ばした。

「日向先生にそう言ってもらえると助かります。そう言えば、今日、女優の小林美鈴さんとの対談のオファーがあったんですよね？」

君島が思い出したように言った。

「対談というか、バトルだよ。俺と小林さんを見せ物にして、売り上げを伸ばしたいんだろうね」

腹立ちはなかった。

タレント同士を対立させて番組を盛り上げるやりかたは、テレビ業界ではよくある話だ。

日向も所属タレントをブレイクさせるためなら、喜んで放送作家のシナリオに協力することだろう。

だが、日向は『週刊マダム』のテレビ的な演出に乗る気はなかった。

芸人やバラエティアイドルは美味しい思いをするかもしれないが、作家にとってはマイナスにしかならない。

「週刊誌の編集者が考えそうなことですね。断ったんでしたよね？」

君島が訊ねてきた。

「もちろん。アンチの女優とのバトルなんて、俺にはなんの得もないからさ」

日向は言うと、つきだしのアーモンドを口に放り込んだ。

「日向先生、私なりに考えてみたんですが、逆利用しませんか？」

「逆利用？　なにを？」

日向は怪訝な顔を君島に向けた。

「敢《あ》えて、『週刊マダム』の戦略に乗っかるんですよ。小林美鈴さんは知名度抜群の大女優です。バトルという形でも、彼女と絡めるのは日向先生にとっても宣伝効果を考えるとかなりのプラスです。日向先生は弁も立ちますし、討論になってもマイナスの展開になるとは思えません。小林美鈴さんが非難すればするほど、『無間煉獄』の宣伝になります。どうです？ いい方法だと思いませんか？」

君島が身を乗り出した。

「いや、悪いけど対談は受けないよ。作家は芸能人と違って、名前は売れても顔は売れないほうがいいんだ」

日向は迷わずに言った。

「なぜです？」

君島が不思議そうな顔で訊ねてきた。

「作家がテレビや雑誌に出まくると、読者が小説を読んでいるときに顔が浮かぶから世界観が壊れるんだ。主人公が男性の場合も女性の場合も、このガングロ金髪が浮かんだら興ざめするからさ。たとえば、セクシーな女の子が主人公の漫画家が脂ぎったおやじだったら君島さんも萎えない？」

日向は冗談めかして笑ったが、本音だった。

いままでの闇社会をテーマにした作品なら日向の顔が浮かんでもダメージは少ないかもしれないが、純愛小説となると話は違ってくる。

「たしかに、萎えますね。でも、日向先生の場合はノワール作品なので、その風貌がマイナスに働くことはないでしょう。私を信じて、対談を受けてみませんか？」

執拗に小林美鈴との対談を勧めてくる君島を見て、日向の心に疑念が過《よぎ》った。

もしかしたら、『週刊マダム』と君島は……。

「もう、そのへんにしませんか？」

それまで黙っていた磯川が、穏やかな口調で口を挟んできた。

「え？　なにをですか？」

君島が訝しげに磯川に訊ねた。

「今回の件は、君島さんと『週刊マダム』のシナリオですよね？」

日向は、弾かれたように磯川を見た。

磯川は気づいていたのか？

「まさか。機を見るに敏……私は、流れに乗じて日向先生の知名度を上げようと閃《ひらめ》いただけです。仮に私のシナリオだったとしても、『無間煉獄』の部数が飛躍的に伸びるのは日向先生にとってプラスになるわけですから問題ないでしょう？」

悪びれる様子もない君島の言動に、日向は確信した。

「ありますよ。有名女優との犬猿ネタで一時的に『無間煉獄』が売れても、それは日向誠の読者ではなくゴシップ好きな『週刊マダム』の読者です。週刊誌効果で部数が一万部伸びたとしても、その万人の中で次の作品を買ってくれる人は百人がいいところでしょう」

磯川が口調は穏やかながら、厳しい眼で君島を見据えながら反論した。

「百冊でも売れればプラスじゃないですか」

間髪をいれずに、君島も切り返した。

「いいえ、トータルでみればマイナスになります。これまでの四作品で日向さんの読者になった人達が、小林美鈴さんとのバトル対談の影響で離れる可能性があります。加えて、これから日向作品の読者になるかもしれない人達にも悪影響は及ぶでしょう。女性を冒瀆する作品の是非を問う対談を女性誌でやるわけですから、読者のすべてが小林美鈴さんを支持すると考えて間違いありません。スキャンダラスな話題作りで『無間煉獄』の部数を一時的に伸ばすために、日向誠の作家生命を縮めるようなことは僕が許しません」

自分のために他社の編集者にたいしてここまで……。

磯川の言葉に、日向の胸は熱くなった。

君島はもう反論することもなく、硬い表情でシャンパングラスを傾けていた。

「すみません。おめでたい場をシラケさせてしまいました。口直しに、改めて乾杯しましょう。私達、出版社は違っても日向号に乗る運命共同体ですから。では、日向号のさらなる躍進を願って乾杯！」

磯川が何事もなかったように、笑顔でタンブラーを掲げた。

日向は磯川のタンブラーにタンブラーを触れ合わせつつ、この恩を何倍にもして返すことを誓った。

☆

「日向さん、新興宗教団体をテーマにした『メシア』は原稿用紙二千五百枚という大作ですが、完成までどのくらいかかったんですか？」

日向が準レギュラーとして出演している「サンデーフラッシュ」のＭＣ……「爆弾小僧《ばくだんこぞう》」の田上《たうえ》が台本通りに話を振った。

「一年はかかっていませんね。十一ヶ月くらいで書き上げたと思います」

日向が言うと、レギュラー陣やゲストのグラビアアイドルが驚きの声を上げた。

「十一ヶ月!?　それは凄いですね！」

田上が眼を丸くした。

「今回の作品は、何人くらいの日向さんで完成させたんですか?」

相方の大井《おおい》が、得意の毒のあるジョークで茶々を入れてきた。

「こらこら、失礼なことを言うんじゃないよ。まるで日向さんに、ゴーストライターがいるみたいな言いかたをするな」

田上が大井を窘めた。

日向は苦笑いした。

イジられるのは、いつものことだ。

前回の出演時は、覚醒剤で捕まった女優の話題のときに、日向さんはいつ薬物を抜いてきたんですか？　とイジってきた。

だが、ゴーストライターイジリをしてくるのは大井だけではなかった。

月刊誌や週刊誌など、合わせて八本の小説連載を抱え、ハイピッチで作品を量産する日向にはゴーストライターが三人いると、インターネットなどで実《まこと》しやかに囁かれていた。

「最新作の『メシア』は、あの悪名高《あくみょうだか》いカルト教団『誓《ちか》いの里《さと》』をモデルにしたという噂がありますが、本当ですか?」

田上が、ふたたび台本通りの質問をした。

「よくその質問をされるのですが、私は『誓いの里』に関する書物は一ページも読んでません。『メシア』は、まったくの創作です」

本当だった。カルト教団のリアルな描写に読者の間では、日向は「誓いの里」に潜入取材をしたのではないか？　日向は信者ではないか？　そんな噂が流れるほどだった。

噂はいい宣伝になり、『メシア』は上下巻合わせて九百ページの超大作で、二冊の合計が三千六百円という高額にもかかわらず、発売半年で二十万部を突破していた。

前作の『無間煉獄』に続いて、『メシア』は「与那国屋書店」週間ベストセラーランキングで一位に輝いた。

もちろん、ずっと一位というわけではない。

同時期に発売された名倉さゆりの上下巻『疑似犯人《ぎじはんにん》』と、朝丘美織《あさおかみおり》の『きらきら』、この三作品が週ごとに一位を奪い合っていた。

デビュー当時から、日向が追いつけ追い越せと意識し続けてきた風間玲と東郷真一は、新刊を出していないので今回はランキングに入っていなかった。

『誓いの里』に関する書物は一ページも読んでなくても、マントラは唱《とな》えてますか?」

ふたたび、大井が毒のある茶々を入れてきた。

「だから、もう、そういうこと言うのやめなさいって! 日向さんは見かけが怪しいんだから、視聴者が信じてしまうかもしれないだろ?」

田上は大井を窘めながらも、日向に追いイジリをすることを忘れなかった。

「爆弾小僧」の二人が日向をうまく扱ってくれるおかげで、朝の生放送の情報バラエティ番組にガングロ金髪姿の作家が出演しても、視聴者からの苦情は一切なかった。

『メシア』はデビュー三年目、五作目にして初めて街金融以外をテーマにした作品だ。

『メシア』がベストセラーになったことで、日向は実体験を基にした小説以外は書けない、という一部のアンチを黙らせることができた。

デビューしてからの作品すべてがベストセラー……日向誠の作家人生は順風満帆《まんぱん》だった。

だが、日向は現状に満足していなかった。

風間玲も名倉さゆりも東郷真一も、過去に五十万部超えのベストセラー作品を発表している。

日向は前作『無間煉獄』の累計十八万部が最高だった。

刊行作品が少ないことを理由にしたくはなかった。

長く続けている作家が凄いというわけではない。

長く売れ続けている作家が凄いのだ。

十作、二十作と刊行作が増え続けても、日向が『無間煉獄』や『メシア』以上のヒット作を生み出せるという保証はないのだ。

「日向さん、言える範囲でいいんですけど、次回作の構想はあるんですか？」

田上は遠慮がちに訊ねているが、これも台本通りの質問だ。

日向は楽屋で台本に眼を通したときから、どう答えるか迷っていた。

次作は一年後の三月に、「樹河出版《きかわしゅっぱん》」からの刊行と決まっていた。

ありがたいことに、三年先まで日向の出版スケジュールは決まっていた。

「樹河出版」での出版は決まっていても、なにを書くかはまだ決まっていない。

編集長の池谷《いけたに》からは、次の打ち合わせのときに意見を出し合いましょう、と言われていた。

因みに、その打ち合わせが今日の午後だ。

日向は、次回作のテーマを決めていた。

恋愛小説。

打ち合わせのときに池谷に伝えるつもりだったが、反対されるのは目に見えている。

無理もない。

暴力やセックス、裏切りと金に満ちた闇社会を舞台に、登場するのはろくでなしとひとでなしばかりの暗黒小説で現在の地位を築いた日向の書く恋愛小説など、どの出版社も求めていない。

黒作品ならばベストセラーは約束されたようなものなのに、売れるかどうかわからない白作品でギャンブルを打つ物好きはいないだろう。

ババを引きたくないという気持ちは、どの出版社の編集者も同じだ。

「はい。次は恋愛小説を書くつもりです」

日向はきっぱりと言った。

思い直し、公共の電波で既成事実を作り、押し切る作戦に出た。

もちろん、池谷も黙っていないだろう。

だが、大成功の前には激しい逆風が吹くことを、日向は過去の経験で知っていた。

「恋愛小説!?　僕の聞き間違いじゃないですよね?」

田上が、驚いた顔で訊ねてきた。

演技ではなく、本当に驚いているようだった。

「はい。恋愛小説です」

日向は笑顔で繰り返した。

「失礼ながら、日向さんに恋愛小説を書くイメージがまったくないんですけど、どういった心境の変化ですか?　悪役ばかりやっていた役者さんが、いい人の役を演じたくなるような……そんな感じですか?」

田上が、興味津々の表情で訊ねてきた。

「いいえ、私はもともとジャンルを問わない物語を書く小説家になりたいと思っていました。たまたま暗黒小説でデビューしただけで、もしかしたら恋愛小説でデビューしていたかもしれませんでした」

後付けではなく、本当のことだ。

『ヘレンケラー』『フランクリン』『ファーブル昆虫記《こんちゆうき》』『シートン動物記《どうぶつき》』『怪人二十面相《かいじんにじゆうめんそう》』『シャーロック・ホームズ』……伝記や児童文学で活字に慣れ親しみ、思春期には恋愛小説を読み漁《あさ》った。

二十歳を過ぎてからは、ミステリーとハードボイルドと時代小説に嵌《は》まり、月に三冊ペースで読破した。ジャンルを問わない雑食の読書スタイルが、小説家としての日向に影響を与えているのは間違いなかった。

「日向さん、おかしな薬とかやってませんよね？」

「こらっ、やめなさい！　お前、日向さんがその気になれば訴訟問題に発展するぞ！」

悪乗りが止まらない大井を叱る田上に、スタジオが爆笑の渦に巻き込まれた。

日向も思わず噴き出した。

「爆弾小僧」の芸風は好きだし、番組の雰囲気も好きだ。

だが、そろそろ潮時かもしれない。

小説家もタレントと同じで知名度は必要だが、色がつき過ぎてはマイナスになる。

恋愛小説、家族小説、動物小説、歴史小説、ファンタジー小説、漫画原作……これから幅広いジャンルに挑戦していこうと計画している日向にとって、アンダーグラウンドの住人のようなイメージが強くなるのは好ましいことではない。

「こう見えて、ストイックな生活していますから」

日向は本当のことを口にしただけだが、ふたたびスタジオが爆笑の渦に包まれた。

☆

「お疲れ様です。今週も、イジられていましたね」

日向が座椅子に座ると、桐島真理が紙コップのコーヒーと預けていたスマートフォンをテーブルに置きながら言った。

「ありがとう。逆に助かってるよ。俺らは芸人さんと違って話術がないからね。それより、明日香《あすか》のほうに行っていいよ。俺はタクシーで移動するから」

日向は言った。

明日香は「日向プロ」所属のグラビアアイドルで、今日は『週刊プレイギャング』の撮影日だった。

十五件のメールを受信していた。

生放送の番組に出演すると、一年以上連絡を取っていなかった者達から多くのメッセージが入ってくる。

「カメラマンの都合で入りが二時間遅くなりましたから、社長を次の現場に運ぶ時間はあります」

真理が言った。

「そうか。じゃあ、メールチェックして出るから、もう少し待ってて」

日向は言いながら、気になるメッセージだけを開いた。

どう見ても小説家には見えねえな　朝から場末のホストがテレビに出てるって思われてるかもな
店に顔を出せよ　暇だったら、新刊ヒットを祝ってやるよ大東からだった。
素直ではないが、彼らしい気遣いだ。
店が暇じゃないときなんてあったっけ？
九時過ぎに行くよ
日向は大東にメールを返した。
お疲れ様です。「サンデーフラッシュ」見ています。
恋愛小説の執筆、ついに決意したのですね！
常に挑戦を続ける日向さんの姿勢を尊敬します。
初の恋愛小説、楽しみにしています！
磯川からもメールがきていた。
磯川には、いつか恋愛小説を書きたいという思いを打ち明けていた。
『日向さんなら、黒も白も関係なく心に響く物語を書けると信じています』
あのとき磯川は驚くことも止めることもなく、日向の眼をみつめながら力強く頷いた。

ありがとう！
その件で相談があるから、久しぶりに飲もう
急だけど今夜はどう？

日向は磯川にメールを返した。

『無間煉獄』、『メシア』と「日文社」以外での出版が続いていたが、磯川とはマメに連絡を取り合っていた。

磯川は作家、日向誠の生みの親であり、同志でもあった。

「じゃあ、車を正面玄関に……」

真理の声に、ノックの音が重なった。

「お疲れ様でした～」

真理がドアを開くと、番組チーフプロデューサーの稲葉《いなば》が作り笑顔で現れた。

日向は本音の見えない稲葉のようなタイプが苦手だった。

「いやぁ、やっぱり、日向先生は根っからのエンターテイナーですねぇ。今日も、絵になってましたよ！　日向先生が座っているだけで華があるというか、説得力があるというか……とにかく、準レギュラーを引き受けていただき感謝しています。改めて、ありがとうございます」

稲葉が恭しく頭を下げた。

嫌な予感がした。

稲葉がおべっかを使うのは珍しくないが、今日は度が過ぎている。

「いえいえ、私の著書もＰＲしてもらっていますから助かっています」

日向は笑顔で言いながら、様子を窺った。

「なにをおっしゃいます！　ウチのほうこそ、日向先生のおかげで番組が盛り上がり大助かりです。そこで、折り入って日向先生にご相談したいことがあるのですが……」

嫌な予感に拍車がかかった。

「なんでしょう？」

「これ、来月に企画している特番のロケですが……」

稲葉は言いながら、Ａ４の用紙を日向に差し出してきた。


【特番企画】

『ベストセラー作家、日向誠率いる歌舞伎町ホスト軍団とカリスマキャバ嬢、星乃《ほしの》きらり率いる歌舞伎町キャバ嬢軍団、フィーリングカップル五対五恋愛リアリティショーin鬼怒川《きぬがわ》温泉』


「もしかして、このロケに参加してほしいっていうことですか？」

嫌な予感は、現実になりつつあった。

「参加どころか、日向先生には男性軍のリーダーを務めていただきたいと思います」

「リーダー？　いったい、なにをするロケですか？」

予想はついたが、日向は訊ねた。

「男性軍と女性軍が二泊三日の間に親交を深め、何組のカップルが成立するかというドキュメンタリータッチな大人の恋愛企画です！」

稲葉が自信満々に言った。

なにがドキュメンタリータッチだ。

ようするに、温泉旅行でホストがキャバ嬢を口説《くど》く番組で男性軍のリーダーを務めろということだ。

「ご安心ください。日向先生の顔に泥を塗るような真似はしませんから」

稲葉が意味深に言った。

「どういう意味ですか?」

「ここだけの話ですが、芽衣《めい》というキャバ嬢が読書好きで、日向先生の大ファンなんです。日向先生が口説けば、一発で陥落ですよ」

稲葉が下卑た笑いを浮かべながら言った。

「そういうの、ヤラセっていうんじゃないんですか?」

「ご安心ください。彼女が日向先生のファンだと知ったのはキャスティングしたあとなので、これは仕込みではありません。つまり、ヤラセではないということです」

稲葉が胸を張った。

「そうだとしても、この企画には参加できません。私、今月一杯で『サンデーフラッシュ』の準レギュラーを降りるつもりです」

「えっ……」

稲葉が絶句した。

ドアのそばで話を聞いていた真理も、驚いた顔で振り返った。

近いうちに真理にも降板の意思を打ち明けるつもりだったが、稲葉に特番の企画を見せられたことで、予定よりも早く口にしてしまった。

面白さと話題優先のバラエティ番組で色物タレントの烙印《らくいん》が押される前に、身を引いたほうが賢明だと判断したのだ。

「またまた、日向先生、冗談がきついですよ〜」

稲葉が我に返り、揉《も》み手をしながら言った。

「いえ、冗談ではありません。急ですみません。今月一杯が難しいということでしたら、そちらのキリのいいところまでは出演させていただきます」

日向の都合で番組サイドに迷惑をかけるわけにはいかないので、必要とあらば来月一杯くらいまではオファーを受けるつもりだった。

「あの、番組的になにか失礼がありましたでしょうか？ 改善していきますので、教えてください」

真剣な顔で訊ねてくる稲葉に、日向は噴き出しそうになった。

いま手にしている企画書が問題だということに、稲葉はまったく気づいていない。

「いえ、こちらの都合ですから。最近、小説連載の依頼が増えて……すみません、勝手な理由で」

日向は頭を下げた。

「サンデーフラッシュ」が悪いわけでもないので、降板を決意した本当の理由は言わなかった。

「残念です。日向先生のように作家さんでこんなにインパクトがあって弁が立つ人はなかなかいませんから……」

本当に残念そうに、稲葉がうなだれた。

番組が日向のキャラクターを押し出そうとすればするほど、暗黒小説以外を刊行するときマイナスになる可能性があった。

「すみません。短い期間でしたが、いい経験でした。もし、またの機会があればよろしくお願いします。では、次の打ち合わせがありますので失礼します」

日向は腰を上げもう一度頭を下げると、真理を促し楽屋を出た。

☆

日向は待ち合わせ場所の南青山の骨董通り沿いのカフェに入ると、パリの街角にあるような白と赤を基調とした店内に視線を巡らした。

窓際の席に座る、サイドバックに流した髪に薄いグレイのサングラスをかけた、業界風の男……池谷が立ち上がった。

「遅れてすみません！　思いのほか道が混んでいて……」

日向は腕時計に視線を落としながら、池谷の席に駆け寄った。

約束の午後二時を五分過ぎていた。

「こちらこそ、お急がしいところをすみません。さっきまでテレビで見ていた人が目の前にいるのは、なんだか妙な感じがしますね」

池谷が苦笑しながら、正面の席に右手を投げた。

「同じものを」

日向は池谷のテーブルに置いてあるホットコーヒーを指し、女性スタッフに告げると席に着いた。

「何時くらいから、スタジオ入りしているんですか？」

池谷が訊ねてきた。

本当は、別のことを口にしたいに違いない。

「俺はメイクなしなので、オンエアの一時間前……だいたい、九時くらいですかね」

「そんなに早く入るんですか？」

「台本のチェックもありますし所属タレントがいますから、各部署のプロデューサーに挨拶もありますので」

「サンデーフラッシュ」の出演日にはマネージャーに変身し、ドラマ制作部のプロデューサー達に宣材写真を持参して挨拶回りをするので、三十分は費やしてしまう。

「タレントの挨拶回りも、やってるんですか⁉　そんなの、マネージャーにやらせればいいじゃないですか？」

池谷が驚きの表情で言った。

日向が挨拶に現れると、どのプロデューサーもいまの池谷と同じ表情をする。

「一時間後に『サンデーフラッシュ』の生放送に出演する、作家であり所属タレントの事務所社長が自ら挨拶に行くから効果があるんですよ」

日向は涼しい顔で言った。

「さすがは、実業家の一面を持っている日向さん……いや、作家の一面を持っているといったほうがしっくりきますかね？」

池谷が冗談めかして言いながら、コーヒーカップを傾けた。

「それより、池谷さん、俺に言いたいことありますよね？　たとえば、生放送で次作は恋愛小説を執筆予定だとフライング発言したこととか」

日向は、自ら本題を切り出した。

避けては通れない話題なのだ。

「実は、そうなんです。営業部と販売部もテレビを見ていたようで、説明を求められて大変でした」

池谷が苦笑いした。

予想通り、「樹河出版」ではちょっとした騒ぎになっているようだった。

「やっぱり『樹河出版』的には、日向誠の恋愛小説は反対なんですね？」

日向が訊ねると、池谷が遠慮がちに頷いた。

「池谷さんも同じ考えですか？」

日向は質問を重ねた。

営業部や販売部も無視することはできないが、作家にとっては担当編集者の意見が一番大事だ。

「……僕個人は、正直なところ、九対一で反対です」

硬い表情で、池谷が言った。

「想像はつきますが、理由を聞かせてもらってもいいですか？」

「はい。まず、アンダーグラウンドのジャンルで書いた日向作品がデビューから五作連続でベストセラーとなり、とくに四作目の『無間煉獄』が十八万部、五作目の『メシア』は二十万部超えの大ヒットとなってます。この好調な流れで、敢えて初めての恋愛小説で冒険する必要があるのか？　というのが本音です」

池谷の言いぶんは、もっともだった。

出版社側が、確実に利益の見込める作品を刊行したいというのは、当然の意見だ。

「でも、一割は賛成してくれているんですね。賛成の理由も、聞かせてもらっていいですか？」

「僕は物事に百パーセントと〇パーセントはないと思っている派ですから。もしかしたら、日向さんの恋愛小説が大ヒットするかもしれない、という気持ちもあります。ですが、それはあくまでも一割の可能性であり、大ヒットの可能性が九割あるアンダーグラウンド小説を書いていただきたいというのが本音です」

池谷が、それまでの遠慮がちな物言いから一変してきっぱりと言った。

「出版社的にも池谷さん的にも、その選択は理解します。でも、俺は、恋愛小説がこれまでの作品の中で一番売れるような予感がするんですよね」

日向も、自分の思いをはっきりと口にした。

「根拠はありますか?」

すかさず、池谷が訊ねてきた。

「正直、ありません。根拠のない自信というやつです」

日向は即答し、運ばれてきたコーヒーを口にした。

「根拠のない自信ですか……」

池谷がふたたび苦笑した。

「だめですか?」

日向はストレートに訊ねた。

「だめということはないのですが、ヒットが読める作品で勝負させていただきたいのです」

池谷が、懇願の瞳で日向をみつめた。

「俺は、『樹河出版』で未知の可能性に懸けてみたいです」

日向も譲らなかった。

恋愛小説を書くなら、「樹河出版」が読者層的に一番向いていた。

「できるなら、未知の可能性に懸けるのはほかの出版社でお願いしたいです。すみません、こんな言いかたしかできなくて」

池谷が申し訳なさそうに言った。

「恋愛小説を書いて、一番ヒットしそうな出版社が『樹河出版』なんです。恋愛小説で勝負させてもらえませんか？」

日向は執拗《しつよう》に食い下がった。

「因みに、どういった内容ですか？」

池谷が訊ねてきた。


「ざっくりと書いたプロットです」

日向は立ち上げたノートパソコンの「願《ねが》い雪《ゆき》プロット」のフォルダを開いて、池谷の前に置いた。


小学生の少女が春の公園の茂みで、蹲《うずくま》り鳴いている子犬を見つける。

子犬は前肢《まえあし》を怪我《けが》して出血していた。

すみません！　誰かいませんか⁉

少女は子犬を抱き上げ、大声で呼びかけた。

少女が戸惑い動揺していると、季節外れの雪が降ってきた。

少女は幼い頃に大好きだった祖母から聞かされた話を思い出した。

春の日に降る雪に願い事をすると必ず叶《かな》えてくれるからね。

祖母の言葉を信じて、少女は空から舞い落ちる雪に願った。

神様……お願いします！　この子を助けてください！


少女は、何度も何度も天を仰いで叫んだ。

どうしたの？

誰かが少女に声をかけてきた。

少女は声のほうを振り返った。

高校生らしい青年が歩み寄ってきた。

見せてごらん。

青年は子犬を抱き上げ、傷口をチェックした。

木の枝で、引っ掻いたみたいだね。

この子死なない？

大丈夫。傷はそんなに深くないから。僕の家に連れて行って治療するから、一緒においで。

お兄ちゃんの家に？

うん。僕の家は動物病院なんだ。だから安心して。

青年が優しく微笑んだ。

少女は小雪《こゆき》、青年は優斗《ゆうと》。子犬はミカエル。怪我の治ったミカエルを小雪は飼うことにした。

幼い頃に両親を交通事故で失い叔母《おば》夫婦に育てられた小雪にとって、ミカエルはかけがえのない親友になった。

小雪とミカエルと青年は、公園で遊ぶことが日課になった。

出会って一ヶ月が過ぎたとき、いつものように公園に行くと少女が沈んだ顔でベンチに座っていた。

ミカエルは？

今日は家でお留守番してるの。

どうして？　三人で遊ばないの？

突然、小雪が涙の溜《た》まった瞳で優斗をみつめた。

どうしたの？

今日は、お兄ちゃんにお別れを言いにきたの。

お別れ？　どこかに行くの？

うん、京都に引っ越すんだ。

京都？　どうして？

叔父《おじ》さんの仕事がうまくいかなくなって、お家にお金がなくなって、京都の叔母さんの親戚の家に行くことになったの。

小雪が涙声で言った。

そっか。小雪ちゃんに会えなくなるの、寂しくなるな。

本当？

もちろん、本当だよ。

じゃあ、右手を出して。

え？

いいから、右手を出して。

優斗は首を傾げながら右手を小雪に差し出した。

小雪が優斗の薬指に、夕日を照り返すガラスの指輪を嵌《は》めた。

九年後、私が二十歳になった年の今日、この公園のこのベンチにきて、これを嵌めて。

小雪が真剣な眼差《まなざ》しで優斗をみつめ、お揃いの指輪を手渡してきた。

指輪を小雪ちゃんの指に嵌めるの？

そう。お兄ちゃんがプロポーズして、私をお嫁さんにするの。


「まだ、そこまでしか書いてませんけど」

池谷が読み終わったのを見計らい、日向は言った。

「驚きました！　失礼ながら、『阿鼻叫喚』や『無間煉獄』を書いている作家さんと同じ方が書いたとは思えません！　文体も物語の世界観も登場人物も、別人が書いた作品のようです。本当に、日向さんが書いたんですよね？」

冗談半分、本気半分といった様子で池谷が訊ねてきた。

「もちろん、俺ですよ」

日向は笑いながら言った。

自分が池谷でも、同じ質問をしたに違いない。

「同一人物が書いたとは思えないという驚きだけでなく、導入部だけですがストーリー展開もグイグイと引き込まれました。あんなに生々しく残酷で非道な小説でベストセラー作品を連発してきた作家さんが、ド直球の純愛小説でもここまで僕の心を揺さぶりました。何度も言いますが、本当に驚きました。因みに、この先の展開はもうお考えですか？」

池谷が興味津々の表情で訊ねてきた。

「ざっくりとですが……二十歳になった小雪がシニア犬になったミカエルと九年後に待ち合わせ場所の公園に行ったときに、優斗は現れませんでした。優斗との約束を一途《いちず》に覚えていた小雪は失意に打ちひしがれますが、一方で、小学生だった少女との約束を高校生だった優斗が忘れてしまっても仕方がないな、という気持ちもありました。しかし、優斗は約束を忘れていたわけではなかったんです。彼に思いを寄せていた看護師の沙織《さおり》が、以前からカレンダーに印をつけて小雪との再会を楽しみにしていた優斗が待ち合わせ場所に行けないように、急患の犬を仕込んで妨害したんです」

池谷の上体が、乗り出してきた。

物語に引き込まれているという言葉は、リップサービスではないようだった。

「それを知らない小雪は、美しい思い出のまま優斗のことを心に封印しようと決意します。帰り道、ミカエルが急に走り出しました。わけがわからずついて行った小雪は、通りの向かいに立つ動物病院から出てきた優斗を発見します。ミカエルが、優斗のもとに小雪を導いたんです。小雪が懐かしさのあまりに通りを渡ろうとしたときに、建物から出てきた若い女性が優斗の隣に並び親しげに話しかけました。小雪から見ても、お似合いの二人でした。なぜ、優斗が公園に現れなかったかを悟った小雪は、抵抗するミカエルを無理やり引っ張り立ち去りました。ミカエルにはわかっていました。小雪の初恋のお兄ちゃんは、いまでもあのときの少女のことを忘れてはいないことを……とまあ、こんな感じですね」

日向がノートパソコンを閉じると、池谷が大きく息を吐いた。

「日向作品の最高傑作になる可能性を感じました」

池谷がうわずる声音で言った。

「じゃあ、『樹河出版』の作品は『願い雪』でも大丈夫ですか?」

日向は声を弾ませた。

「それはまだ、お約束できません」

池谷がうなだれた。

「なぜです? いま、日向作品の最高傑作になる可能性を感じると言ってくれたじゃないですか?」

日向は肩透かしを食らった気分で言った。

「たしかにそう思いましたし、物語に魅力を感じました。ですが、最高傑作イコール売れるとはかぎらないのが、この世界の難しいところです」

「どういう意味ですか?」

「おそらく、ウチの営業部や販売部は書評家に絶賛される一万部の作品より、書評家に酷評される十万部の作品を求めるはずです。その意味で、初の恋愛小説を『樹河出版』で刊行するのは相当にハードルが高いと思います」

池谷が伏し目がちに言った。

「俺は、『願い雪』は最高傑作になるのと同時に、最高に売れる作品になるという自信があります。池谷さん、日向誠に懸けてみませんか?」

日向は池谷の瞳を、思いを込めてみつめた。

「すみません。とにかく、いまは企画会議にかけるとしか言えません。そして、企画が通る可能性が低いということも……」

池谷が絞り出すような声で言うと、日向から眼を逸らした。

「わかりました」

日向は席を立った。

「『願い雪』の企画が通らなかったら、ウチでは書いてもらえないということですか⁉」

池谷も慌てて席を立った。

「いまは、『願い雪』のことしか頭にありません。とりあえず、考える時間をください。また、こちらから連絡します」

一方的に言うと、日向は頭を下げてカフェを出た。

☆

「どうしました？　店に入るなり一言も喋らないで、ずっと難しい顔をしてますよ」

南青山の「エルミタージュ」――カウンターに並んで座る磯川が、ビールのタンブラーをみつめる日向に声をかけた。

「おい、どうしたんだよ？　黙《だんま》りを決め込んで、気味が悪いな」

ポニーテールにしたシルバーヘア――カウンター越しに、大東が言った。

「こういうこと、たまにあるんですか？」

黒ビールのタンブラーを傾けながら、磯川が大東に訊ねた。

「いや、真樹ちゃん……奥さんと別れたときも、こんなふうにはならなかったな」

大東が言った。

「なあ、大東。俺が書く恋愛小説は、そんなに魅力がないか？」

不意に、日向は大東に訊いた。

「なんだよ？　急に？　ぶっちゃけ、お前が恋愛小説を書くイメージが湧かないな」

大東が肩を竦めた。

「っていうか、お前、恋愛小説を書くつもり？」

大東が眼を丸くした。

「プロットですが、僕は読ませていただきました。お世辞ではなく、素晴らしい出来です」

磯川が柔和に眼を細めた。

磯川には、池谷に見せたのと同じプロットを読んでもらった。

「マジに⁉　いや～、想像つかないわ～。お前が恋愛小説なんて、ライオンがシャインマスカットを食べるようなもん……いや、ゴリラが花占いをやるようなもんだ」

大東がまじまじと日向をみつめながら、からかいの言葉を口にした。

「大東、頼むから三分だけ黙っててくれ」

日向が言うと、大東がふたたび肩を竦めた。

「磯川さん、『願い雪』を『日文社』で出してもらえないかな？」

日向は、悩みに悩んだ末の言葉を磯川に言った。

「樹河出版」の返事はまだ貰っていない。

ハードルは高くても、企画が通るかもしれない。

だが、日向の心は決まっていた。

迷っている担当編集者のもとではなく、一番信頼している磯川のもとで『願い雪』を出したかった。

「お断りします」

磯川の言葉に、日向は耳を疑った。

「磯川さん……君まで⁉　暗黒小説に比べて恋愛小説はリスクが高いから?」

日向は質問を重ねた。

「いえ、『願い雪』をベストセラーにする自信はあります」

磯川が即答した。

「じゃあ、なんで⁉」

日向は縋るような瞳を磯川に向けた。

「『願い雪』は、ウチより『樹河出版』で出すほうが十倍売れるからです」

磯川が、柔和に微笑みながら頷いた。

11

「与那国屋書店」一位『願い雪』日向誠
「四聖堂書店」一位『願い雪』日向誠
「ブックセカンド」一位『願い雪』日向誠
「パンク堂」一位『願い雪』日向誠
「丸の内ブックセンター」一位『願い雪』日向誠

「日向プロ」のミーティングルームのテーブルには、全国の主要書店グループの売り上げデータの用紙が並べられていた。

「やりましたね！　都内の有力どころの書店の月間売り上げで、二ヶ月連続で一位です！」

磯川が、我がことのように嬉しそうな顔で声を弾ませた。

日向誠初の恋愛小説『願い雪』は、発売二ヶ月で三十万部を突破していた。

この数字は、デビュー五年目の六作目にして最高の売り上げだ。


日向誠、驚きの新境地！

暗黒小説の鬼才が、純愛小説に挑戦！

新作『願い雪』は別人の筆致！　日向誠は二人いるのか？

『阿鼻叫喚』『無間煉獄』『メシア』の作家と『願い雪』の作家は、同一人物なのか？


小説誌、週刊誌、スポーツ新聞などで様々な書評家やライターが、これまでとは百八十度世界観の違う『願い雪』について、驚きの感想を載せていた。

「最後の雪に願い事をすれば叶うって、本当ですか……これ、本当は別の人が書いたとじゃなかかね？　暴力といやらしか物語しか書けん社長が、こぎゃんピュアな物語ば書けるはずなかけんね〜」

いつものように勝手に同席していた椛が、毎度の憎まれ口を叩いてきた。

日向が小説家デビューした五年前は十五歳の高校生だった椛も、二十歳になっていた。

女優としてブレイクするまでに至ってはいないものの、連ドラや二時間ドラマの脇役の仕事は年に数回こなしていた。

「お前はもう、お酒も飲めて選挙権もある大人なのに、いつまでも小便臭いガキのままだな」

日向も憎まれ口を返した。

「あ！　レディに向かって、それはセクハラだけんね！」

椛が日向を指差した。

「レディ⁉」

日向は噴き出した。

「四十近くにもなって、デリカシーのなか男ばい。だいたい社長は……」

「さあ、そろそろですよ」

磯川が椛を遮り、テレビのボリュームを上げた。

ミーティングルームには、所属タレントが出演しているドラマやバラエティ番組をチェックできるようにテレビを設置していた。

女子大生やＯＬに人気の情報番組、「王妃のシエスタ」の「ブックランキング」のコーナーが始まるところだった。


『はい、では、一ヶ月の文芸書籍のトップ3を発表します！　第三位は……』

人懐っこい笑みが人気の女子大生モデルの風鈴《ふうりん》が、フリップのシールを剝がした。

『西崎健《にしざきけん》さんの「後ろの正面はボク」です！　第二位は、一橋聡《ひとつばしさとし》さんの「あなたに逢《あ》いたい」です！　そして今月の一位は、日向誠さんの「願い雪」です！』

風鈴がフリップのシールを剝がしながら言った。


「結果はわかっていましたが、改めてテレビで発表されると嬉しいものですね」

磯川が、テレビに向かって拍手をしながら破顔した。

「『願い雪』ば書いとる作家が金髪ガングロ男って知ったら、読者は悲鳴ば上げるばい」

相変わらず椛はかわいげのないことしか言わないが、表情からは嬉しさが伝わってきた。

「ギャップが素敵……って、キュンキュンするはずだ」

日向は椛にウインクした。

「オエー！」

椛が、喉に手を当て吐く真似をした。


『私、この本を読んで泣き過ぎて、翌日眼が腫れて大変でした。ちょうどオフだったからよかったですけど、撮影とか収録がある日は絶対にNGですよ！』

風鈴が、『願い雪』の装丁をカメラに向けながら言った。

『私も読みました！　ヒロインが飼っているワンちゃんが、もうかわいくてかわいくて、私も犬を飼いたい！　って思いましたもん！』

シエスタガールの一人が、頬を紅潮させて興奮気味に言った。

「それにしても、凄いですね。僕も長いこと編集者をやっていますけど、血みどろの暗黒小説を書いて有名になった作家が、真逆の世界観の純愛小説を書いて三十万部超えの大ヒットを記録して、お昼の若い女性向けの情報番組に取り上げられるなんて奇跡ですよ」

磯川が、『願い雪』で盛り上がるシエスタガール達を見ながら、しみじみと言った。

「あんまり、褒めんほうがよかですよ。すーぐ調子に乗りますけん」

椛が茶々を入れてきた。

『本日は、「願い雪」の担当編集者であり「樹河出版」文芸部編集長、池谷武史《たけし》さんにお越しいただきました！』

『どうも、池谷です。よろしくお願いします』

テレビに映し出された池谷の顔は、緊張に強張っていた。


「なんで書いた社長が出んで、編集者の人が出とると？」

椛が不思議そうに訊ねてきた。

『『願い雪』の原作者で俺がテレビに映ったら、読者がびっくりするだろう？』

「たしかに、それは言えとる！」

日向が言うと、椛が手を叩いて大笑いした。

冗談ではなく、本音だった。

作家のテレビ出演が多くなり有名になり過ぎると、読者が思い描く物語の世界の邪魔をしてしまうというのが日向の持論だった。

一昨年《おととし》、準レギュラーで出演していた情報バラエティ番組を降板したのは、それが理由だ。

『日向さんがこれまで、アンダーグラウンドの世界を舞台にした小説でベストセラーを連発していた作家さんだと知って大変驚いたんですけれど、今回、どうして真逆の純愛小説を書くことになったのでしょうか？』

風鈴が、興味津々の表情で質問した。

『えーっとですね、日向さんはもともといろんなジャンルの小説を書ける作家になりたかったらしく、デビューから五作品が暗黒系の小説だったのは出版社のリクエストが続いただけで、たまたまだったそうです』

池谷が、表情と同じ硬い声で説明した。

『なるほど、そうだったんですね！　でも、それまで暗黒小説の分野で実績のあった日向さんから、純愛小説を書きたいと言われたときには戸惑いませんでしたか？』

『正直、編集部、営業部、販売部のほぼ全員が大反対でした。どうして数字の読める黒日向ではなく、未知の白日向で勝負するんだ？　と』

池谷が、渋い表情を作りながら言った。

次第に緊張が解けてきたようだ。

『黒日向、白日向ってなんですか？』

風鈴が首を傾げた。

『あ、今回「願い雪」が大ヒットしたおかげで、読者の方から暗黒小説系は黒日向、純愛小説系は白日向って呼ばれるようになったんですよ』

『面白いですね！　それで、白日向を出したいという日向さんを、池谷編集長はどういうふうに説得したんですか？』

『説得なんてとんでもない。日向誠の初の純愛小説に、インスピレーションが湧いてきました。「願い雪」が、第二次恋愛小説黄金期の扉を開けるかもしれないって。リスクは高いかもしれませんが、勝負してみましょう！　と僕は日向さんの背中を押しました』

池谷が得意げに言った。

「いまの話、本当ですか？」

磯川が日向に顔を向けた。

「記憶にございません」

日向は苦笑した。

『社内の人達は大反対していたんですよね？　どう説得したんですか？』

風鈴が身を乗り出した。

『営業部や販売部には、大コケしたら僕が責任を取ると啖呵《たんか》を切りましたよ。不安がなかったかといえば嘘になりますが、それ以上にワクワクしました。僕は昔から、石橋を叩くよりもまずは渡ってしまえというタイプでした。安定より刺激を選ぶ、根っからの冒険家なんですよ』

緊張でガチガチになっていた人間とは別人のように、池谷は饒舌《じょうぜつ》になっていた。

「すっかり池谷さんの独演会になってしまいましたね」

磯川が柔和に笑いながら言った。

「でも、この人が『願い雪』ば書いたっていうほうが似合っとるばい」

しばらくおとなしくしていた椛の毒舌が再開した。

日向の胸は痛んだ。

胸の痛みは、椛の言葉のせいではない。

日向は、池谷の「独演会」を穏やかな表情で見ている磯川の横顔をみつめた。

ノックの音に続き、半開きのドアからチーフマネージャーの桐島真理が顔を覗かせた。

「お疲れ様です。社長、そろそろ出ます。椛、行くわよ」

真理は日向と磯川に挨拶すると、椛を促した。

椛の出演が決まった二時間ドラマの衣装合わせが、世田谷のスタジオで行われる。

「じゃあ、磯川さん。ウチのガングロ中卒作家ば、よろしくお願いします」

椛は彼女らしい毒のあるセリフを残し、真理のあとに続いた。

「彼女は、五年前となにも変わらないですね。いい意味で、芸能人っぽくありません」

磯川が、微笑ましい顔で椛を見送りながら言った。

「それが、よくないんだよね。芸能界は、他人を押し退《の》けてでもチャンスを摑もうとするような子ばかりだから。あいつも、もっと欲を出さないと」

日向はため息を吐いた。

「欲ですか……」

磯川が呟いた。

「欲と言えば、どうして『樹河出版』が『願い雪』の出版を渋っていたときに、俺が磯川さんのところで出したいという申し出を断ったの？」

日向は、二年間ずっと心に引っかかっていたことを口にした。

「そのときも言いましたが、『願い雪』はウチより『樹河出版』で出したほうが十倍売れました。あそこは、恋愛小説好きの女性読者がついてますからね。現に、発売二ヶ月で三十万部を突破していますし。ウチで出していれば、とてもその部数にまでは達していなかったでしょう。これでよかったんですよ」

磯川が、にこやかな表情で言った。

「もしそうだとしても、椛の話じゃないけど磯川さんには欲はないの？」

日向は訊ねた。

「椛ちゃんは、なぜ『日向プロ』にいると思います？」

唐突に、磯川が質問を返してきた。

「え？　なぜって……改めて考えたことはないな」

磯川に言った通り、椛が日向のもとにいる理由を考えたことはなかった。

「僕が思うには、日向さんといると面白いからだと思います。だから、彼女の中には売れるとか売れないとかよりも、『日向プロ』で仕事をしていると楽しいというのが、所属し続ける一番の理由だと思います。僕も同じです。もちろん、日向さんの作品でベストセラーを出せたら嬉しいです。でも、それ以前に僕は日向作品が好きなんですよ。良くも悪くもセオリーを無視した……いや、壊すというか、とにかく、予測不能な日向さんと仕事をしているのが楽しくて。だから僕は、自分の功績よりも日向作品が一番評価される出版社で刊行してほしいと思っているんですよ。日向さんがどこで成功しても、それは僕の喜びでもあるんです」

磯川の、レンズ越しの眼が柔和に細められた。

「磯川さん、ありがとう……」

日向の胸が震えた──涙腺《るいせん》が震えた。

本当に、自分はラッキーな男だ。

磯川のような懐の深い男のもとで、作家デビューできたのだから。

「礼を言うのは僕のほうですよ。これからも、僕を楽しませてくださいね。さて、ビールでも飲みながら、新作の打ち合わせをしましょうか？」

磯川は言うとテレビを消し、日向を促した。

12

「赤坂《あかさか》プレミアムホテル」の「飛翔《ひしょう》の間」で行われている立食パーティーには、出版社の編集者や作家の姿が目立った。

映画やドラマで主役を張っている男優や女優、出版社の社長や役員の姿も多く見られた。

「島倉謙《しまくらけん》さんに岩永百合《いわながゆり》さん……この顔触れは凄いな。さすがは林田《はやしだ》先生だ」

日向はパーティーに駆けつけた錚々《そうそう》たる顔触れに、感嘆のため息を吐いた。

「林田さんは、人柄も素晴らしい方ですからね」

磯川が、壇上で出版関係者や原作映画に出演歴のある役者達にたいして感謝の言葉を並べている林田を、小型のビデオカメラで撮影しながら言った。

「林田誠二《せいじ》著作五百冊記念パーティー」に出席したのは、磯川の誘いだった。

日向は、作家デビューして五年で初めて文壇のパーティーに顔を出した。

ドラマや映画の打ち上げは数多く経験してきたが、この手の集まりは敬遠していた。

もともと、文壇というものに興味がなかった……というよりも苦手だった。

『今後の執筆の糧になるかもしれないので、一度は文壇のパーティーというものを体験しておいたほうがいいですよ』

今回は、磯川の誘いがあったから出席したのだ。

「それにしても、著作数五百冊ってどんなペースで書いてるのかな？　俺なんか六冊でひいひいしてるのに、林田先生は宇宙人じゃないの？」

日向は、磯川に冗談交じりに言った。

「林田さんはデビューして四十五年ですから、単純計算すると年間十一冊ペースで刊行していることになりますね」

「年間十一冊⁉」

日向は素頓狂な声を上げた。

「林田さんは、小説に誠実な人ですから」

日向は、磯川の言葉を鸚鵡返しにした。

「小説に誠実？」

「ええ。四十五年間、一字入魂の姿勢で小説に真摯《しんし》に向き合ってきましたからね。普通、それだけ長いこと小説を書いていると、やっつけとまでいかなくても息抜き的な作品があるものですが、林田さんの場合は全作に全力投球する方なので、それだけの著作を積み重ねられたのでしょう」

磯川の言葉を聞きながら、なぜ今回にかぎって日向をパーティーに誘ったのかわかったような気がした。

「つまり、読者を裏切らないってことだよね」

日向は言った。

日向も、どう驚かしてやろう、どう泣かせてやろう、どう笑わせてやろう、どう感動させてやろう、と、常に読者を意識しながら執筆していた。

「やはり、通じましたか。林田さんと日向さんは作風も題材も年齢も容貌も違いますが、読者とストイックに向き合っているという共通点があります。私の勝手な思い込みですから、間違っていたらすみません」

磯川がビデオカメラのスイッチを切り、日向に顔を向けて言った。

「四十五年も第一線で活躍してきた林田さんと共通点があるだなんて恐縮過ぎるけど、そういうふうに言ってもらえて素直に嬉しいよ」

「将来、日向さんも年間何作も刊行するような、多作な作家さんになると思いますよ」

磯川が言うと、本当にそうなりそうな気がするから不思議だ。

「ただいまご指名に与《あず》かりました並河信一郎《なみかわしんいちろう》でございます。僭越《せんえつ》ではございますが乾杯の音頭を取らせていただきます。どうぞ皆様、お手元にグラスをご用意ください」

林田のスピーチが終わり、スーツ姿の初老の男性が参加者に呼びかけた。

日向と磯川はビールのグラスを手に取った。

「あの人は林田さんが『黒汐舎《くろしおしゃ》』でデビューした当時の並河さんという編集者で、いまは専務取締役です」

磯川が説明した。

「大御所の芸人さんの若手の頃は駆け出しのＡＤだった人が、編成部長になるようなものだね」

日向はテレビ業界にたとえて言った。

「僕は日向さんがどれだけ大物になっても、役員にはなってないでしょうね」

磯川が愉快そうに言った。

「そもそも、役員になりたいと思ってないよね？」

すかさず日向は突っ込んだ。

「はい」

拍子抜けするほどあっさりと、磯川が頷いた。

わざわざ訊ねなくてもわかっていた。

磯川が出世を見据えて仕事をしていたなら、日向作品は過激な表現や独特な文章に手を入れられ、無難だが凡庸な仕上がりになっていただろう。

そして、日向のいまの活躍もないはずだ。

「磯川さんに出世欲がなくてよかったよ」

日向は冗談めかして言ったが、本心だった。

「林田先生の益々《ますます》のご健勝とご活躍を祈念いたしまして、乾杯！」

並河専務の乾杯の音頭が、「飛翔の間」に響き渡った。

日向と磯川はビールのグラスを触れ合わせた。

「それでは皆様、お食事も整いましたので、しばしご歓談をお楽しみください」

並河専務の言葉に、人の動きが慌ただしくなった。

「行列ができますよ」

磯川が意味深に言った。

「え？　行列って……」

「日向先生」

日向は首を巡らした。

黄色のフレームの眼鏡をかけた、日向と同年代と思しき男性が立っていた。

「はじめまして。私、『フジ出版』の戸塚《とつか》と申します」

戸塚が名刺を差し出しながら、自己紹介をしてきた。

「日向です」

「『阿鼻叫喚』で度肝を抜かれてから、日向ワールドにどっぷりと嵌まってしまいました。弊社《へいしゃ》でも、是非、お願いいたします！」

「ありがとうございます」

日向は頭を下げた。

顔を上げると、別の長身の男性が立っていた。

長身の男性の背後には、いつの間にか四人の男性と二人の女性が並んでいた。

磯川が口にした行列ができるとは、このことだったのか。

「『四葉社《よつばしゃ》』の古沢《ふるさわ》と申します。『無間煉獄』を読んだときに、とんでもない作家さんが出てきたと鳥肌が立ちました。もしよろしければ、ウチの小説誌で連載を始めていただくことをご検討ください」

「はい、考えてみます」

日向は、古沢から名刺を受け取り頭を下げた。

三人、四人、五人と同じようなやり取りが続いた。

「『明和出版《めいわ》』の畑中《はたなか》と申します。『願い雪』を読んで涙腺が決壊しました！　当社の『月刊女性生活』で、大人の恋愛小説の連載を始めていただけませんか？」

ベリーショートの女性編集者……畑中のオファーは、日向にとって意外なものだった。

『願い雪』が大ヒットしたとはいえ、ノワール作家のイメージが強い日向にメジャー女性誌から小説連載のオファーがあるとは思わなかった。

「俺で、いいんですか?」

日向は素直な疑問を口にした。

『願い雪』を読ませていただき、日向先生は女性の心がよくわかってらっしゃる方だと思いました。『月刊女性生活』の読者層の三、四十代の女性の心に刺さる物語を、日向先生なら書いていただけると確信しました」

畑中は瞳を輝かせ、声を弾ませた。

「ありがとうございます。執筆スケジュールを調整して、こちらからご連絡させていただきます」

「僕の言った通り、日向商店大繁盛ですね」

畑中が去ると、磯川が日向に新しいビールのグラスを差し出してきた。

「ありがとう。磯川さんは予言者だね」

日向はグラスを受け取り、磯川に言った。

「黒作品も白作品もベストセラーになった前代未聞の作家さんを、文芸編集者なら放っておきませんよ。ほら、また」

磯川の視線を追い、日向は振り返った。

編集者らしき男性が十人並んでいた。

九人目の編集者の自己紹介が終わり、十人目の小柄な男性が歩み出てきた。

「はじめまして、私、東郷真一先生の担当編集をしている『英談社《えいだんしゃ》』の神田《かんだ》と申します。日向先生、大人気ですね。『願い雪』の大ヒットもおめでとうございます。よろしければ、ご挨拶がてら、あちらのテーブルで一緒に飲みませんか?」

小柄な男性……神田が、名刺を差し出しながら視線を壇上近くのテーブルに移した。

神田の視線を追った。

モスグリーンのスリーピースのスーツに身を包んだオールバックの中年男性……東郷が、シャンパングラスを片手に和服を着た女性と談笑していた。

東郷は日向より十歳上の四十五歳だが、テレビや雑誌で見たときの印象よりも若々しかった。

「ありがとうございます。でも、お邪魔になるので遠慮しておきます」

日向はやんわりと断った。

「いえいえ、東郷先生から日向先生を呼んできてほしいと言われましたので大丈夫です」

「東郷先生が、俺を呼んできてほしいと言ったんですか？」

日向は訝しげに訊ねた。

「ええ。日向先生、東郷先生にご挨拶まだでしたよね？」

神田の物言いに、日向は不愉快になった。

「まだですが、どうして俺が挨拶に行かなければならないんですか？」

日向はムッとした口調で訊ね返した。

「どうしてって……それは、東郷先生は文壇の大先輩ですし……」

「この会場にいる作家さんは、ほとんど俺より目上の方ばかりです。全員のテーブルに挨拶に回れと言うんですか？　俺に話があるなら、東郷先生がこっちのテーブルにきたらいいでしょう」

日向は神田を遮り、皮肉交じりに突き放した。

昔から、不遜な態度でマウントを取ろうとする人種が大嫌いだった。

「磯川さんも、同じ考えですか？」

神田が、日向の隣で苦笑していた磯川に視線を移した。

「日文社」と「英談社」は系列会社なので、二人が知り合いでも不思議ではなかった。

「その質問は、先輩作家のもとに挨拶に行くのを拒んだ後輩作家を説得しろ、という遠回しな恫喝《どうかつ》ですか？」

磯川が、人を食ったような言いかたで質問を返した。

「わかりました。そのまま、東郷先生にお伝えします」

神田は、顔を赤らめ震える声で捨て台詞を残し、テーブルをあとにした。

「なにあいつ？　ムカつくな」

日向は、遠ざかる神田の背中に吐き捨てた。

「どこにでもいる小判鮫《こばんざめ》ですよ」

磯川の言い方で、彼も神田を快く思っていないことがわかった。

「小判鮫？」

「大物作家や役員にへばりついて、おべっかを使って出世を目指す、ヨイショ編集者の典型ですよ」

「なるほど。つまり、磯川さんとは正反対のタイプの編集者ということだね？」

日向は笑いながら言った。

「日向さんも、人のことは言えませんよ。話があるならこっちにくればいいなんて、同じ会場にいる東郷さんに言うんですからね」

磯川も笑いながら言った。

「でもさ、俺は作家だから睨まれても大丈夫だけど、磯川さんは編集者だからまずくない？　東郷さんって、『日文社』でも書いてるんでしょう？　ごますり編集者が東郷さんにチクる……っていうか、もうチクってるし」

五メートルほど離れた壇上近くのテーブル——神田が東郷に耳打ちしていた。

「たしかに、東郷さんはウチで十作以上出してますね。記憶では、すべてベストセラーになっているはずです。でも、僕は担当じゃないですから」

涼しい顔で磯川が言った。

「担当じゃなくても、東郷さんから会社にクレーム入ったら上司に怒られるんじゃないの？」

「怒られるでしょうね」

相変わらず、磯川は他人事のように言った。

「まずいじゃん。何年か前も大物作家さんの原稿に赤入れまくって、編集長に怒られたことあったし。閑職《かんしょく》に飛ばされたりしたらどうするの？」

冗談ではなく、日向は本気で心配していた。

磯川が編集部から追い出されるようなことになれば、日向にとっても一大事だ。

「僕が倉庫管理に異動になったら、日向さんが執筆できるように段ボール箱のデスクを用意しておきますよ」

磯川が、笑えないジョークを口にした。

「ちょっと、縁起悪いこと言わないでよ」

「じゃあ、これから二人で挨拶に行きますか？　向こうも、待ってるみたいですし」

磯川が、東郷のテーブルに視線を移した。東郷が、苦々しい顔で日向を見ていた。

「絶対に行かない」

日向が即座に答えると、磯川が大笑いした。

「僕達は似た者同士ですね。それに、心配しないでください。結果を求めるために仕事をしていないだけで、きっちり結果は出していますから。編集長も、少々のことでは僕を編集部から追い出せませんよ。さ、改めて乾杯しましょう」

磯川が言いながら、ビールのグラスを宙に掲げた。

「なにに乾杯？」

「長い物に巻かれない者同士の結束を誓って」

磯川が悪戯っぽい顔で言った。

日向は苦笑しながら、磯川のグラスにグラスを触れ合わせた。

☆

「編集長は、どこに行くの？」

日向は、赤坂の飲み屋街を速足で歩く羽田の背中に続きながら磯川に訊ねた。

『一時間ほど、お時間をください。是非、日向先生をお連れしたい店があるので』

「赤坂プレミアムホテル」で行われていたパーティーの終盤に合流した羽田の言葉が、日向の脳裏に蘇った。

「こっちの方向には、作家さんがよく利用するバーがありますけどね」

磯川が言った。

「それって、もしかして文壇バーとかいうやつ？」

「銀座とかの本格的なクラブとは違いますが、似たような感じの店です」

「俺、文壇バーとか苦手なんだよね。それなら、キャバクラとかのほうが全然いいよ」

日向は渋い表情で言った。

「僕も文壇バーの類《たぐい》は苦手ですね。キャバクラも苦手ですけど」

磯川が苦笑した。

「こちらです」

羽田が雑居ビルの看板の前で足を止めた。

CLUB　響《ひびき》

「僕の予想が当たったようです」

磯川が日向の耳元で囁いた。

「ママが日向先生の大ファンなんですよ。さ、入りましょう」

羽田が意気揚々とドアを開けた。

「ママ！　日向先生をお連れしたよ！」

羽田が言うと、奥のコーナーソファにいた和服姿の女性が、日向のほうに歩み寄ってきた。

どこか見覚えのある顔だったが、日向は思い出せなかった。

「いらっしゃいませ。霞《かすみ》と申します」

和服姿の女性……霞が名刺を差し出してきた。

「日向です」

名刺を受け取りながら、日向は霞の顔をみつめて記憶を辿った。

やはり、思い出せなかった。

「とりあえず、奥のお席にどうぞ」

霞が踵《きびす》を返し、日向達を促した。

白革のコーナーソファの奥から、日向、羽田、磯川の順に座った。

「あれ!? 東郷先生じゃないですか!」

突然、羽田が大声で言いながら立ち上がった。

「おう、羽田君じゃないか。こっちにきて、一緒に飲まないか?」

日向達の向かい側のボックスソファに座る東郷が、羽田に手招きした。

東郷の顔は、真っ赤になっていた。

東郷の隣には、神田が座っていた。

和服の女性……思い出した。

パーティー会場で、東郷と談笑していた女性だ。

「日向先生、一緒にご挨拶に行きましょう」

羽田がさりげなく日向を促した。

羽田の唐突な誘い――謎が解けた。

「いえ、俺は遠慮しておきます」

日向は言った。

「そう言わずに、行きましょう。こんな偶然、滅多《めった》にないことですから」

白々《しらじら》しく言いながら、羽田がふたたび日向を促した。

「いえ、大丈夫ですから。編集長、行ってください」

日向は頑なに断った。

パーティー会場で挨拶にこなかった日向に腹を立てた東郷が、羽田に一芝居打たせたのだろう。

「ほんの少しだけでも……」

「もう、いいって。飛ぶ鳥を落とす勢いのベストセラー作家さんだから、俺如《ごと》きには挨拶なんてしたくないんだろうさ」

呂律《ろれつ》の回らない東郷が、羽田を大声で遮った。どうやら、かなり酔っているようだった。

「俺はあんな二流漫画みたいなものは、小説とは認めんがな。いや、三流だ、三流漫画！」

東郷が大笑いした。

日向の全身の血液が熱く滾った——堪えた。

ここで日向が問題を起こせば、磯川に火の粉がかかってしまうかもしれない。

「ほら、先生、もう飲み過ぎですよ」

霞が東郷を執り成した。

「おい、羽田君もそう思うだろう？　どうなんだ？　お？」

それでも東郷はおさまらず、羽田に絡み始めた。

「い、いや、わ、私は、そ、そんなふうには……」

顔を強張らせた羽田が、しどろもどろに否定した。

「なんだお前⁉　俺が間違ってるっていうのか⁉　お⁉　お前んとこを、どれだけ儲《もう》けさせてきてやったと思ってるんだ⁉　お⁉」

東郷が赤鬼のような顔で立ち上がり、羽田に詰め寄った。

日向は、膝の上に置いた拳を握り締めた。

いくら酒に酔っているとはいえ、東郷は行儀が悪過ぎる。

「わ、わかっています。東郷先生には足を向けては……」

「だったら、このホスト崩れの三流漫画を、今後一切『日文社』で出版するな！」

東郷が日向を指差しながら、羽田に詰め寄った。

太腿に爪が食い込んだ——堪えた。

奥歯を噛み締めた——堪えた。

自分のことならどれだけ侮辱されても、聞き流すつもりだった。

酔客の絡み酒で事を大きくして、「日文社」や磯川の立場を悪くしたくはなかった。

「おい、どうするんだ⁉　今後も三流漫画を出版するなら、東郷真一の全作品の版権を引き揚げるぞ！　おお⁉」

日向は立ち上がった。

「日向誠と言います。挨拶が遅れてすみませんでした」

日向は、感情のスイッチをオフにして東郷に頭を下げた。

「なんだ、最初から素直にそうしてればよかったんだよ！　心が籠ってないから、もう一度、きちんと詫びを入れろ」

「もう一度詫びたら、『日文社』から版権を引き揚げるとか言わないと約束してください」

日向は、東郷から言質《げんち》を取ろうとした。

「ああ、約束してやるから、心を込めて俺に詫びろ」

東郷が腕を組み、尊大な態度で日向に謝罪のおかわりを要求した。

「挨拶が遅れて……」

「やめてください」

磯川が、日向を押し退けるようにして前に出た。

「なんだ、お前!? 邪魔する……」

「日向さんの作品を侮辱することは、僕が許しません。逆に、日向さんに謝罪してください」

磯川が東郷を遮り、厳しい口調で言った。

予期せぬ展開に、日向は言葉を発することができなかった。

「お、お前、『日文社』の編集者だろう!? 編集者風情《ふぜい》が、誰に向かってものを言ってるか……」

「版権を引き揚げたいなら、ご自由にどうぞ」

ふたたび遮った磯川は、冷え冷えとした眼で東郷を見据えた。

「おいっ、磯川君! なにを言ってるんだ! 東郷先生に謝りなさい!」

血相を変えた羽田が、磯川に命じた。

「いやっ、謝っても無駄だ! こんな侮辱は許せん! 望み通り、版権をすべて引き揚げてやろうじゃないか! 後悔するなよ!」

東郷が磯川を指差した。

「あなたこそ、後悔しないでください。東郷さんの大御所作家らしからぬ言動を、すべておさめさせていただきました。版権を引き揚げられた経緯を、ウチの週刊誌で報じますから。動画は、つき合いのある局のワイドショーで扱ってもらいますよ。この動画を見たら、視聴者はどっちに非があると判断するでしょうね」

磯川が、小型のビデオカメラを掲げながら言った。

「き、貴様っ、盗撮していたのか……」

東郷が蒼褪めた。

「勘違いしないでください。これは、林田さんのスピーチを撮るために用意したものですから」

磯川は、淡々とした口調で東郷に言うと振り返り、日向に茶目っ気たっぷりに舌を出した。


いったい君には、いくつの顔があるんだ？

日向は、心で磯川に問いかけた。

13

「日向さん、安心してくださいね。僕はこういう原作の映像化の交渉には慣れてますから。ウチはこれまでも、『樹河映画』で十本を超えるヒット作を出した実績があります。普通の出版社とは経験値が違います」

六本木の「ブランドハイクラスホテル」のラウンジ——「樹河出版」の池谷が、自信に満ちた言葉とは裏腹に、そわそわと腕時計を見ながら言った。

日向が気づいただけでも、五分間に五回以上は腕時計に視線を落としていた。

「池谷さんこそ、落ち着いてください。何度見ても、時計の進むスピードは変わりませんから」

日向は苦笑しながら言った。

「たしかに、それはそうですね」

池谷が照れ臭そうに笑った。

今日は『願い雪』の映画化のキャスティングの売り込みで、「アクタープロ」のチーフマネージャーと会うことになっていた。

発売三ヶ月で四十万部を突破した大ベストセラーの『願い雪』が、満島博《みつしまひろし》監督で映画化が決定し、情報解禁されてからは各芸能プロダクションのマネージャーが主役の座を勝ち取るために、競い合うように日向詣でをしてきた。

ドラマ化の場合はテレビ局のプロデューサーに売り込むマネージャーが多いが、映画化では原作の世界観を大事にするので原作者にアプローチしてくる場合が多い。

この一ヶ月で、男性主人公の売り込みで三社の、女性主人公の売り込みで五社のマネージャーが日向のもとを訪れた。

売り込まれてくる男優も女優も、主役クラスの役者ばかりだった。

原作が四十万部のベストセラー作品、物語は純愛、配給は日本最大手の「大宝《たいほう》」、監督はジャパンアカデミー賞受賞歴二回の満島博……各芸能プロダクションがエース級のタレントを売り込んでくるのも無理はない。

今回はヒロインの小雪役に、「アクタープロ」の看板女優の七瀬《ななせ》まどかを売り込んできた。

「それに芸能プロをやってますので、映像化のキャスティングは池谷さんより慣れていますから」

「そうでしたね！　いやいや、お恥ずかしい。釈迦《しゃか》に説法というやつでしたね」

池谷は、羞恥《しゅうち》のあまり耳朶《みみたぶ》まで赤くしていた。

「これまでは、原作者にお願いする立場でしたけどね。売り込まれる立場になるなんて、人生はわからないものです」

日向はしみじみと言った。

作家デビューするまでは、各テレビ局のプロデューサーや原作者の秘書に頭を下げて回っていたのが、頭を下げられる側になったのだ。

「日向さんは、本当に波瀾万丈《はらんばんじよう》な……」

池谷がラウンジの入り口を見て、驚いた顔で言葉を切った。

ノーフレームの眼鏡をかけた濃紺のスーツ姿の男性……「アクタープロ」のチーフマネージャーの楢島《ならしま》が、日向達のテーブルに歩み寄ってきた。

楢島とは過去に何度か現場で会ったことがあるので、顔見知りだった。

楢島の後ろをついて歩く黒のニットキャップ、サングラス、黒のニットセーター、黒のデニム姿の女性からは、隠しようのないオーラが発せられていた。

池谷が驚くのも無理はない。

「日向さん……いや、日向先生でしたね！　お久しぶりです！」

楢島が、笑顔で名刺を差し出してきた。

作家になる前に会ったときは、楢島のこんな笑顔を見たことはなかった。

「私はすでにいただいているので、版元の編集長のほうに差しあげてください」

日向は楢島に言うと、池谷を目顔で促した。

「は……はじめまして。『樹河出版』文芸部編集長の池谷です」

池谷が、緊張気味に楢島と名刺交換をした。

池谷の緊張の理由——楢島の背後の七瀬まどか。

七瀬は三クール連続でキー局プライムタイムの連続ドラマの主役を張り、七社の企業とＣＭの契約をしている二十二歳の売れっ子女優だ。

芸能プロダクションのマネージャーが、新人タレントならまだしも主役級の女優を売り込みに連れてくることはありえない。

しかも、個室でもないホテルのラウンジなど論外だ。

だが、日向には読めていた。

楢島のシナリオが……。

そう、これは、各芸能プロダクションの看板女優が狙っている小雪役を確実に手にするための、楢島の一か八かの実力行使だ。

「日向先生、今日は七瀬も同席させてよろしいですか?」

楢島が、わざとらしく訊ねてきた。

「もちろんですとも! さあ、どうぞ、お座りください!」

池谷が日向に代わって、七瀬に椅子を勧めた。

「はじめまして。七瀬まどかです。『願い雪』は大好きな作品で、もう三度も読み返してます!」

七瀬がサングラスを外し、声を弾ませた。

これも、楢島のシナリオに違いない。

七瀬は、新雪のように白い肌に黒真珠を嵌め込んだようなエキゾチックな瞳で日向をみつめた。

隣で池谷が、恍惚《こうこつ》とした顔でため息を吐いた。

「ありがとうございます。発売してまだ三ヶ月なのに、三度も読み返してもらえるなんて光栄です」

日向はリップサービスを返した。

楢島に言われたからとはいえ、飛ぶ鳥を落とす勢いの女優が売り込みの席に顔を出すのだから、それなりの敬意を表さなければならない。

だからといって、七瀬に小雪役をやらせるということとはイコールではない。

七瀬がジャスミンティーを、楢島がホットコーヒーを注文した。

『願い雪』は本当に素敵な作品ですね。王道の恋愛小説でありながら、斬新で、ミステリーの要素も含まれていて、ノスタルジックな雰囲気が漂っている。いままで、こんな恋愛小説を読んだことはありません。私は、生きているうちにこんなに素晴らしい作品に出合えて幸せです」

楢島はハナを切った逃げ馬のように、日向の歯が浮く暇もないほど最初から飛ばした。

「ありがとうございます。でも、褒め過ぎですよ。恋愛小説の名手は、文壇にはたくさんいます」

日向は苦笑しながら謙遜した。

「いえいえ、『願い雪』はほかの恋愛小説とは一線を画した名作です！」

楢島が力説した。

「私も、同感です！　最初にゲラを読んだときに、背筋に電流が走ったような衝撃を受けました。過去に多くの純愛ものを読んできましたが、『願い雪』はどの作品とも違う新感覚の恋愛小説です。僕は、純恋小説、と名づけて帯にキャッチとして使いました。手前味噌ですが、四十万部突破のきっかけくらいにはなれたかな、と思っています」

池谷が、さりげなく自画自賛した。

「さすがは『樹河出版』の切れ者編集長ですね！　日向先生と池谷編集長の最強タッグで、生まれるべくして生まれた名作なのですね。私は、そんな素晴らしい作品が映画化されるという話を聞いたときに、居ても立ってもいられませんでした。それは、七瀬も同じです。さあ、君の思いも日向先生に伝えなさい」

楢島が、七瀬にバトンを渡した。

「私は、『願い雪』の小雪役をやらせていただきたくて、主役が内定していた来年四月クールの連ドラをお断りしたいと、楢島チーフにお伝えしました」

七瀬が日向をみつめてきた。

さすがにトップ女優だけあり、破壊力抜群の目力だった。

女優という魔物を知らない男性なら、数秒で理性を失ってしまうことだろう。

「小雪役のために、主役の連ドラを蹴ったんですか!? 日向さん、七瀬さんに決めましょうよ！」

池谷が感極まった声で言いながら、日向に顔を向けた。

「七瀬さん。お気持ちは嬉しいのですが、連ドラのオファーは受けてください。現時点では、七瀬さんを小雪役にキャスティングできるという保証はありませんから」

日向は池谷を無視して、敢えて事務的な口調で言った。

池谷は、口をあんぐりとさせていた。

「楢島さん、そういうことなので連ドラのオファーは……」

「キャスティングされなくても構いません。私は『願い雪』の小雪役に立候補するために、連ドラのオファーを断ると決めたのです。私にとって念願の小雪役は、それだけの価値があります」

日向の言葉を遮り、七瀬が言った。

目力はさらに強さを増し、瞳が射抜かれるようだった。

「ウチの七瀬は、一度決めたら脇目も振らずに突き進むタイプで、私の言うことも聞きません。日向先生、たとえキャスティングされなくても、どうこう言うつもりはありません。七瀬をスタートラインに立たせてくれるだけで十分です」

楢島がレンズ越しの眼を柔和に細めた。

七瀬もたいしたものだが、楢島も伊達《だて》に大手芸能プロダクションのチーフマネージャーをやってはいない。自社のタレントの売り込みとしては、ほぼ完璧に近かった。

「わかりました。では、いくつか質問させてください。七瀬さん、どうして『願い雪』をやりたいと思ってくれたんですか?」

日向は七瀬に訊ねた。

「私、幸せなことに、これまで多くの映画に出演させていただきましたが、不思議と恋愛映画は一度もないんです。だからといって、恋愛映画ならなんでもいいわけではありません。悲しくて儚《はかな》いけれど、美しくて強い愛情の物語です。私は小雪になりたい。この役は誰にも渡したくない。『願い雪』を読んで、初めてそう思いました。そんな気持ちにさせてくれる原作に出合ったのは初めてです。これで、答えになってますか?」

七瀬が反対に質問してきたが、その表情は自信に満ちていた。

「はい、七瀬さんの気持ちは伝わりました。楢島さん。ほかの事務所からも何人か女優さんの売り込みが入ってますので、一周するまで時間をください」

嘘ではなかった。

七瀬まどかと同クラスの女優を四人、別のプロダクションから売り込まれていた。

「もちろんです! でも、私はウチの七瀬に絶対の自信を持ってます。朗報を、心待ちにしています。では、これで失礼します」

楢島は頭を下げ、伝票を手に取り立ち上がった。

「また、お会いできることを楽しみにしています」

七瀬が笑顔で言い残し、楢島のあとに続いた。

二人とも、注文した飲み物に口をつけていなかった。

「生で見ると、さらに綺麗でしたね。すっかり、心を奪われましたよ」

池谷が七瀬の背中を見送りながら、うっとりした表情で言った。

「ところで、日向さん。どうして七瀬まどかに決めないんですか？　あんなに売れっ子の女優が、連ドラの主役を蹴ってまでスケジュールを空けているんですよ！　その上、売り込みに同席までしてくれたんですよ！　迷う必要なんて、ないじゃないですか？」

池谷が怪訝そうに訊ねてきた。

ミーハーとは無縁の磯川なら、売れているからといって無条件に誰かを評価したりしない。肩書や知名度に左右されずに、物事の本質を見抜いて日向にものを言う。

池谷も優秀な編集者ではあるが、磯川とは次元が違う。

「たしかに、七瀬まどかはいい女優だし、勢いも実績もあります。『願い雪』のヒロインとして、不足はないでしょう。問題は事務所です」

「事務所が問題とは、どういう意味ですか？」

「『アクタープロ』は、ごり押しで有名なプロダクションなんですよ」

「ごり押しって、タレントのごり押しのことですか？」

日向は頷いた。

「ウチのタレントも、決まっていた役を何度か奪われました。『アクタープロ』は、ドラマや映画の五番手まで、すべて所属タレントをねじ込んできます。いわゆる、バーターというやつです。監督やプロデューサーが難色を示したり、主役を降ろしたりすると恫喝してくるので、従うしかないんです。

俺は『願い雪』を大手プロダクションの占有物件にしたくはありません」

話題の映画になるほどに、有名なタレントを数多く抱えるプロダクションが脚本から演出にまで口を出してくるものだ。

芸能プロの社長の立場のときは、「アクタープロ」の権力支配には目を瞑ってきた……というより、目を瞑るしかなかった。

いまは違う。

逆に原作者の権利を振り翳《かざ》そうというわけではない。数年がかりで生み出した大切な物語を、芸能プロダクションのパワーゲームに利用されたくはなかった。

「なるほど。でも、日向さんは原作者ですから、『アクタープロ』もこれまでと同じように強引なことはできませんよ」

池谷が楽観的に言った。

「俺には直接言えなくても、プロデューサーや監督に圧力をかけて外堀を埋めようとしてきます。俺は、『願い雪』をいい映画にすることだけに専念したいんです。だからといって、七瀬さんを外すと決めているわけではありません。ほかの女優さんと顔合わせしてみて、小雪役のイメージに一番合う子を選びます」

「わかりました。日向さんは、文壇より芸能界のほうが似合ってますね。あ……いや、文壇が似合わないという意味ではありません」

池谷が慌てて訂正した。

「大丈夫ですよ。自覚してますから」

日向は冗談めかして言った。

「あ！　そうだ。話は変わりますけど、『日文社』の磯川さんは大丈夫ですか？　日向さんの担当ですよね？」

池谷が、思い出したように訊ねてきた。

「え？　磯川さんになにかあったんですか？」

日向は訊き返した。

「あれ？　知らないんですか!?　いま、磯川さんが原因で『日文社』は大変なことになっています。先月、東郷先生と磯川さんの間で、なにかトラブルがあったようです。東郷先生は、イエスマンで周囲を固めています。磯川さんはあの性格ですからね。適当に従っておけばよかったのに、反論したみたいです。話では、いつものように東郷先生が酒の席で暴君になっているところを、磯川さんが諫めたとか。編集者はすべて家来みたいに扱う東郷先生も東郷先生ですけど、意見する磯川さんも怖いもの知らずですね」

池谷が、呆れた表情で肩を竦めた。

どうやら池谷は、その場に日向がいたことを知らないようだ。

「『日文社』が大変なことになっているって、なんですか？」

胸騒ぎに導かれるように、日向は訊ねた。

「磯川さんに激怒した東郷先生が、『日文社』の局長を呼びつけて爆弾を投下したみたいです」

池谷が声を潜めて言った。

「どんな爆弾ですか？」

「いえ、そこまではわかりませんが、局長が呼びつけられるくらいだから、少なくとも磯川さんは無事ではいられないでしょうね。あの人も、もうちょっとうまくできるといいんですが。過去にも、大御所の大和田泰造先生のゲラに赤を入れまくって版権を引き揚げる引き揚げないの大騒ぎになったり、後輩が担当している直木賞作家の先生のゲラにまで赤を入れまくって後輩が担当を替えられたり……磯川さんのトラブルを数え上げたらキリがありません。あ、説教魔で有名な根本真知子《ねもとまちこ》先生に電話して、仕事以外で後輩編集者を呼び出さないでくれと釘《くぎ》を刺したという武勇伝もあります」

池谷が渋面《じゅうめん》を作り、ため息を吐いた。

「でも、磯川さんは間違ったことはやってないと思います」

日向は、平常心を掻き集めて冷静な口調で言った。

「たしかに、間違ってはいません。でも、磯川さんの言動は上司や後輩を窮地に追い込みます。自分の信念を貫くのも立派かもしれませんが、その信念は言い換えればエゴです。作家あっての出版社、出版社あっての編集者なんです」

「磯川さんが赤を入れた原稿を見たことありますが、漢字や助詞の使いかたの間違いを指摘しているだけです。間違いを指摘しないでそのまま刊行したら、その作家や出版社の恥になるというのが磯川さんの考えです。俺も、正しいと思います」

日向は感情的にならないように気をつけた。

「日向さんみたいな理解のある作家さんばかりなら、それでいいと思います。でも、現実は反論されたり間違いを指摘されたりすると激怒し、やれ版権引き揚げだ、やれ連載中止だ……と騒ぎ出すような作家さんも多いんです。だから、磯川さんのように正しいことを貫き通しているんだ、という自己満足の姿勢ではトラブルが絶えません。彼が責任を取ることですべてが解決するならまだしも、それでは終わりませんからね。現に今回も、東郷先生を怒らせて局長が平身低頭で謝罪しています。磯川さんのエゴで、世話になっている出版社や後輩編集者に被害が及んでいるという事実を……」

「なにも知らないくせに、勝手なことばかり言うな！」

我慢の限界——抑えていた感情が爆発した。

日向の勢いに気圧《けお》された池谷が、表情を失った。

「俺を守るために、磯川さんは東郷さんと揉めたんですよ！　悪酔いした東郷さんが俺を侮辱し、暴言を吐き、しつこく絡んできたから、磯川さんが注意したんです。そしたら東郷さんが激怒して……磯川さんは、俺を守るために仕方なく反撃したっていうのが真相です。エゴとか正義感で、東郷さんに反抗したわけじゃありません！」

池谷に話しても無駄なこと……わかっていたが、守りたかった。

今度は、自分が磯川を……。

「そうだったんですね……。事情も知らずに失礼なことを言って、すみませんでした」

池谷が詫びてきた。

「俺も、声を荒らげてすみませんでした。でも、わかってください。磯川さんは誤解されやすい性格をしていますけど、自分のエゴや意見を押し通すために誰かと揉めたことはありません。俺は、磯川さんほど損得勘定で動かない人をみたのは初めてです。もし、彼に損得勘定があるなら、大御所作家のゲラに赤なんて入れませんよ。みてみぬふりをするのが一番安全ですからね。でも、大御所作家や出版社が恥をかかないように、磯川さんは嫌われ役を買って出ているんですよ。局長が呼び出され、結果的に問題が大きくなることで、磯川さんが悪者のようになってしまいます。今回のトラブルは、東郷さんの傍若無人《ぼうじゃくぶじん》ぶりが発端《ほったん》でした。ただ、忘れてほしくないのは、その傍若無人な作家を作り上げたのは出版社だという事実です」

数ページしか書かないパリの描写のために、取材を理由にビジネスクラスの航空券と五つ星ホテルの宿泊代を当然のように要求する作家、要求に当然のように応える編集者。アイディアが浮かばないから気分転換したいと、当然のように編集者を飲みに誘う作家、夜の突然の呼び出しに当然のように応える編集者。女性と高級レストランで食事したいからと、予約から支払いまでを当然のようにさせる作家、当然のように予約から支払いまで引き受ける編集者……暴君になった作家にも暴君を作った編集者にも責任はあった。

「……耳が痛いです」

池谷が、消え入りそうな声で言った。

「じゃあ、俺はこれで」

日向は席を立つと、足早にラウンジの出口に向かった。

ホテルを出ると、日向は横づけされていたタクシーに乗った。

「文京区音羽《おとわ》に向かってください」

日向は逸《はや》る気持ちを抑え運転手に告げると、スマートフォンを取り出し磯川の番号をタップした。

『オカケニナッタデンワハデンゲンガハイッテイナイカデンパガ……』

日向は電話を切り、リダイヤルした。

『オカケニナッタデンワハ……』

日向は電話を切った。

「運転手さん、急いでください！」

磯川にかかる火の粉は、今度は俺が振り払う。

日向は、心で固く誓った。

☆

「日文社」のロビーを、日向は忙《せわ》しなく往復していた。

受付の女性が、怪訝そうに日向を見ていた。

「お待たせして、すみません！」

エレベーターから降りた菊池が、日向に駆け寄ってきた。

菊池は文芸第三編集部の磯川の後輩だ。

「悪いね、急に」

「いえいえ。いま、入館手続きしますから」

菊池が日向に告げ、受付カウンターに向かった。

『磯川さんと連絡がつかないんだけど、彼はいま、どこにいる？』

『磯川さんは、局長達と会議室にいます』

日向はタクシーの車内からかけた、菊池との会話を思い出していた。

日向の危惧した通り、磯川は窮地に立たされているようだった。

「日向先生、お待たせしました」

菊池が入館証を日向に差し出した。

「磯川さんは、大丈夫か？」

日向は入館証を首にかけながら訊ねた。

「それが……」

菊池が言い淀《よど》んだ。

「それが……どうしたんだ？」

日向は菊池を促した。

「日向先生がこちらに向かっている間に、東郷先生が合流しました」

「東郷さんが!?　なぜ!?」

「先日のトラブルの件だと思います。会議室の隣の部屋を押さえてあります。壁が薄いので、ひそひそ声でないかぎり会話は聞こえると思います。とにかく、急ぎましょう」

菊池が日向をエレベーターに先導した。

八階で日向と菊池はエレベーターを降りた。

「こちらへ」

菊池が会議室の隣の部屋……原稿室のドアを開けた。

積み上げられた段ボール箱に囲まれたスペース……原稿室は、「日文社」に送られてきた応募原稿を保管しておく部屋だ。

『東郷先生に謝りなさい！』

男性の野太い声が、壁越しに聞こえてきた。

「局長です」

菊池が日向の耳元で囁いた。

日向は壁に耳を当てた。

『謝るべき理由がありません』

今度は磯川の声だ。

「うわ……やっぱり磯川さんだ」

菊池が顔を顰めた。

『東郷先生に無礼を働いておきながら、その態度はなんだ！』

局長の怒声。

『僕は、東郷先生に無礼を働いた覚えはありません』

磯川の声は、いつもと変わらぬ淡々としたものだった。

『お前、俺に吐いた暴言を忘れたのか⁉　盗撮して脅してきたことを忘れたのか⁉』

「やばいですね……東郷先生、怒り心頭ですよ」

菊池の顔が強張った。

『東郷さんは、酒に酔って日向さんをホスト崩れとか作品を三流漫画とか侮辱しました。ほかにも、日向さんの小説を「日文社」で刊行するなと編集長を恫喝したり、東郷さんの言動が度を越していたので、謝罪してくださいと言っただけです』

『あいつの身なりがホスト崩れみたいで、あいつの小説が三流漫画みたいだから、思ったことを言っただけだ！　そもそも、編集者の立場で俺に謝罪を求めるとは、自分を何様だと思ってるんだ！』

東郷の怒声のボリュームが増した。

「き、気にしないほうがいいですよ。東郷先生は口が悪くて有名な人ですから」

菊池が日向の顔色を窺いながら言った。

「俺のことより、磯川さんをなんとかしないと……」

日向は足を踏み出しかけて、思い直した。

ここで日向が出ていけば、事態はさらに悪化する。

そもそも、今回の事件も磯川が日向を庇《かば》ったことで起こったのだ。

『僕は何様でもありませんが、担当編集者として日向さんが侮辱されるのを黙って見過ごすわけにはいきません。それ以上でも、それ以下でもありません』

磯川は動揺したふうもなく、淡々とした口調で言った。

「磯川さんは凄いな。僕には無理だな……」

菊池が独り言ちた。

『お前の能書《のうがき》なんて聞く気はない！　どんな理由があっても、編集者のお前が「日文社」の大恩人の東郷先生に謝罪を促し動画で脅すなんてことが、許されると思っているのか⁉　これまでに東郷先生がウチで刊行した十九作品はすべてベストセラーになり、利益はゆうに二十億を超えている。ここまで言えばわかるだろう？　さあ、早く東郷先生に詫びるんだ！』

局長が磯川に謝罪を命じた。

『それとこれとは話が違います。僕が東郷さんに謝ることは、日向さんへの侮辱を認めたことになります。局長にとって東郷さんが大切な作家さんだというのと同じで、僕にとって日向さんは大切な作家さんです』

磯川の言葉に、日向の胸が熱くなった。

従わなければ解雇されるかもしれないという状況でも、磯川は日向を守ろうとしてくれている。

頼む、謝ってくれ……。

日向は必死に念じた。

『もういい！　局長、「日文社」ほどの歴史ある出版社に、こんな身の程知らずの無礼な編集者を置いておくつもりか？　俺も鬼じゃないから、クビにしろとまでは言わない。ただ、文芸編集部では見たくない顔だな』

東郷が局長にたいして婉曲《えんきょく》な恫喝をした。

我慢の限界——日向は原稿室を飛び出した。

「日向先生っ、まずいです……」

制止しようとする菊池を振り切り、日向は会議室のドアを開けた。

「日向さん……」

円卓に座っていた磯川が立ち上がり、絶句した。

磯川の両隣に座っていた局長と編集長の羽田も、驚いた顔で立ち上がった。

円卓の最奥……東郷だけが、椅子にふんぞり返ったまま日向を睨みつけていた。

「いま、大事な話の最中だ。どこまでも無礼な奴だな。出ていけ」

東郷が、ドアを指差し日向に命じた。

「お前が出ていけ！　お前が泥酔して俺に絡んできたのを、磯川さんが注意しただけだろうが！」

日向は、東郷に怒声を浴びせた。

「ひゅ……日向先生、落ち着いてください！」

羽田が顔を強張らせ、慌てて駆け寄ってきた。

「あんたもあの場にいただろう!?　東郷さんの傍若無人な振る舞いを見ていたのに、どうして好き勝手に言わせている!?　あんた達がそんなふうだから、作家が暴君みたいになるんだろう！」

日向は、羽田に怒声を浴びせながら東郷を指差した。

言い過ぎかもしれない……わかっていた。

だが、編集者人生を懸けて守ってくれた磯川の窮地に黙っていられなかった。

日向は作家だから暴言を吐いてもお咎《とが》めなしだが、磯川は違う。

「暴君だと!? 局長! こんな侮辱は初めてだ! この編集者を文芸編集部から外すだけで許そうと思ったが、もう我慢ならん! こいつと同じ出版社で、今後書く気はない! 東郷真一の作品がほしいなら、今後二度と『日文社』でこいつの作品を出すな!」

東郷は、局長に一方的に命じると出口に向かった。

「待て! なんでお前にそんなこと決める権利があるんだ! こんなむちゃくちゃなことをごり押しして、磯川さんに悪いと思わないのか! 編集者あっての作家だろうが!」

日向は東郷の行く手を遮り詰め寄った。

「俺のどこが悪い? それに、俺の担当編集者には、こいつみたいに歯向かってくる身の程知らずはいない。もう一つ。いつ、俺に決める権利があると言った? 俺は局長に要求しただけだ。要求を呑むかどうかは、局長次第だ。まあ、十九作もベストセラーで利益をもたらしている俺と、ビギナーズラックのお前のどっちの言葉を重く受け止めるかは考えるまでもないがな。どけ!」

東郷は傲慢《ごうまん》な態度で憎々しげに言うと、日向の肩を押した。

「おいっ……」

東郷を呼び止めようとした日向の視界に、人影が過った。

「先日の無礼をお許しください」

日向は目を疑った。

磯川が東郷の足元に土下座して詫びた。

「磯川さんっ……」

磯川が日向に伸ばした左手に、踏み出しかけた足が止まった。

「私は責任を取り、文芸第三編集部から外れます」

日向は目を疑った。

「編集部を辞める⁉　なにを言って……」

「二度と東郷さんの前には現れませんから、今回の件は、これで終わりにしてください」

磯川が日向を遮り、東郷に懇願した。

目の前で平伏し、東郷に許しを乞うているのは本当に磯川なのか？

「まさか……」

日向は絶句した。

自分を救うために磯川は東郷に……。

磯川が東郷に平伏した理由がわかり、日向は心臓を引きちぎられたような気分になった。

会議室に踏み込み磯川を守ろうとしたつもりが、さらに窮地に追い込む結果になってしまった。

込み上げる後悔——奥歯《あだ》を嚙み締めた。

日向は、磯川の恩を仇で返すことになった己の愚《おろ》かさを呪った。

「ふん。いまさら土下座したところで、俺の怒りがおさまるとでも思ってるのか？　あとは局長に任せる。局長の判断次第で、お前を許すかどうか決める。局長！　俺が納得する処分を期待してるぞ」

東郷が横柄《おうへい》に言い残し、会議室を出た。

「編集部を辞めないよね⁉　嘘だよね⁉」

日向は、平伏したまま動かない磯川の背中に願いを込めて訊ねた。

磯川がゆっくりと立ち上がり、日向に無言で頭を下げた。

「なにそれ？　どういう意味だよ？」

胸騒ぎがした。

磯川が目の前から消えてしまうのではないかという胸騒ぎが……。

「僕を信じてくれますか？」

磯川が、唐突に訊ねてきた。

「もちろん、信じてるさ！」

日向は即答した。

「だったら、この言葉も信じてください。日向さんは、僕がいなくても十分にやっていけます」

磯川が微笑んだ。

「ちょっと、いったい、なにを考えて……」

「これも信じてください。僕の決断は、すべてにおいて最善の道だと」

日向を遮り磯川が言った。

「磯川さん……」

日向は、磯川をみつめた。

わかっていた……磯川の決断を。

わかっていた……磯川が決断を変えないということを。

14

「エルミタージュ」のカウンター――日向はいつもの場所に座り、テキーラの「ドン・フリオ」をショットグラスで飲んでいた。

「珍しいな。お前がビール以外の酒を飲むなんて。しかも、テキーラときた。狙っていた女にでも、フラれたか?」

カウンター越し……グラスを磨きながら、大東がからかうように言った。

「今日は、お前の軽口につき合う気分じゃない」

日向は三杯目を飲み干し、ショットグラスに四杯目を注いだ。

「おいおい、ビールみたいに飲むんじゃねえよ。いくら上物《じょうもの》でも、そいつは四十度近くあるんだぞ」

「大丈夫だ」

日向は言った。

飲み過ぎた日向が酔い潰れることを心配しているのなら、それは大東の杞憂《きゆう》に終わるだろう。

今夜は、何杯飲んでも酔えそうになかった。

『最善の道って、文芸編集部を辞める気? 磯川さんはなにも悪くない。責任取る必要なんかないって!』

『さっきも言いましたが、僕を信じてください』

『信じる信じないじゃなくて、磯川さんが今回の件で編集部を辞めるのはおかしいって言ってるんだよ！　悪いのは東郷さんだろう！』

『夜、僕に時間をください。そのときに、お互いに納得いくまで話をしましょう』

「さっきからずっと、眉間に皺寄せてなにを考えてるんだよ？　デビュー作からベストセラーを連発して、初の純愛小説がミリオンを狙えそうな勢いなのに、悩み事なんてあるのか？」

大東が怪訝な顔で言った。

ベストセラー作家になれたのも、磯川との出会いがあったからだ。

常識に囚われない奔放《ほんぽう》で型破りな日向の作風を、磯川はすべて受け入れてくれた。

短所には目を瞑り、徹底的に長所を伸ばすやりかたで自由に書かせてくれたおかげで、いまの日向がある。

四作目の『無間煉獄』と五作目の『メシア』、六作目の『願い雪』は「日文社」の作品ではなかった。

だが、「日文社」の三作品で日向ワールドが確立できたからこそ、他社作品の大ヒットに繋がったのだ。

デビュー作の担当者が磯川ではなくほかの人間だったら、いまの日向はなかったはずだ。

「お前みたいに、単純な思考じゃないんだよ」

日向は大東に言った。

「なんだなんだ？　若い頃は俺と無茶苦茶やってたくせに、すっかり大作家先生気取りか？」

大東が冗談めかして言った。

「なあ、俺の小説どう思う？」

日向は大東に訊ねた。

大東は日向作品をすべて読んでいるが、感想を聞いたことはなかった。

「なんだよ？　いきなり」

「いや、急にお前の感想を聞きたくなったんだよ。早く言えよ」

「勝手な奴だ。ひと言で言うなら、小説とは思えねえな」

「強烈なダメ出しだな」

日向は苦笑した。

「勘違いするな。いい意味で言ってるんだ。面白いドラマを観ているような、次が気になって仕方がない……そんな気分になるのが、お前の小説だ。俺もいろんな小説を読んできたけど、こんなにページを捲る手が止まらなくなったのは初めてだ。お前よりうまい文章の作家はたくさんいるけどな」

大東がニヤリと笑った。

「褒められてんのか、けなされてんのか、わからないな。まあ、でも、お前の感想を聞いて、俺らしい作品を書けてるってことが再認識できて嬉しいよ」

本心からの言葉だった。

やはり、磯川と二人三脚でやってきたことに間違いはなかった。

「俺の感想なんて聞かなくても、お前はもう立派な……いらっしゃいませ」

大東が言葉を切り、ドアに視線をやった。

「遅れてすみません」

磯川が日向の隣のスツールに座った。

「時間通りだよ」

日向は、午後八時を表示するスマートフォンのディスプレイを磯川に向けた。

「編集者にとってジャストタイムは遅刻と同じです。最低でも五分前には到着しないといけません」

磯川が柔和に微笑みながら言った。

「あれ、テキーラですか？　珍しいですね」

「俺も同じこと言ったんですよ。なんだか、悩み事があるみたいで」

大東が含み笑いしながら磯川に言った。

「お前は口を挟まないで、酒を作ってろよ。磯川さん、なに飲む？」

日向は大東を軽く睨みつけ、磯川に訊いた。

「僕は生ビールをお願いします」

「ここのマスターは、ビールを頼むと嫌がるんだよ。凝ったカクテルに拘ってる店だから、ビールを飲みたいならそのへんの居酒屋に行けよってね」

日向が皮肉たっぷりに言った。

「おいおい、話を盛るな。さすがは小説家だな。それに、一般のお客さんにはそんなこと言わないので、気にしないで好きなお酒を楽しんでください」

大東が日向に皮肉を返し、磯川に微笑んだ。

「俺も一般のお客様だよ」

日向が言い返すと、磯川がクスリと笑った。

「ん？」

「すみません。お二人の掛け合いが、息の合った漫才師みたいで」

日向の訝しげな視線に気づき、磯川が言った。

「息が合ってるかどうかはわかりませんが、日向とは十代の頃からのつき合いですから。腐れ縁ってやつですかね」

大東が唇をへの字に曲げ、肩を竦めた。

「腐れ縁も、こんな空気感ならいいものですね」

磯川が微笑を浮かべて、日向と大東をみつめた。

「大東の話なんてどうでもいいから、あれからどうなったか教えてよ。局長達と話したわけでしょ? まさか、『日文社』を辞めようなんて考えてないよね?」

日向は、気にかかっていることを訊ねた。

「大東の話なんてどうでもいいから……って、ひでえ言い草だな」

大東がぶつぶつ言いながら、生ビールのタンブラーを磯川の前に置いた。

「日向さんの『願い雪』大ヒットに乾杯!」

磯川は言うと、タンブラーを宙に掲げた。

「あ、ああ……ありがとう」

日向は、ショットグラスを磯川のタンブラーに触れ合わせた。

「で、『日文社』を辞めないよね?」

日向は、スルーされた形の質問を繰り返した。

「お前さ、分離不安症の犬みたいだな。ほら、飼い主の姿が見えなくなると精神が不安定になる犬」

大東が茶化すように言った。

「お前な、マジに黙ってろ。でも、当たらずとも遠からずってやつだな。作家と編集者は競走馬と騎手の関係だ。ヒュウガインパクトがこれまで好成績を残せているのは、磯川騎手の手綱《たづな》捌《さば》きのうまさと、二人の相性のよさがあったからだ。競走馬にとっちゃ、騎手が誰に替わるかは死活問題なんだぞ！」

日向は熱っぽい口調で訴えた。

「でも、『日文社』以外の出版社の小説も売れてるじゃん。お前のたとえだと、違う騎手が乗ってるわけだろ？」

大東は茶々を入れてきたというより、本当に疑問に思っていることを口にしたという感じだ。

「それは、磯川騎手がヒュウガインパクトの気を損ねず、競馬は楽しいものだと思わせて、のびのびと走らせてくれたからだよ。ほかの騎手に乗り替わったときには、自分の能力を出せるようになっていたから、いい成績を残せてるってわけだ。お前の好きな野球だって同じだよ。高校野球で大活躍した期待の新人が、プロ入りしてから口うるさいコーチにあれだめこれだめってバッティングフォームをいじられまくって、才能を開花できないまま潰れた例がたくさんあるだろ？」

日向は大東に、というより磯川に訴えるためにあらゆるたとえで説明した。

「なるほど。なかなか説得力がある。小説家の語彙《ごい》があれば、女を口説くのにも役に立ちそうだな」

大東がニヤニヤしながら言った。

「やっぱり、お前は黙ってろ。ということで、これが俺の思いだよ」

日向は大東に冷たく言い放ち、磯川に顔を向けた。

「そこまで僕のことを評価してくれて、ありがとうございます。でも、安心してください。『日文社』は辞めませんから」

磯川が、日向に頷いてみせた。

「ほんとに⁉　よっしゃ！」

日向は拳を握り締めた。

「でも、文芸編集部からは離れます」

「え……」

日向は、握り締めた拳を宙で止めて絶句した。

「文芸編集部から離れるって、どういうこと？」

我に返った日向は、掠《かす》れた声で訊ねた。

「来週から、『日文社』の系列の『日文映像』に行くことになりました」

「『日文映像』って、大阪の映像制作会社の⁉」

日向は素頓狂な声を上げた。

「はい。主に『日文社』の原作を映画化、ドラマ化している会社ですが、他社の原作も条件次第では扱っています」

「どうして、映像制作会社なんかに行くわけ⁉　畑違いでしょ⁉　局長に命じられたから⁉　もしかして左遷⁉」

日向は矢継ぎ早に訊ねた。

「いえいえ、局長に命じられたわけでも飛ばされたわけでもありません。僕が志願したんです。今回の件で会社に迷惑をかけたのは事実ですし、ケジメの意味でも文芸編集部を離れたほうがいいと判断しました」

磯川は、穏やかな口調で事の経緯を説明した。

「会社に迷惑って……磯川さんは俺を庇ってくれただけじゃん！　悪いのは東郷じゃないか！」

日向は興奮し、思わずカウンターに拳を打ちつけた。

ショットグラスの中のテキーラが波打ち、零れた。

「たしかに、きっかけは東郷さんです。でも、大御所作家と出版社のパワーバランスを考えると、あなたが悪いでしょ、では済まされないのが現実です。今回のトラブルで、東郷さんの担当編集者や各部署に被害が及んでいるのも事実です。僕の会社なら、版権引き揚げでも圧力でもお好きにどうぞ、と突っ撥《ぱ》ねることはできます。ですが、雇用されている社員の立場で、『日文社』に甚大な損害を与える危険な選択はできません。東郷さんがきっかけで起こった火事でも、僕が消火する必要があるんです。火をつけたのは東郷さんだからと僕が突っ撥ねたら、『日文社』に火の手が回って大勢の人間が犠牲になってしまいますから」

磯川が、他人事のように淡々とした口調で言った。

「いくら『日文社』に貢献している大御所作家だからって、もし版権引き揚げって事態になっても、出版社を傾かせるほどの損害は出ないでしょ?」

日向は率直な疑問を口にした。

ミリオンセラーを連発しているミュージシャンがほかのレコード会社に移籍するというのなら慌てるのもわかるが、東郷の作品が売れていると言っても桁が違う。

「損害を金額だけに換算すれば、そういうことになります。東郷真一が『日文社』から版権を引き揚げたという噂が、業界に流れることが問題なのです」

「どういうこと? 別に、噂が広まっても『日文社』は潰れないでしょ?」

「潰れるとか潰れないとかの問題ではなく、三十年以上も貢献してきた作家を怒らせ版権を引き揚げられるという事態は、出版社として決してあってはならないことなのです」

「だから、なんで? 出版社と喧嘩別れしたら、お得意先が一社減ることになる東郷だって困るわけじゃん」

日向は、ふたたび率直な疑問を口にした。

「さっきから言っているように、これはお金では測れない問題です。僕や日向さんみたいな性格だと理解し難《がた》いしがらみが、出版社と作家の間にはあるんですよ。日向さんふうに野球でたとえれば、長嶋茂雄《ながしましげお》選手や王貞治《おうさだはる》選手が読売《よみうり》ジャイアンツと揉めて退団したとします。トラブルの原因はなんであれ、この一報を耳にした多くの人は読売ジャイアンツに責任があると思ってしまいがちなんです。解雇ならどちらに非があるか最初に答えが出ていますが、退団という曖昧《あいまい》な発表だと世間は球団側に非があるんだろうなと感じてしまいます。これは理屈ではなく、心理の問題です。東郷さんに話を戻しますが、版権を引き揚げて絶縁するくらいだから、出版社側によほどの問題があったんだろうと多くの人は考えます。新人の頃、当時の編集長に言われました。絶対に作家と喧嘩するな。作家が百パーセント悪くても喧嘩をするな。唯一の例外は、作家が法を犯したときだけだ……と。つまり、当時の編集長が言いたかったのは、作家と争って勝てる編集者はほぼいないということです。もちろん、売れている作家の話ですけど」

「ようするに、東郷さんがいい悪いじゃなく、東郷さんと喧嘩した時点で『日文社』の負けが決まった……そういうこと?」

日向が訊ねると、磯川がため息を吐きながら頷いた。

「おかしな世界ですが、そのおかしな世界を作ったのは僕達編集者ですから」

磯川が自嘲的に笑った。

甘かった……自分本位に考えていた。

磯川は編集者なのだ。

志は同じでも、日向のように感情のままに動けはしない。

東郷と争っても日向なら犬猿の仲で終わる話だが、編集者は違う。

編集者が「日文社」の大功労者を相手に盾突けば、その責任は出版社全体にまで及んでしまう。

だからこそ、磯川はすべての責任を背負い文芸編集者を辞めようとしているのだ。

作家である自分なら、先輩に歯向かった謝罪として土下座すれば解決した問題……。

日向の脳裏に、「日文社」のミーティングルームで東郷に土下座する磯川の姿が蘇った。

「もしかして……」

日向は、弾かれたように磯川を見た。

「なんですか?」

「磯川さんが文芸編集者を辞めるのは、『日文社』のためだけじゃなくて俺のせいでもある?」

日向は訊ねた。

「どうしたんですか、急に」

磯川が、タンブラーを傾けながら訊ね返した。

磯川が東郷に嚙みついたのは、日向が侮辱されたのが原因だと思っていた。

いや、それもあるだろう。

だが、それだけが理由ではなかった。

浅はかだった。

それだけが理由なら、「日文社」のミーティングルームで東郷に嚙みつこうとする日向を止めなかったはずだ。

磯川は東郷に土下座までして、日向への怒りを静めようとした。

あのときは単に、東郷に食ってかかろうとする日向を止めるための土下座だと思っていた。

違った。

喧嘩になったところで、作家同士なので編集者のように責任を追及されなかったはず。

そう、責任は追及されない。

だが……。

「東郷が俺に圧力をかけるのを防ぐため……だよね？」

日向は恐る恐る訊ねた。

もし日向の予想が当たっていたなら、自分が磯川を文芸第三部から追い出したことになる。

「日向さんには、隠し事はできませんね。これがドラマの主人公なら、かっこいいセリフではぐらかし、ほかの人が日向さんに僕の本音を教えるって流れなんですけどね。でも、僕は俳優じゃないので、そんなスマートなことはできませんから、本当のことを話すしかないようですね」

磯川が苦笑しながら言った。

「東郷さんは日向さんに比べて遥かにキャリアがあるので、ほとんどの大手出版社に人気のシリーズ作品を抱えています。加えて、『文芸振興会《ぶんげいしんこうかい》』の会長も務めています。いまの勢いでは日向さんが東郷さんを圧倒していますが、まだ五作です。東郷さんには、二十倍以上の作品があります。刊行点数が多くても売れてないなら無価値ですが、東郷作品は数字を取っているので出版社にとっては大切な財産です」

「もし東郷さんが出版社のお偉いさんに、俺と日向のどっちを取るんだ？　と圧力をかけたら結果は見えてる……ってことですね？」

大東が口を挟んできた。

「そういうことです。どこの出版社も本心では日向さんの作品を出したくて仕方がなくても、二者択一を迫られたら数の論理で東郷さんを選ぶと思います。そんなことになったら、日向さんの小説を大手では出せなくなります。『文芸振興会』の会長にたいする忖度《そんたく》もありますしね」

磯川が遣《や》る瀬ない表情で言った。

やはり、そうだった。

磯川は、日向が大手出版社で書けなくなる事態を避けるために犠牲になったのだ。

「磯川さん、俺のせいで……ごめん！」

日向は磯川に向き直り、頭を下げた。

「やめてください」

磯川が、慌てて日向の顔を上げさせた。

「いまからでも遅くない。俺が局長に話をするから、文芸第三部に残ってよ！　大手で書けなくなったとしても、大丈夫！　出版社の大小で勝負してるわけじゃないしさ。俺は、小さい出版社でもベストセラー作品を生み出す自信があるから」

日向は、拳で胸を叩いた。

「わかってますよ。でも、そういう問題じゃないんです。日向誠という作家は、この先、五十作、百作と作品を生み出し続ける使命があります。賞レースには無縁でも、歴史に名を残す可能性のある作家だと僕は思っています。そんな日向さんを、大手で書けないという状況にするわけにはいきません。なぜなら、僕の夢は日向さんが、作品数でも初版部数でも東郷さんを抜く作家になることです。もっと言えば、日向さんにはファンの数もアンチの数も歴代作家ナンバーワンになってほしいですね」

磯川が眼を細め、日向をみつめた。

「じゃあ、その夢を実現するために俺の担当でいてよ」

無理な願い……わかっていた。

わかっていたが、口にせずにはいられなかった。

「僕にも、いただけますか?」

不意に磯川が言った。

「え?」

「それです」

磯川が、日向のショットグラスに視線を移した。

「ビール党の磯川さんが、テキーラなんて珍しいね。俺が言うのもおかしな話だけど」

日向は、大東が磯川の前に置いたショットグラスに琥珀色《こはくいろ》の液体を注いだ。

「たまには、新しいお酒を飲みたくなるときもあります。今回も同じですよ。文芸編集者以外の景色を、眺めたくなっただけです」

磯川は意味深な言い回しをすると、ショットグラスを宙に掲げた。

15

「それにしても、ドラマに出てくるような素敵な書斎ですね!」

南青山の日向の書斎——カッシーナのソファに座った早瀬《はやせ》が、好奇の宿る瞳で室内を見回した。

二十畳の空間は、日向が好きなヨーロッパの白い家具で統一されていた。

「君は実家で、こんなの見慣れているだろう?」

執筆用のデスクに座った日向は、苦笑しながらコーヒーカップを口元に運んだ。

慶應義塾《けいおうぎじゅく》大学出身、「日文社」の専務の息子、身長百八十センチの長身に端整な顔立ち……早瀬は絵に描いたような経歴と容姿の持ち主だった。

磯川が文芸第三部からいなくなって、三年が過ぎた。

早瀬は、磯川の後任の担当編集者だった。

磯川と入れ替わるように、販売部から文芸第三部に異動してきたのだ。

まずは文芸第三部で実績を残させ、副編集長あたりの椅子に座らせる。

その後、「日文社」の文芸の王道である文芸第一部の編集長の座に就かせる。

警察組織にたとえれば、キャリアが幹部になる過程で、警察署の署長として現場経験を積むようなものだ。

キャリアがエリートコースに乗るために、署長時代に問題を起こさないように事なかれ主義であるのと同じで、早瀬もコンプライアンスに敏感だった。

二年前に『小説原石《げんせき》』で連載を始めた「絶対犯罪《ぜったいはんざい》」が、早瀬が担当になって初めての作品だった。

「日向先生、連載お疲れ様でした！　『絶対犯罪』、最高に面白かったです！　物語のスピード感と大どんでん返しに、時間を忘れて読み耽《ふけ》り、気づいたら明け方になっていました。さすがは日向先生ですね！　とくに、主人公がヤクザを殺害する場面は読んでいて鳥肌が立ちました。『願い雪』を書いている作家さんと、同一人物とは思えません！　そこで一つ、ご相談があります」

ついに本題か？

早瀬の相談がなにかは、聞かなくても想像がついていた。

「相談って？」

日向は、知らないふりをして訊ねた。

『願い雪』がミリオンセラーとなり、続く純恋シリーズ第二弾の『ある恋《こい》の詩《うた》』が二十万部のヒットとなり、ドラマ化が決定してさらに部数は伸びるでしょう。せっかく広がった白日向作品の読者を黒日向作品に取り込めれば……僕の言いたいこと、わかりますよね？」

「黒日向作品の売り上げが伸びるって言いたいんだろう？」

「はい。日向先生はこれまでに黒日向作品でも『阿鼻叫喚』が二十万部、『メシア』が三十万部売れています。あれだけの過激な内容、生々しい描写、差別的表現がありながら、この数字は驚異的です。でも、逆に言えば男性読者が九割以上占める黒日向作品は三十万部が限界です。僕は考えました。白日向作品の読者の五割でも取り込むことができたら、三十万部どころか五十万部を突破するのも夢ではないって」

早瀬がソファから腰を上げ、日向のデスクの前に立った。

「そのためには、いまのままの生々しい描写や放送禁止用語のオンパレードでは、女性読者は手を出してくれません。僕からの提案をさせていただきます。『絶対犯罪』を刊行するに当たって、表現をソフトにしませんか？　たとえば、三十五ページのこの表現です。『樋口《ひぐち》は組長の下腹を滅多刺しにした。裂けた腹から溢れ出した腸を樋口は引っ張り出し、組長の飼っていた土佐犬のサークルの中に放り投げた。土佐犬は腸にかぶりつき、糞を撒き散らしながら食らい始めた』を、『樋口は組長のト腹を滅多刺しにした。裂けた腹から大量の血液が流れ出した』にするのはどうでしょう？」

早瀬が、日向に伺いを立ててきた。

「それじゃ、そこらの小説と同じだ」

日向は、吐き捨てるように言った。

「どういう意味ですか？」

早瀬が怪訝な顔で訊ねてきた。

「日向誠がベストセラー作家になれたのは、過去の暗黒小説とは一線を画した作風だからだよ。過激で、生々しく、下品で、常軌を逸した文章や比喩が読者には衝撃的で、コアなファンを獲得できたわけさ。白日向作品の読者を取り込むために表現をソフトにするなんて、本末転倒の自殺行為になる」

日向は、淡々とした口調で言った。

「それはないですよ。少し文章をソフトにしたくらいで、日向作品の面白さは損なわれません。もちろん、一番の理想は日向先生にいままで通りのスペシャルハードな文章を書いてもらうことですけど、白日向作品の読者を取り込むためには……」

「白の読者と黒の読者の境界線は消えないよ」

日向は、早瀬を遮り言った。

「え？」

早瀬が首を傾げた。

「一部の例外はあっても、白と黒の読者は交わらない。白の読者は黒作品に興味はないし、黒の読者は白作品に興味はない。欲をかいて両方の読者を取り込もうとすれば逆効果になる。つまり、両方とも日向作品から離れていくってことだ。磯川さんなら、絶対にそんな提案をしてこないよ」

日向はため息を吐いた。やはり、磯川の代わりが務まる編集者はいない。

「磯川さんなら、たしかにそうでしょう。だからこそ、日向先生の担当を外れることになったんじゃないですか？」

「どういう意味だ？」

早瀬の婉曲な皮肉に、日向は気色ばんだ。

「お気を悪くされたなら謝ります。ですが、磯川さんのやりかたでは、これからの時代は日向先生への風当たりが強くなります。それに日向先生の過激さは魅力的な反面、読者を選んでしまいます。マニアックな作品しか書けない作家さんなら別ですが、日向先生はメジャーな作品も書けるということを『願い雪』の大ヒットで証明しました。僕を信じて、もう一段上のステージを目指しませんか？」

早瀬が自信満々の表情で言った。

「白の読者のために文章をソフトにすると、物足りなく感じて黒の読者は離れてしまう。そして、文章をソフトにしても刺激が強過ぎて白の読者も離れてしまう。二兎《にと》を追う者は一兎をも得ず、だよ」

日向は怒りを静めて、冷静な口調で説明した。

ここで早瀬を怒鳴りつけても仕方がない。

「なにを言ってるんですか！　日向先生は、白日向作品、黒日向作品で既に二兎を得ているじゃないですか！　並の作家と、不世出の天才作家を比べるわけにはいきません」

すかさず、早瀬が日向を持ち上げた。

口先だけというのが透けて見える男……磯川とは、すべてにおいて正反対の男だ。

「それは、二兎を全力で追った場合だ」

「え？　どういう意味ですか？」

「白も黒も手を抜かずに全身全霊をかけて書いたから、二兎を得ることができたのさ。早瀬君が言うようなやりかたでは、最悪、二兎とも逃してしまう。ということで、君の提案には乗れない。『絶対犯罪』は、連載当時のままで行くから。悪いな。読者をがっかりさせたくないから」

日向は、早瀬を見据えて言った。

「すみません。本当のことを言います」
早瀬は言いながら、書類鞄からファイルを取り出した。
「これを、見てください」
早瀬が日向にファイルを差し出してきた。
〈青少年の犯罪心理を助長するような書籍を置くなと、お客様からのクレームが殺到しています〉大星堂《たいせいどう》書店　日立《ひたち》店
〈中高生が手に取れる書店に、日向先生の小説を平積みにするのは相応《ふさわ》しくないのではないかと、PTA団体から抗議のメールが入りました〉葉山《はやま》書店　逗子《ずし》本店
〈差別用語と暴力描写に満ちた書籍を取り扱う書店にたいして不買運動を行います、というようなメールが月に何件も入ります〉明宝堂《めいほうどう》書店　札幌《さっぽろ》店
〈教育書を扱うスペースで、女性蔑視をするような作家の本を堂々と置くのは大問題ではありませんか？　との苦情が人権団体から寄せられています〉椿屋《つばきや》書店　武蔵小金井《むさしこがねい》店
ファイルには、書店からの苦情のメールをプリントアウトしたものが二十枚ほど入っていた。
「日向先生にはお伝えせずに対処しようかと思っていたんですが、ウチのホームページにも毎日のように読者の方からのお叱りメールが入っていまして……」

早瀬が、言いづらそうに切り出した。

「何件くらい入ってるの?」

日向は訊ねた。

「月に多いときで、二十件以上入ります」

「二千部しか売れていない本なら多いかもしれないけど、二十万部売れている本ならそれくらいくるんじゃないの?」

日向は、ため息を吐きながら言った。

日向作品についてのクレームは、デビュー当時から入っていたはずだ。

日向の耳に入らなかったのは、磯川が大事にせずに対処していたからだろう。

つまり、日向の筆が鈍らないように、余計な雑音をシャットアウトしてくれていたのだ。

「それはそうですが、書店のほうからもこれだけの苦情が入っていますし、もし、日向先生の作品を並べないなんて言い出したら大変だと思い、描写に関してのご相談をさせていただきました。もちろん、白日向作品の読者を取り込もうという考えは本当です。僕としては、今回の提案で一石二鳥を狙ったつもりなのですが……」

早瀬が俯《うつむ》き、唇を噛んだ。


保身だろ?


口には出さなかった。

口に出したところで、話の通じる相手ではない。

早瀬には、日向の作家性などどうだっていいのだ。

彼の頭にあるのは、自分の担当作家が問題を起こさないかどうかだけだ。

もし、担当作家が人権団体や教育委員会に販売差止めの訴訟など起こされてしまったら、担当編集者の経歴に傷がついてしまうと危惧しているのだろう。

「売れれば売れるほど、クレームも増えるものさ。アンチが多いのも叩かれるのも、日向作品の持ち味だ。俺の個性を理解してくれないか？」

日向は、敢えてあっけらかんとした口調で言った。


じゃあ、ほかの出版社で出すから。


これ以上気分を害すると、そう口走ってしまいそうだった。

いまの日向の作品なら、どこの出版社も競うようにほしがるだろう。

だが、それはしたくなかった。

日向は信じていた。

磯川が戻ってくることを……。

「わかりました。編集長と相談しますから、いったん持ち帰らせてください。明日までには、ご連絡します。では、これで失礼します」

早瀬が頭を下げ、書斎を出た。

日向はため息を吐きながら、スマートフォンを手にした。

検索エンジンに、日文映像・磯川と打ち込んだ。

『陽《ひ》はまた沈《しず》む』（東郷真一原作）が、公開三十一日間で興行収入三十八億円、観客動員数二百七十万人を突破した。

今年公開された邦画の興収でナンバー1となった。

制作プロデューサーの磯川氏は、去年の年間邦画興収ナンバー2の『人情坂《にんじょうざか》』（名倉さゆり）も手掛けたヒットメーカーだ。

磯川氏は系列会社の「日文社」から「日文映像」に転籍して三年間で、二本のヒット作を飛ばした。

冬の時代と言われる邦画界で立て続けにヒット作を生み出す秘訣《ひけつ》を、磯川氏に訊いてみた。

磯川　秘訣なんてありません。映画化したら面白そうだな、と思った原作を企画会議にかけただけですよ。


「磯川さんは、相変わらずだな」

日向の口元が綻んだ。

磯川の活躍は嬉しかった。

だが、複雑な気持ちもあった。

「戻ってくるよね？」

日向は、ネット記事に掲載された磯川のプロフィール写真に語りかけた。

16

「映宝《えいほう》シネマ日比谷《ひびや》」の舞台袖――列の最後尾に並んだ日向は、深呼吸を繰り返した。

珍しく日向は、緊張していた。

今日は、日向にとって初の映画化作品となった『僕《ぼく》がママを探《さが》す旅《たび》』の舞台挨拶の初日だった。

磯川が大阪の「日文映像」に異動してから、四年が経っていた。

『願い雪』の次に刊行した『僕がママを探す旅』は映像会社とのコラボレーション企画の作品だったので、既に資金は確保してあり、執筆中にメインクラスのキャスティングが決まった。

刊行した月にクランクインし、今日の試写会に至る。

プロダクションの主導権争いでなかなか座組が決まらず、いまだに映画化されていない『願い雪』とは対照的なスピードだった。

「それでは、これから『僕がママを探す旅』の舞台挨拶を始めます！　琴絵《ことえ》役の白坂凜《しらさかりん》さん、琴絵の夫、宗司《そうじ》役の田辺健斗《たなべけんと》さん、お二人の息子、寛太《かんた》役の南 蒼《みなみあおい》さん、お入りください！」

MCの女性アナウンサーに促され、俳優陣がステージ中央に歩み出た。

白坂凜は元タカラジェンヌで、清楚で気品のある美しさとたしかな演技で二十代の頃はもとより四十代になったいまでも、映画やドラマで主役を張り続けるトップ女優だ。

夫役の田辺健斗は、コミカルな演技からシリアルキラーまで演じ分ける実力派の性格俳優だ。

息子役の南蒼は、今回の映画のために行われたオーディションで、五百人の中から選ばれた期待の新人子役だ。

客席から湧き起こる拍手と歓声が、日向の緊張に拍車をかけた。

日向の前に並んでいる監督の吉井英雄《よしいひでお》は舞台挨拶に慣れているのであろう、緊張しているふうもなく落ち着いていた。

『僕がママを探す旅』は家族ものの小説なので、同じ白日向作品でも恋愛ものの『願い雪』とは違うタイプだった。

物語は、小豆島《しょうどしま》の診療所に勤務している母、琴絵から届いた手紙を宗司と寛太が読んでいるシーンから始まる。

琴絵は五年前……寛太が四歳のときに、それまで勤務していた都内の病院から小豆島の診療所に転職した。

寛太の楽しみは、月に一度、小豆島から届く母の手紙だった。

幼い頃は純粋に母からの手紙を楽しみにしていたが、小学生になったあたりから、寛太の胸に素朴な疑問が芽生《めば》え始めた。

なぜ、母は戻ってこないのか?

寛太は父に訊ねるが、仕事が忙しいからだよ、と繰り返されるばかり。

宗司は、真実を言えなかった。

琴絵が五年前に若年性アルツハイマー型認知症を発症し、息子のことを忘れてゆく母の姿を見せたくなくて、小豆島の療養所に入所したことを。

月に一度、小豆島から送られてくる母の手紙は、琴絵の妹が書いているということを。

だが、寛太は宗司に置き手紙を残し、愛猫のきなこと共に小豆島の母に会うための旅に出るのだった。

日向が初めて家族の絆《きずな》を描いた『僕がママを探す旅』は、ミリオンセラーになった『願い雪』には遠く及ばなかったが、それでも実売が十五万部に達した。


日向には、いくつ引き出しがあるんだ！

家族小説でも泣かせるなんて、日向誠には毎作品驚かされている。

どろどろの犯罪小説を書く人と同じ人間とは思えない！　こんな作家、過去にいただろうか？

恋愛ものでヒットしたから今度は家族ものか？　日向もあざといな。

日向の書く家族愛なんて読みたくもない。

日向誠はデビュー当時の犯罪者と変態しか出てこないような暗黒小説を書くべき。

児童書みたい。本は薄いし字も大きいし、日向も連載が増えてやっつけになったんじゃないの？


読書スレッドには称賛のコメントが数多く並んでいたが、それと同じくらいの批判コメントも書き込まれていた。

白日向作品でやっつけと言われるのは、想定内だった。どんなに完成度の高い作品に仕上がっても、ディープな黒日向作品の読者が白日向作品を受け入れることはない。

だが、黒日向作品でやっつけ仕事だと言われるのはつらかった。

『僕がママを探す旅』の次に刊行した「日文社」の新刊、磯川の後任の早瀬が担当した『絶対犯罪』の書評は散々だった。

「続いて、吉井英雄監督、原作者の日向誠先生、お入りください！」

ＭＣの声に、日向は開きそうになった暗鬱《あんうつ》な記憶の扉を閉めた。

「先生、行きましょう」

吉井監督が振り返り笑顔で頷くと、ステージに足を踏み出した。

日向もあとに続いた。

右手と右足が一緒に出る滑稽な歩きかたにならないように気をつけた。

日向はバミの貼ってある位置を確認して立ち止まり、顔を上げた。

五百人を収容できる館内は、満席だった。

膝が震えた。

これまで数々のバラエティ番組に出演してきたが、こんなことは初めてだった。

落ち着け、落ち着くんだ。

日向は己に言い聞かせた。

こんなときに、磯川がいてくれたらどんなに心強いことだろう。

「では、まず最初に、本作の原作者である日向誠先生、皆様へのご挨拶をお願いいたします」

「原作者の日向誠です。本日は、『僕がママを探す旅』の試写会に足を運んでいただき、ありがとうございます！」

不思議と、喋り始めると嘘のように緊張が解けた。

「本作は私にとって初めて映像化された作品で、今日、ここにきてくださったみなさんの顔を生涯忘れることはないでしょう……と言いたいところですが、残念なことに私の記憶力と視力では五人くらいしか覚えられません」

日向のジョークに、会場は笑いに包まれた。

☆

「お疲れ様でした！　素晴らしい挨拶でしたね。日向先生が、誰よりも笑いを取ってましたよ」

版元の「大海出版《たいかい》」の担当編集者である前島《まえしま》が、日向を楽屋に先導しながら持ち上げた。

「喋る前までは、ガチガチだったんだけどさ。膝も笑っていたからね」

日向は苦笑した。

「え!?　そんなふうには、全然見えませんでしたよ！　どうぞ」

前島が楽屋のドアを開けた。

「『月刊シネパラ』と『ダビデ』の取材がそれぞれ一時と二時から、隣の『インペリアル日比谷ホテル』で入っていますが、その前に軽くお昼を食べますか？」

前島が伺いを立ててきた。

「いや、腹は減ってないから、君はどこかで昼を摂《と》ってきなよ。俺はここで締め切りをちょっとやって、ホテルに移動するから」

日向はロングデスクに置いたノートパソコンを開きながら、前島に言った。

「わかりました。因みに取材テーマは二誌とも、『僕ママ』の映画についてです。では、のちほど」

前島がドアを閉めると、日向はお気に入りリストから「日向誠を語るスレ」を呼び出した。

本虫　『絶対犯罪』、久々の黒日向作品だったから期待していたのに、がっかりだな。

アッチ　「日文社」って、日向のデビューした出版社だろ？
歌舞伎町　デビュー作の『阿鼻叫喚』は名作だな！
悪童　『阿鼻叫喚』や『メシア』のときの放送禁止用語と差別用語連発の衝撃はどこに行ったんだ？
本虫　そうそう。デビュー当時の日向作品は、お世辞にも文章がうまいとは言えないけど、グイグイと引き込むスピード感と圧倒的な筆力があって、登場人物もストーリーも骨太だったよな。
通りすがり　『願い雪』で金持ちになりハングリー精神消滅
悪童　日向作品は荒々しい文章とハチャメチャな展開が面白かったのに、『絶対犯罪』は妙におとなしいというか中途半端というか……。
ラーメンマン　俺も読んだけど、全然薄味だな。『阿鼻叫喚』がギトギトの豚骨ラーメンなら、『絶対犯罪』はさっぱり塩ラーメンみたいな感じ？
アッチ　お前、あちこちのスレに顔出してるけど、ラーメンでたとえたいだけだろ？
通りすがり　『僕がママを探す旅』が全国ロードショーで金持ちになったからハングリー精神消滅
本虫　何作もベストセラーを出して知名度が高くなると、好感度を気にして守りの姿勢になってしまうのかな？
悪童　デビュー四作目までの台風のような怒濤のストーリー展開が懐かしい。
柴犬　白作品を出してから女性読者も増えただろうから、意識して作風を変えたんじゃない？
ビッケ　女子受け狙いのヘタレ作家に転落（笑）
書店員　日向先生は連載小説を10本抱えているので、物理的時間が足りず結果的にやっつけになっているのではないかと思います。

通りすがり　連載十本で金持ちになりハングリー精神消滅
ラーメンマン　連載十本で大忙しか。昔の日向作品が一晩かけて煮詰めた出汁から作ったラーメンなら、いまの日向作品はインスタントラーメンみたいな感じ？
アッチ　だから、ラーメンのたとえはいらないって！
マック　でも、別人が書いたみたいな黒と白の対照的な作品がそれぞれベストセラーになる作家なんて、過去にいなかったでしょ？　それだけでも物凄いことじゃない？
永ちゃん　おっと、日向本人が自己擁護降臨（笑）
チンパン　だけどさ、日向作品は漫画みたいな小説だから過去の文学と比較はできないって。
本虫　まじめな話、日向にはデビュー当時のエネルギーを忘れないでほしいよな。『絶対犯罪』みたいなやっつけ小説は今回限りにしてほしい。
悪童　禿しく同意。容赦ないエグさと倫理観無視の世界観をこれでもかと読ませてくれたからこそ、日向作品は単行本でも買う価値があったわけだから。こんなやっつけ小説なら、図書館で十分だわ。

日向はため息を吐きながら、ノートパソコンをシャットダウンした。

もともと日向は、自身のことをボロクソに書かれてもショックは受けずに、面白がってエゴサーチするタイプだった。

だが、『絶対犯罪』に関しての書き込みは笑い飛ばせなかった。

理由——描写や比喩をセーブしたという自覚があるから。

デビュー当時のように、批判を恐れずに書いた結果叩かれるのであれば少しも応えない。

むしろ、もっと過激に書いてやろうという戦闘意欲が湧いてきた。

今度の批判は、そのときとは状況が違う。

日向自身が、疚《やま》しく思っていた部分を叩かれたのだ。

『いまのままの生々しい描写や放送禁止用語のオンパレードでは、女性読者は手を出してくれません。僕からの提案をさせていただきます。「絶対犯罪」を刊行するに当たって、表現をソフトにしませんか？』

『それじゃ、そこらの小説と同じだ。日向誠がベストセラー作家になれたのは、過去の暗黒小説とは一線を画した作風だからだよ。過激で、生々しく、下品で、常軌を逸した文章や比喩が読者には衝撃的で、コアなファンを獲得できたわけさ。白日向作品の読者を取り込むために表現をソフトにするなんて、本末転倒の自殺行為になる』

『すみません。本当のことを言います』

『日向先生にはお伝えせずに対処しようかと思っていたんですが、ウチのホームページにも毎日のように読者の方からお叱りのメールが入っていまして……』

日向が譲歩したのは、早瀬のためではない。

いつの日か戻ってくる磯川と、もう一度作品を出すためだ。

早瀬の意見を突っ撥ねて「日文社」に背を向けても、日向に執筆のオファーを出す出版社は引く手数多だ。

だが、磯川の代わりはほかにいない。

磯川と仕事をするために、早瀬の提案を呑んで描写と比喩をソフトにしたのだった。

だからといって、スレッドに書かれているようにやっつけではない。

物語はこれまで通りに、面白く書けている自信があった。

ただ、確信犯的に書いていた差別用語や放送禁止用語を控えただけだ。

それでも、日向らしさを自ら殺したのは事実だ。

日向作品の中毒になった読者を失望させてしまったのではないか……それだけが気がかりだった。

日向はノートパソコンをバッグに詰め、立ち上がった。

日向は大きく息を吐き、暗鬱な気分のまま楽屋を出た。

17

大阪淀屋橋《よどやばし》――「日文映像」の入るビルの一階のカフェで、日向は連載小説を執筆していた。

試写会から三ヶ月が経っていた。

映画がヒットしたおかげで、『僕がママを探す旅』は二十万部を突破した。

小説誌や週刊誌に八本の連載小説を抱え、すべてが順調に運んでいるかのように見えた。

だが、どれだけ原作映画がヒットしても、連載小説の本数が増えても日向の気分は晴れなかった。

理由はわかっていた。

『絶対犯罪』の売れ行きだ。

発売三ヶ月で三万部の実売……普通なら、悪くない数字だ。

悪くないどころか、ベストセラーと言ってもいい。

だが、いままでの黒日向作品の売れ行きに比べたら五分の一の数字だ。

日向節全開の作品でこの数字なら、納得しただろう。

日向は思考を止め、執筆に専念した。

月に五百枚は連載小説の原稿を書かなければならないので、少しでも時間があれば一枚でも多く進めたかった。

いま抱えている八本の連載小説は、恋愛小説が三本、ノワール小説が四本、推理小説が一本だった。

日向はキーボードに手を置いたまま、眼を閉じた。

正直、迷っていた。

昔のように、倫理観も良心も無視した黒日向作品を書くべきか？

もちろん日向はそうしたかったが、ほかの出版社が白日向作品の爆発的な売れ行きに目をつけ、黒日向作品であっても恋愛や感動の要素を求めてくるようになった。

『絶対犯罪』のときのように出版社にクレームが殺到しているという理由ではないものの、これまでの黒日向作品よりソフトにしてほしいとのリクエストは早瀬と同じだ。

「瞑想ですか？」

日向が眼を開けると、目の前に笑顔の磯川が立っていた。

スーツ姿の磯川を見るのは初めてだった。

四年前より、少し痩せたような気がした。

白かった肌も、こんがりと陽灼けしていた。

「久しぶり！」

日向は立ち上がり、右手を差し出した。

「お久しぶりです。相変わらずのご活躍、拝見しています」

磯川は言いながら、日向の右手に右手を重ねた。

「とりあえず、座りましょう」

磯川に促され、日向は着席した。

「わざわざこちらに足を運ばなくても、連絡を頂ければ僕が東京に行きましたよ」

「いやいや、磯川君はロケやらなんやらで忙しいと思ったから。いまも、新作の撮影中だよね？」

日向は訊ねた。

「よくご存じで。規模は小さいですが、なかなか味のある作品に仕上がっています。来年のカンヌに出品予定です。僕は『ペリエ』をお願いします」

磯川が、注文を取りにきたスタッフに告げた。

「すっかり、映画プロデューサーになったね」

日向は複雑な心境で言った。

「そんなに、かっこいいものじゃありませんよ。見ての通りこんな色になって、現場回りの肉体労働ですよ」

磯川が己の顔を指差し、自嘲的に笑った。

「謙遜しなくていいよ。磯川君のほうこそ、凄い活躍じゃない。東郷さんも、映画が大ヒットしたおかげで原作の重版が三十万部を超えて、大喜びしているらしいよ。東郷さん担当の編集者に聞いたんだけど、掌返しで、磯川さんを呼び戻して担当にしたいってさ」

日向は苦笑した。

東郷は磯川の仕事によって著書が爆発的に売れたのを耳にし、「日文社」の局長に直談判《じかだんぱん》しているらしい。

「罪を憎んで作品を憎まずってやつですよ。僕は、東郷さんに罪悪感を覚えたわけでも機嫌を取ったわけでもありません。単に、『陽はまた沈む』を映像化したら面白そうだなと思っただけです」

磯川がニコニコ笑いながら言った。

誰にも媚びず、長い物に巻かれず、あくまでマイペースを貫く……磯川は、昔となにも変わっていなかった。

「わざわざ大阪にまできて僕に話があるというのは、なんでしょう？」

嬉しい気持ちと、複雑な気持ちが交錯した。自分らしさを貫く磯川に引き替え、自分は……。

磯川が訊ねてきた。

「『絶対犯罪』は読んでくれた？」

日向は本題を切り出した。

「もちろん、読みましたよ」

「お互い時間がないから単刀直入に言うけど、あの小説を出したことを後悔しているんだ」

日向はオブラートに包まずに本音を口にした。

磯川とは、腹を探り合うような関係ではなかった。

「どうしてですか？」

「訊かなくても、本当はわかっているよね？」

「表現がソフトとか、そういう問題ですか？」

磯川が表情を変えずに質問を返してきた。

「やっぱり、わかるよね。そりゃそうだ」

日向はため息を吐いた。

「勘違いしないでください。僕は、そのことを悔いてるんだろうなと思っただけで、なぜ日向さんが

『絶対犯罪』を出版したことを後悔しているのかはわかりません」

　磯川が、淡々とした口調で言った。

「描写や比喩がソフトになったことで、やっつけ仕事だとネットにも書き込まれて……」

「やっつけなんですか？」

「やっつけじゃないよ。いつも通り、一言一句に魂を込めて書いたつもりだ。ただ、差別用語や放送禁止用語は意識して書かないようにしたって事実もあるからさ」

　日向は、ふたたびため息を漏らした。

「どうして、そうしたんですか？」

　磯川が質問を重ねてきた。

「書店や『日文社』にクレームが殺到しているので、表現をもう少しソフトにしてほしいということを早瀬君に頼まれたんだよ」

「どうして要求を呑んだんですか？　日向さんは、納得できないことは突っ撥ねるでしょう？」

「最初は突っ撥ねたよ。日向誠らしさを削るくらいなら、今後『日文社』では書かない……何度も口に出かけたよ。でも、思い留《とど》まったのは、磯川君ともう一度仕事をするためさ。けど、作品は生涯残ってしまう」

　日向は、包み隠さず本音を口にした。

「一つ、訊いてもいいですか？」

　日向は頷いた。

「日向さんが後悔しているのは、実売がいままでの作品より低かったからですか？」

「いや数字は関係ない。一方で、黒日向ファンの読者の『絶対犯罪』への答えなのかな、とも思う」

「であれば、早瀬君の申し出を断るべきだったと思います」

磯川がきっぱりと言った。

「それじゃ、磯川君が戻ってきても仕事ができないじゃん」

「それでもです。僕は、『絶対犯罪』がやっつけだとは思っていませんし、いい作品に仕上がっているると思います。日向さんは描写や比喩に差別用語や放送禁止用語を意識して使わなかったことに罪悪感を覚えているようですが、それで作品のクオリティが下がっているとは思えません。ですが、原作者自身がポリシーを曲げたことを気にして『絶対犯罪』を出版したことを後悔しているのならば、それは作品にとっても不幸なことですから」

「作品にとって不幸なこと?」

日向は、磯川の言葉を鸚鵡返しにした。

「ええ。たとえやっつけであっても、日向誠の名前で書店に並ぶ作品は日向さんの子供です。テストの成績が悪かったり運動音痴だったりする子供は、不良品ですか?」

磯川が、日向に訊ねてきた。

「いや」

「ですよね。『絶対犯罪』も同じ、日向さんの大切な子供です。描写や比喩をソフトにしたから、売れ行きが悪かったからといって親が気に病めば子供が不憫《ふびん》です。であれば、最初から子供を産まないほうがいいのです。私が、後悔しているなら『絶対犯罪』を出版すべきではなかったと言ったのは、そういう意味です」

磯川の言葉が、胸奥《きょうおう》に染み渡った。

不意に、涙が込み上げた。

日向は人差し指と親指で鼻梁《びりょう》を摘み、涙をごまかした。

自分本位の考えだった。

『絶対犯罪』を出版する最終的な判断を下したのは、ほかならぬ日向自身なのだ。

「やっぱり、大阪にきてよかった。磯川君の話を聞いて、胸のもやもやが晴れた気がするよ」

日向は、心からの言葉を口にした。

「僕は真実を言っただけですよ。日向さんの作品は、どれも素晴らしい出来で恥じることも悔いることもありませんから」

磯川が口元を綻ばせた。

「ありがとう。そう言ってくれるのは、君だけだよ。相談ついでに、もう一ついいかな?」

「もちろんです。僕の考えでよければお話しします。どんな相談でしょう?」

『『願い雪』がミリオンセラーになったことの弊害《へいがい》っていうのかな」

「弊害ですか?」

「うん」

二匹目のドジョウを狙って白日向作品のオファーを出してくる出版社が多くなっていること、黒日向作品であっても恋愛要素や感動要素を入れてほしいとお願いしてくる編集者が多くなっていること……日向は、いま抱えている悩みを語り始めた。

磯川は日向の話を聞いている間、居眠りでもしているかのように眼を閉じていた。

「正直、いまの立場なら断ることもできるけど、極力、編集者の意を汲《く》みながら期待以上の作品を上梓《じょうし》したいっていうのが俺のスタイルだからさ」

「日向さんは、サービス精神が旺盛ですからね」

磯川が眼を開け、微笑みながら言った。

「まあ、『願い雪』が百万部も売れたから、ウチもウチも、ってなる気持ちも、黒日向作品に白日向作品の要素を入れてほしいって気持ちもわかるんだけどね」

日向はため息を吐き、コーヒーカップを口元に運んだ。

「それで、日向さんはどうしたいんですか？」

磯川が訊ねてきた。

「別に白日向作品を書き続けるのは嫌じゃない……っていうか、書き続けるつもりでいたからさ。ただ、割合を間違えたら大変なことになる。白が売れるのは事実だけど、同じような作品ばかり書いたら飽きられる。それに、黒の読者も離れてしまう。黒に白の要素を入れてほしいってリクエストは、さっきの磯川君の話で断る肚が決まったよ。描写や比喩をソフトにしたから、売れ行きが悪かったからといって親が気に病めば子供が不憫、であれば、最初から子供を産まないほうがいい……痺《しび》れたよ。磯川君も作家デビューすれば？」

日向は軽口を叩いた。

「いえいえ、とんでもない。長年編集者をやってきて、自分が作家に向いていないことは誰よりもわかっていますから」

「アンド、興味もないんでしょ？」

日向が言うと、珍しく磯川が声を上げて笑った。

「なんか、こうしていると昔を思い出しますね。日向さんと椛ちゃんの、漫才みたいな軽妙なやり取りを見るのが大好きでした。椛ちゃんは、元気にしてますか？」

「あ、言ってなかったっけ？　椛は九州で主婦をやってるよ」

「え⁉　本当ですか⁉」

磯川が驚きの声を上げた。

日向の連載小説の本数が増え、日に五時間以上を執筆に当てなければならない生活になったので、三年前にタレントのマネジメント業務を辞めたのだった。

無名のタレントしか所属していない「日向プロ」の看板は、日向誠だった。

テレビ局のプロデューサー達も、代表取締役がベストセラー作家だからタレントの売り込みに時間を割いてくれたり、キャスティングしてくれたりしたのだ。

いまは小説家、脚本家、放送作家などの文化人タレントを作家部門に所属させていた。

彼らの仕事はタレントのように日向が先頭に立って売り込む必要はないので、オファーの交渉とスケジュールの管理はチーフマネージャーの真理に任せていた。

椛以外のタレントは、みな、ほかの事務所に移籍して芸能活動を続けていた。

「磯川君が大阪に行って、もう四年だからさ。椛も今年、二十五歳だよ。時の流れは早いね」

日向は、しみじみとした口調で言った。

「もう、そんなになりますか？　慣れない仕事で余裕がなかったので、あっという間でしたよ」

「磯川君は、俺のこと恋しくなかったんだね～」

日向は冗談めかして言った。

「そんなことないですよ。日向さんの活動は、いつも気にしていましたから」

磯川が真顔で否定した。

「じゃあさ、そろそろ戻ってくる？」

日向は軽い感じで訊ねた。

真剣に切り出して真剣に断られるのが怖かったのだ。

「それより、話を本題に戻しましょう。白日向作品をオファーに任せて、増やしてもいいのかどうかで迷っているんですよね？」

磯川が話を変えた。

「うまくはぐらかされちゃったな。まあ、その話はまた次の機会にするよ。迷ってるわけじゃなくて、白の本数を増やしたら白の読者が飽きて、黒の読者が離れてゆくことを危惧してるんだよ」

「それは一理ありますね。でも、日向さんなら大丈夫ですよ」

磯川が楽観的に言った。

「どうしてそう言い切れるの？」

「日向さんは黒作品でも街金、新興宗教、復讐代行屋、キャバクラっていうふうに、全然テイストの違う作品を書いているじゃないですか。白作品も、同じように違うテイストのものを書けばいいんですよ。だって、恋愛小説ばかりが白作品じゃないわけですから。現に、『願い雪』と『僕がママを探す旅』も恋愛ものと家族ものでタイプが違います。僕は、お世辞でもなんでもなく、日向誠は日本一のオールラウンド作家だと思っていますから」

磯川が力強く頷いた。

日向はたとえようもない安堵に包まれた。

「やっぱり、君に相談して正解だったよ」

「来月あたりですかね」

不意に、磯川が言った。

「なにが？」

日向は、訝しげな顔を磯川に向けた。

「東京に戻るかどうかを、訊きましたよね？」

「え！　本当!?」

日向は瞳を輝かせ、声を弾ませた。

「はい」

「よかった。これで、また一緒に……」

「ただし、『日文社』には戻りません」

「え……」

予想外の磯川の言葉に、日向は絶句した。

「『日文社』に戻らなければ、どこの出版社に行くの？」

我に返った日向は訊ねた。

「どこの出版社にも行きませんよ。僕は編集者を辞めます」

磯川があっさりと言った。

「や、辞めるって……辞めてどうするの!?　まさか、ほかの映像制作会社にでも勤めるわけ!?」

動揺を隠せず、日向は立て続けに質問した。

「映像制作会社には入りませんよ」

「じゃあ、辞めてなにするのさ!?」

「さあ、どうしましょうね」

のらりくらりと、磯川が日向の質問を躱した。

「どうしましょうって……」

「一つだけ言えることは、僕が日向さんの担当編集者に戻ることはありません」

日向を遮り、一転した口調で磯川が断言した。

「そんな……」

日向の脳内が真っ白に染まった。

18

「ようやく、半分までできました。あともう一息です。頑張ってください」

「大星堂書店」八重洲《やえす》本店の会議室──岸《きし》が物腰柔らかな口調で言いながら、七十五冊目の『夢《ゆめ》の残《のこ》り香《が》』の見返しを開いた状態で、ロングテーブルを前にして座る日向に向けて置いた。

一時間後の午後三時から、『夢の残り香』のサイン会が始まる。

いまサインしているのは、サイン会をしない「大星堂書店」の支店に送るためのものだ。

「激励ありがとう！」

日向は岸に笑顔を向けた。

著書にサインをしているときに、編集者に励まされるのは初めてのことだった。

岸はエンターテインメント系の出版社の編集者とは雰囲気が違った。

日向はデビュー十七年目にして、初めて純文学系の出版社である「古都書房《ことしょぼう》」で作品を刊行した。

たとえるならば、わかりやすく派手なハリウッド映画的な作品を扱うのがエンターテインメント系の出版社で、難解で私小説ふうのフランス映画的な作品を扱うのが純文学系の出版社だ。

『「阿鼻叫喚」と「願い雪」を読んだときに、私は度肝を抜かれました。これまでにも数多くの作家さんの小説を読み、作品作りに関わってきましたが、日向先生のような方は初めてでした。こんなにも真逆な世界観……真逆な登場人物を描けるものだろうか？　もしかして、日向誠という人は二人、いや、複数いるのかもしれない……などと、真剣に考えてしまいました』

　二年前――都内のホテルのラウンジで、純文学とは対極の作風の日向にオファーしてきた理由を話す岸に違和感を覚えた。

　エンタメ系出版社の編集者がフランクな印象なのにたいし、岸は慇懃《いんぎん》で言葉遣いが丁寧だった。

　当時の岸は四十五歳の日向より六歳下の三十九歳だったが、眼鏡をかけた色白の細面の顔は、二十代の文学青年と紹介されたら信じたかもしれない。

　容貌や言動以外では、作品についての印象を語るエンタメ系の編集者にたいし、岸はなぜこの作品を書こうと思ったのかという日向の内面に興味を示した。

『私が推察するに、日向先生は作品を通じて、この世に善人も悪人も存在しないということを訴えているような気がします。つまり、善人と言われている人が嫉妬《しっと》から友人の失敗を心で願ったり、悪人と言われている人が捨てられていた子猫に牛乳を与えたり……。その意味で、「阿鼻叫喚」の主人公も「願い雪」の主人公も、ふとしたきっかけで善悪入れ替わる可能性は十分にある……日向作品を読んでいると、日向先生の心の声が聞こえてくるようです』

『ありがとう。でも、俺に君が求めている純文的な作品が書けるかな？』

『これだけの幅広いジャンルを書いてきた日向先生なら、純文学も十分に書けるでしょう』

『またまたありがとう。評価してくれて嬉しいけど、正直、純文に興味はないな。嫌いじゃないけど、いまは食べたくない料理って感じかな』

『私も日向先生に純文学を書いてほしいと思って、声をかけさせていただいたわけではありません』

『え？　じゃあ、なんで？』

『日向先生に、純文学を壊してほしいんです』

『純文学を壊す⁉』

『はい。私は日向先生と共に、新しい純文学を作り上げたいと思ってます』


日向が畑違いの純文学系の出版社での執筆を決めたのは、岸の最後の言葉だった。

それまでは別世界だと感じ、純文学を書きたいと思ったことはなかった。

売り上げは二の次で、己の内面を掘り下げ、登場人物に投影することを目的としている純文学のスタイルが、日向にはどうしても性に合わなかった。

作風が性に合わないというよりも、売れ行き度外視の精神が理解できなかった。

いくら高尚な文学でも、商業出版物である以上は利益を生み出す義務がある。

岸が口にした新しい純文学とは、エンタメ小説と純文学小説の融合した作品だった。

『夢の残り香』は、一人の少女がトップ女優になるという夢を叶えるために熊本から上京し、欲望と悪意が渦巻く芸能界で伸し上がり、夢を叶えるのと引き換えに枕営業や美容整形手術を繰り返し、アイデンティティが崩壊してゆくという物語だった。

エンタメ系の出版社でも芸能界ものは書いたが、これまでとの違いは結末をはっきりさせないことだった。

エンタメ小説の場合は、ハッピーエンドであろうがバッドエンドであろうが読者に結末が伝わるように書くが、『夢の残り香』では敢えて読者に判断を委ねるような終わらせ方にしていた。

「私の中でのエンタメ小説と純文学の決定的な違いは、ラストですっきりさせるか、ぼかして読者に委ねるかだと思っています……最初に会ったときに、岸君はそう言ったよね？」

日向は、サインをしながら思い出したように訊ねた。

「よく覚えていらっしゃいますね。光栄です」

岸が口元を綻ばせ、サイン済みの本を受け取り、見返しに合紙を挟んだ。

「いまでも、そう思ってる？」

日向は訊ねた。

「はい……と言いたいところですが、『夢の残り香』を読んで、わからなくなりました」

「どういうこと？」

「日向先生の小説は、ジェットコースター小説と言われているように、最初から一気に物語に引き込まれ、最後まで息を吐く暇もなくページを捲ってしまいます。日向先生の小説に出てくるキャラクターは、主役から脇役まで力があるというのがその理由だと思います。正直、結末をぼかすとかぼかさないとか、そういうことはどうでもいいと思えました」

岸が、一言一言、嚙み締めるように言った。

「最高の褒め言葉だよ。でも、俺がそんなふうに言ってもらえる作家になれたのも、ある編集者のおかげだよ」

日向は、油性ペンを走らせる手を止めた。

「ある編集者って、どなたですか？」

「そうだなぁ……俺を小説家にしてくれた編集者であり、恩人であり、そして友人かな」

日向は、しみじみとした口調で言った。

「日向先生にそんなふうに言ってもらえるなんて、編集者冥利に尽きますね。日向先生のデビューは『日文社』でしたよね？　その方はいまも、『日文社』にいらっしゃるんですか？」

「いや、辞めたよ。いまは、ほかの出版社にいる」

日向は眼を閉じた。

十七年前——東郷真一の一件で、磯川は日向と「日文社」を守るために大阪の映像制作会社「日文映像」に移籍した。

磯川は十二年前に東京に戻り、ふたたび編集者となった。

だが、彼が選んだのは「日文社」ではなかった。

「日文映像」で制作した『陽はまた沈む』が大ヒットしたことで、原作者の東郷が「日文社」の局長に、磯川を担当編集者にしたいから呼び戻してほしいと直談判した。

磯川を「日文社」から追い出した張本人からの申し出、しかもＶＩＰ待遇で迎えてほしいという東郷の要求に、局長は編集長の椅子を用意していた。

局長は、東郷の要求に押し切られたわけではない。

当時の文芸第三編集部は史上最低の売り上げを記録し、磯川の件とは関係なしに編集長の交代が検討されていた。

だが、日向にはわかっていた。

磯川が、「日文社」に戻らないということが。

『一つだけ言えることは、僕が日向さんの担当編集者に戻ることはありません』

磯川は言葉通り、「日文社」には復帰せずに「夏雲舎」という小さな絵本専門の出版社に転職した。

そして、この十二年間、磯川には会っていなかった。

『磯川さん、神保町《じんぼうちょう》の小さな絵本系の出版社にいるらしいよ』

『東郷さんの許しを得ただけじゃなくて担当者に指名されたのに、それを蹴るなんて変わり者の彼らしいね』

『しかも、編集長の椅子を蹴ったってさ』

『嘘！　もったいない！　だったら、僕にくれよ！』

『馬鹿か！　古着じゃないんだぞ』

新作の打ち合わせが終わり、日向が「日文社」近くのカフェでコーヒーを飲んでいたときに、偶然、近くの席にいた編集者らしき二人の会話が聞こえてきた。

二人とも文芸部の編集者だったが、日向はカウンターに座り背を向けていたので気づかれることはなかった。

「そうですか。優秀な編集者だったでしょうに、もったいないですね。ところで、その編集者の方はなぜ『日文社』を辞めたんですか？」

岸が訊ねてきた。

「私利私欲がないからかな」

日向は、遠い眼差しで言った。

「私利私欲がない……ですか。私も会ってみたかったです」

「磯川君に？」

「あ！　磯川さんですか？」

岸が声を弾ませた。

「え？　磯川君を知ってるの？」

「お会いしたことはありませんが、お噂はいろいろと聞いてます。長い物に巻かれず、気難しい性格で、出世にまったく興味がない方だと。でも、凄く優秀な方だとも」

「たしかに権威とか名声とかに靡《なび》かない人だね。俺に文学賞を諦めさせてくれたのも、磯川君だよ」

「文学賞を諦めさせてくれたとは、どういう意味ですか？」

岸が、興味津々の表情で訊ねてきた。

「デビュー作の『阿鼻叫喚』を出すときに、彼から言われたんだよね。この過激で荒々しい文章では、売れるだろうけど文壇では評価されずに文学賞を取れないって。文壇に評価されなくてもいいから、俺はいまのままの作風で熱烈な読者を増やしたい……磯川君は、俺の思いを理解、尊重してくれたんだ。君も知っての通り、黒日向作品は差別用語や放送禁止用語のオンパレードだから、出版社にも相当な数のクレームが入ったと思うよ。いまの担当者が教えてくれてそれを初めて知ったんだけど、磯川君はクレームに対応したり上司を説き伏せたり、陰で全部やってくれてたんだよね」

日向の口元は、自然と綻んでいた。

「出版界初のR指定か、と噂された問題小説が誕生した背景には、そういう秘話があったのですね」

岸の顔が曇った。

「どうしたの？」

「いえ、いまの話を聞いて、編集者の本来あるべき姿というものを考えさせられてしまいました」

「編集者の本来あるべき姿？」

日向は、岸の言葉を鸚鵡返しにした。

「はい。自分が編集者になったばかりのときを振り返ると、希望とエネルギーに満ちていました。文学史に残るような小説を作る、妥協はしない、作家に媚びない……新人の頃の誓いをどれだけ守れているんだろうと考えてみると、虚しくなってきます」

岸が自嘲的に笑った。

「そんなことないよ。岸君は、既存の純文学の殻を破ろうとして、いろいろ挑戦してるじゃないか」

「それでも、妥協だらけですよ。『古都書房』の伝統を汚すような作品を作らないように、作家先生の世界観を尊重するように、新境地という大義名分のために、大衆小説の要素を採り入れないように……すべて、上司に言われたことです。編集者は作家の手足だから脳みそになる必要はない、編集者は黒子《くろこ》に徹するべき、純文学は文章力や表現力の芸術性を重視するべきであり、利益を重視する大衆文学と一線を画すものである……すべて、作家さんに言われたことです。『古都書房』に入社して半年が経った頃には、新人の頃の意気込みはどこへやら、すっかり牙を抜かれていました。いまとなっては、最初から牙があったかさえも疑わしいんですけどね」

ふたたび、岸が自嘲的に笑った。

「でも、出版界初のR指定作家にオファーしてくれたじゃない」

日向は冗談めかして言った。

「日向先生の『願い雪』を読んだときに、思ったんです。あれだけ過激な暗黒小説を書いていた作家さんが、真逆の純愛小説を書くというチャレンジをしているのに、私はなにをしているんだって。それで、上司の反対を押し切って、日向さんにオファーさせていただいたというわけです」

岸が、言葉を嚙み締めるように言った。

「やっぱり、上司は反対していたんだ……」

日向は肩を落としてみせた。

「あ、いえ、そういうわけではなく……」

「冗談だよ、冗談。君は、文学に一番遠い小説を書く作家と言われている俺の作品を『古都書房』で出したんだから、十分に牙を持ってるじゃないか」

「磯川さんのように、最初から日向作品を受け入れ周囲と戦っていれば胸も張れるんですけどね。いま、磯川さんはなにをやってるんですか?」

岸が訊ねてきた。

日向は足元のバッグを膝に載せ、ファスナーを開けた。

絵本を取り出し、岸に差し出した。

「『翼《つばさ》のない鳥《とり》』……。これはなんでしょう?」

岸が訝しげな表情を日向に向けた。

「磯川君が作った絵本だよ。彼はいま、絵本専門の出版社の編集者なんだ」

「そうなんですね。磯川さんも、日向先生に負けず劣らず守備範囲が広いですね」

「そうなんだよ。奥付を見て」

「奥付ですか……十年前の本ですね。七十二刷!」

岸が珍しく大声を張り上げた。

「もちろん、小説みたいに五十万部、百万部ってわけにはいかないけど、絵本の世界は瞬発力より持久力が重要だから。絵本で育った子供が親になって、自分の子供に読んで聞かせて愛され続けてゆく。それが、絵本ってものだよね。磯川君の絵本も、二十年、三十年、四十年って愛され続けてゆくんだろうな」

日向は岸から絵本を受け取り、『翼のない鳥』の装丁をみつめた。

「お、こんなことしてる暇はない。サインを急がないと」

日向は油性ペンを手に取り、サインを再開した。

「さっき連絡があったんですけれど、百人以上並んでいるみたいです。さすが、日向先生ですね」

岸が日向を持ち上げた。

「リアルは何人？」

「え……」

日向の問いかけに、岸が困惑した表情になった。

「俺はずっと芸能プロやってきたから、サイン会とかの人集めに詳しいんだよ。プロデュースしてた地下アイドルに恥をかかせないために、サクラを集めたこともあるしね」

日向は、岸の顔色を窺った。

「すみません。三十人ほど動員しました……」

岸はか細い声で言うと、うなだれた。

「作家の場合は芸能人と違って、本の売れ行きとサイン会の人数は比例しないから。読者は作家のファンというよりも、作品のファンだからさ。そう考えれば、七十人でも上出来だよ。作家のためを思ってやったことだとわかってるけど、俺にたいしてそういう気遣いは必要ないから。そんなことやってたら、真の意味での信頼関係を築けないしね」

日向は岸に片目を瞑った。

「磯川さんみたいな編集者になりたいと言いながら、やっていることは真逆ですね。穴があったら入りたいというのは、こういう心境なんですね」

岸が苦笑した。

「まあ、それで喜ぶ作家も多いわけだから」

日向も岸に苦笑を返した。

☆

「なんだ？　生きてたのか？」

南青山の「エルミタージュ」のドアが開いた瞬間、大東が憎まれ口を飛ばしてきた。

「二ヶ月に一回ペースで、小説が出版されてるだろ？」

日向は言いながら、カウンターの最奥のスツールに座った。

「エルミタージュ」にきたのは、半年ぶりだった。

十本の連載小説、単行本、文庫本の刊行前のゲラチェック、取材、打ち合わせに追われ、息抜きに飲みに出かける時間も取れなかった。

「自惚《うぬぼ》れるな。いちいち、お前の新刊をチェックなんかしてねえし」

大東は言いながら、国産の瓶ビールとグラスをカウンターに置いた。

「今日、初めてサイン会ってやつをやったんだけど、案外、いいもんだな。普段は見えない読者と触れ合うことなんて滅多にないし」

日向は言うと、グラスに注いだビールをひと息に飲んだ。

「お前の恋愛小説を読んだ読者は、びっくりしただろうな。『願い雪』書いてる人って、こんなヤクザみたいな人だったの、ってな」

大東がニヤニヤした。

「お前な、久々に店に顔を出した旧友に、もっとほかに言うことあるだろ？　こんな閑古鳥《かんこどり》が鳴いている店にきてくれる、貴重なお客様なんだから」

日向は皮肉を口にして、ブリーフケースから郵便物の束を取り出した。

執筆部屋兼個人事務所として借りている代官山の事務所から、まとめて持ってきたものだ。

締め切りに追われ、郵便物は溜まる一方だった。

「はいはい、安い国産ビールしか飲まないお客様のおかげで、なんとか営業を続けることができてますよ。ほら、サービスだ。山形の知り合いから大量に届いて、食いきれないからな」

大東が皮肉を返し、日向の前にだだ茶豆が入った皿を置いた。

「お！　俺の大好物だ。サンキュー！」

日向は大東に礼を言い、「大間《おおま》出版」からの書類封筒の封を切った。

中には、十通の封筒が入っていた。

すべて、転送されたファンレターだった。

刃物や脅迫文が入っていないかをチェックするために、担当編集者によって封が切られていた。


初めてお便りします。

私、和田孝二と言います。

日向先生の小説のファンです。

とくに、『阿鼻叫喚』『ひとでなし』『メシア』が大好きです。

私は、十八の頃に人を殺めました。

夜に公園で友人四人と酒を飲んでるところに、部活帰りの女子高生が通りかかりました。

私達は酒の勢いもあり、女子高生を犯そうとして押し倒しました。

女子高生が激しく抵抗したので、私達は激しく殴りつけました。

そのうちぐったりとなり、女子高生は抵抗しなくなりました。

私達は、女子高生を何度も、何度も犯しました。

女子高生は虫の息で、助けて、と繰り返していました。

欲望を満たした後、私はあることに気づきました。

私達は、顔を隠していなかったのです。

警察に駆け込まれたら捕まってしまう。

私は恐怖に囚われ、パニックになりました。

気づいたときにはライターオイルを女子高生にかけて、火を放っていました。

もう十五年以上も昔の話ですが、昨日のことのように鮮明に覚えています。

焼かれるときの女子高生の叫び声は、毎晩のように耳に蘇ります。

日向先生、私の愚かな過ちを小説にしていただけないでしょうか？

日向先生のような高名な作家さんの物語の主人公になることができれば、彼女の魂も浮かばれます。

どうか、私の願いを

日向は、読みかけの手紙を無言で大東に渡した。

日向は二通目の封を切った。

分厚い便箋……十枚はありそうだった。

はじめまして。

私は岡山に住む三十七歳のＯＬです。

日向先生の黒作品はほとんど読んでいます。

一番好きな作品は『悪の微笑』で、一番嫌いな作品は『脱獄地獄』です。

『脱獄地獄』の主人公の早宮は、連続殺人の濡れ衣を着せられ死刑判決を受けて収容中でしたが、看守の隙をついて脱獄しました。

日本全国を逃亡しながら、濡れ衣を晴らしていくというお話でした。

日向先生に質問があります。


「おいおい、これ、リアルな死刑囚からの手紙か？」

「東京拘置所《とうきょうこうちしょ》」から送られた手紙を読んでいた大東が、顔を顰めた。

「そうみたいだな」

「どうするんだ？　このレイプ殺人事件、書くのか？」

「書かないよ」

日向は、にべもなく答えた。

「なんで？　この事件、俺も覚えてるけど、当時は毎日のようにワイドショーに取り上げられてたよな？　主犯格からの申し出で実話を小説にしたら、話題になるんじゃないのか？」

「俺はそうは思わないな。実話をベースにした小説は、あくまで実話を超えられない。小説っていうのはフィクションだから、自由気ままに物語を書くことで魅力が出るものだ。事実に縛られたら、それはもはや小説ではなくてドキュメントさ」

日向は言いながら、手紙に視線を戻した。


物語で早宮は、勤務していたキャバクラの店長から、女性と女性の同僚のキャバ嬢を殺した濡れ衣を着せられたとなっていますが、その根拠はなんでしょうか？

あ、理由は書いてありましたね。

閉店後のキャバクラで店長、店長と交際していた女性、その同僚のキャバ嬢、早宮が酒を飲んでいた。


早宮と同僚のキャバ嬢は早々と酔い潰れた。

二人で飲んでいた店長と彼女は、些細なことで口論を始めた。

酔いの勢いもあり、彼女は日頃の不満を一気に爆発させ、店長を口汚く罵り始めた。

泥酔していた店長は逆上し、彼女を果物ナイフで刺してしまった。

寝ていたと思っていた同僚のキャバ嬢は喧嘩の声で眼を覚まし、殺害現場を目撃してしまった。

店長は悲鳴を上げる同僚のキャバ嬢を口封じのために果物ナイフで殺害し、柄に付着した指紋を拭き取り、酔い潰れていた早宮に握らせて店をあとにした。

目覚めたときには、早宮は警察に取り囲まれていて現行犯逮捕された。


もう一度質問します。

二人のキャバ嬢を殺したのが店長だと、日向先生は断言できますか？

日向先生は現場を目撃したわけじゃなく、店長が殺害したと思い込んで描写しただけですよね？

つまり、日向先生の思い込みかもしれなくて、本当は早宮が二人を殺害したのかもしれませんよね？

なぜ、私がそういうふうに思ったかには理由があります。

実は、先週、逃走中の早宮が私の家に乗り込んできたのです。

「世間の馬鹿どもは濡れ衣を着せられた俺に同情しているが、本当は俺が殺したんだよ」

早宮は悪びれたふうもなく、そう言いました。

早宮は私をレイプし、箪笥貯金の五十万を奪い逃走しました。

日向先生。

あなたの思い込みで私がレイプされたことも箪笥貯金を奪われたことも、水に流します。

その代わりお願いがあります。『新・脱獄地獄』を、私の話した真実をベースに執筆してください。

私の実名を出しても構いませんし、レイプされたことを書いても構いません。

なので、今度は早宮の裏の顔をきちんと書いてください。

取材協力は無償でさせていただきますし、印税も頂きません。

ただし、監修させてください。

私が目立ちたいのではなく、真実を。


日向はため息を吐きながら、手紙を大東に渡した。

「今度はなんだよ」

手紙を受け取った大東は、しばらくすると眉を顰めた。

「なんだこれ!? リアルミザリーじゃん。怖い怖い怖い……」

大東は、読み終わった手紙をカウンターに放り投げた。

「犯罪者系や妄想系からの手紙は、月に十通くらいきてるよ」

日向は涼しい顔で言った。

「お前さ、きた手紙を全部読んでるわけ？」

大東が呆れた顔で訊ねてきた。

「ああ、出版社から転送されてきたやつはな」

「案外、律儀な男だな」

「そんなんじゃないって。俺のためだよ」

日向が瓶ビールを飲み干すと、大東が新しい瓶ビールを冷蔵庫から取り出した。

「別の酒がいい」

日向は言った。

「珍しいな。なににする？」

「ウイスキーを貰おうかな。銘柄は任せるから、ロックで」

「おっと、今日の日向先生はいつもと様子が違いますね〜。ラフロイグでいいか？」

大東が茶化すように言いながら、緑の瓶に白いラベルのウイスキーを日向に掲げて見せた。

日向は頷いた。

酔えればジンでもテキーラでも、なんでもよかった。

「ところで、お前のためってどういう意味だよ？」

丸氷の入ったロックグラスにラフロイグを注ぎながら、思い出したように大東が訊ねてきた。

「連続殺人鬼、快楽殺人犯、変質者、性犯罪者、特に小児性犯罪者……作家である以上、どんな犯罪者や殺人犯を書くにしても、現実を超えなきゃならない。現実に負けている犯罪者が出てくる小説なんて、読む気にならないだろう?」

日向は、目の前に置かれたラフロイグのグラスを口元に運んだ。

力強いスモーキーなフレーバーと磯の香りが、口内と鼻腔《びこう》に広がった。

「お前は昔から、徹底してるっていうか真面目っていうか、そういうところがあったよな」

大東が口元を綻ばせた。

「ぶっちゃけ、疲れたよ」

日向は、ラフロイグを一息に飲み干した。

「おい、四十度以上の酒だぞ」

大東が慌てて言った。

「もう一杯入れてくれ」

日向は、空のロックグラスの底でカウンターを叩いた。

「マジに大丈夫か?」

心配そうな顔で、大東がロックグラスに琥珀色の液体を満たした。

「ありがとう」

今度は、ラフロイグを半分ほど流し込んだ。

喉を強く灼《や》く感触が、いまの日向には心地よかった。

「小説を書くことに疲れたってことか?」

大東が、ロックグラスの横に水のグラスを置いた。

日向は頷いた。

「デビューしてから、何作くらい出してるんだっけ?」

「ちゃんと数えてないけど、七十作くらいかな」

「七十作⁉　いま、連載は？」

「十本」

「それで二十年もやってるんだから、そりゃ疲れるわな。俺には絶対無理」

大東が下唇を出し、首を横に振った。

「もう、辞めようかな」

日向は、ぽつりと呟いた。

「ん？　連載か？」

「いや、小説家を」

自分でも、驚くほどさらりと口に出た。

「え⁉　なんでだよ⁉　ベストセラー作家になって、連載もそんなに抱えているのに！」

大東が素頓狂な声を上げた。

「なんでかな……」

日向は他人事のように言った。

曖昧に言葉を濁したわけでも、惚《とぼ》けたわけでもない。

そもそも、小説家を引退したいなどと考えたことはなかった。

不意に、頭に過ったことを口にしてしまった感じだ。

「なんでかなって……自分で言っておきながら、理由がわからねえのかよ？」

大東が怪訝な顔を日向に向けた。

「なんか、小説を書いてて燃え上がるものがないんだよな。仕事として、やってるっていうか」

「仕事だから、あたりまえだろ」

すかさず、大東がツッコミを入れてきた。

「そういうことじゃなくて、以前は構想段階から、今度はこういうものを書いて読者を驚かせてやろう、世間を震撼《しんかん》させてやろうって考えてワクワクしてたけど、最近じゃ、新作はこのテーマで行こう、このテーマはまだ書いてないな、とか、そんな感じで事務的に選んでいるような気がしてさ」

日向は、自分の心を覗き込みながら説明した。

「まあ、七十作も書けばそうなるだろ？　新しいテーマを探すのも難しくなってくるし、読者を驚かせることも世間を震撼させることも、さんざんやってきたわけだからな。夫婦だって、最初はドキドキワクワクでくっつくけど、十年、二十年と経てばそんな感情はなくなるだろ？　だからって、その夫婦に愛がなくなったってわけじゃなくて、熟練の味っつうもんが出てくるわけじゃんか？　お前も、荒々しく勢いで突っ走っていた時代から、そういうふうな作風にシフトするタイミングじゃないのか？」

大東が、真剣にアドバイスをくれるのは珍しいことだ。

「百六十キロの直球で三振の山を築いていたピッチャーが、変化球を主体にした技巧派に変身するってやつか？」

日向は、冗談とも本気ともつかない口調で訊ねた。

「そうそうそう！　お前も五十二だっけ？　いつまでも、R指定小説とかジェットコースター小説とかって年でもねえわけだし。モデルチェンジした日向誠も、なかなか面白そうだぜ」

大東の言葉にも、一理あるのかもしれない。

ただし、普通の作家なら……の話だ。

日向作品は麻薬……読者を中毒にしてきた。

いまさら、中毒性のない作風の作家に転向したら、これまでついてきてくれた読者が満足しない。

毒を食らわば皿まで——行きつく先が天国でも地獄でも、日向は走り続けなければならない。

「悪い悪い。忘れてくれ。お前にこんなこと話すのは、カブトムシに人生相談するようなもんだな」

日向はいつもの明るく毒のあるジョークで、しんみり重くなった空気を払拭《ふっしょく》した。

「俺は昆虫かい！　せめて、犬か猫でたとえんかい！」

大東が下手な関西弁で突っ込むと、日向と顔を見合わせ爆笑した。

19

執筆部屋に、パソコンのキーを叩く乾いた音が響き渡った。

日向が執筆しているのは、「帝京社《ていきょうしゃ》」での新連載「倒錯者《とうさくしゃ》たち」の第二話だった。

物語は、二〇〇四年に少年八人が一人の少女を監禁、暴行の末に惨殺した「墨田区セメント詰め殺人事件」と、一九九〇年代に神戸の当時中学生の少年が男子児童を殺害し、生首を教会のマリア像の足元に置いた、「神戸少年生首事件」の主人公が対決する黒日向作品だ。

黒日向作品はこの十年間で七作品刊行してきたが、時代とともにコンプライアンスの締め付けが厳しくなり、比喩や描写は初期の頃よりもソフトなものになっていた。

最近の日向は丸くなった。

昔みたいに放送禁止用語や差別用語を連発してくんないかな？

売れっ子作家になったから、イメージを悪くしたくないんだろう。

ページが薄くなったのは連載が増えたから忙しくなって、やっつけになったんじゃないの？

インターネットの読者の感想スレッドでも、日向が守りに入った、白作品の読者の眼を意識して柔らかい文章になった、などの声が多く上がるようになった。

放送禁止用語や差別用語を使わなくなったのは、イメージアップが目的なのではなく、単純に出版社がコンプライアンスに雁字搦《がんじがら》めにされているからだ。

たとえば、「水商売の女は信用できねえんだよ！」「女はおとなしく飯でも作ってりゃいいんだよ！」という男尊女卑の男のセリフも、数十年前なら黙認されたが、いまは編集者からＮＧが入る場合が多い。

前者は女性が水商売で働いていることを蔑視し、後者は女性そのものを蔑視しているというのが理由だ。

『男尊女卑のキャラクターのセリフだから、女性を蔑視した発言になるのは当然だよ。現実に、こういうことを言う奴はいっぱいいるじゃん。たとえばさ、差別主義者のキャラクターが、差別的なセリフを言わなかったらおかしくない？』

日向は、あるとき編集者に思いの丈をぶつけた。

『日向さんのおっしゃることはわかりますし、その通りだと思います。僕達も矛盾を感じています。でも、上の人達は少しでもコンプラに引っかかりそうな表現は、受けつけてくれなくて……』

『コンプライアンスに敏感になり過ぎて、小説が現実に負けているような物語しか書けなくなるのは悲劇だよ』
『小説が現実に負けている……ですか？』
『そう。現実にいる殺人鬼を超える殺人鬼を、現実にいる変態を超える変態を、現実にいるろくでなしを超えるろくでなしを書くのが小説の醍醐味《だいごみ》だろ？　実在する人物の何割減のキャラクターしか登場しない小説なら、ドキュメンタリー作品を読んだほうがましだよ』

最近、出版社から言われたNGワードで日向が驚いたことは、ほかにもある。

婦人警官、看護婦、ＯＬ、女子アナなどの表現は、職業的に男女の区別をしてはならないという理由から、待ったがかかるようになったことだ。

十年前に比べて、小説だけでなくドラマや漫画の規制も厳しくなった。

日向が時代の変化に戸惑っているのは、コンプライアンスだけではない。

作品のページ数が少なくなっているのも、出版社の意向だ。

理由としては、一九八〇年代から一九九〇年代までは、原稿用紙千枚以上の二段組みで、文字がびっしり入った分厚い単行本が売れる傾向にあったが、平成に入ってからは三、四百枚程度の薄い小説が読者に好まれるようになったということだ。

日向は執拗な描写と徹底的に掘り下げて書き込むスタイルが支持されて売れた作家なので、とくに黒日向作品の読者は分厚い小説に満足感を得ていた。

ライトノベルの作家と違い、日向がこれまでの半分くらいの厚さの小説を出せば、手を抜いたという印象になってしまうのだ。

印象だけではなく、現実に日向の持ち味は長編小説にあった。

陸上でたとえれば、短距離走ではなく長距離走でこそ実力を発揮できるタイプだった。

日向は雑念を振り払い、執筆に集中した。


「おじさ〜ん。ＤＶＤ観てるかぁ？　あんたさ、中学生の頃に小学生のガキ殺して生首を教会にさらしたんだってぇ？　まじイッちゃってるじゃん……っつうかさ、変態ってやつ？　俺らはさ、この前まで女子高生を部屋に一ヶ月監禁して五人で輪姦しまくってさ、飽きたからライターで髪の毛と陰毛を焼いてから、みんなで殴り殺したんだよ。ギャルとセックスして殺すならわかるけどさ、ガキ殺してなにが面白いの？　あ！　もしかして、おじさんって少年愛者ってやつ？　キモキモキモ！」

豚マスクが、大きく手を叩いて笑った。

「ガキが好きなおじさんのためにさ、俺らが楽しい殺しかたってやつを教えてあげるよ。これから、妊娠六ヶ月のあんたの嫁さんと、五歳の娘を親子丼でいただいちゃうからさ。ティッシュの用意は済んだか？」

ディスプレイ越し——豚のマスクを被《かぶ》った全裸の少年が、小馬鹿にしたように言った。

豚マスクの背後のベッドでは、全裸の妻が狼《おおかみ》マスク、兎《うさぎ》マスク、犬マスク、猫マスクの四人に手足を押さえつけられていた。

ベッドの脇では、幼い少女がやはり全裸で椅子に縛りつけられていた。

「おじさ〜ん、まだ俺のおちんちんふにゃふにゃだからさ〜、娘さんにフェラしてもらってカチカチになったら、腹ボテの奥さんにぶち込むからさ〜」

豚マスクは笑いながら言うと、少女の鼻を摘まんだ。

少女が空気を貪《むさぼ》るように口を開けた瞬間に、豚マスクがペニスを捻《ね》じ込んだ。

直人《なおと》はＤＶＤを消した。

見るに堪えなかった。

妻や娘が虐《しいた》げられる姿を見るのが、つらいわけではなかった。

できれば、見ていたかった。

直人の再来と言われた「墨田区セメント詰め殺人事件」の犯人達が、どんなふうに妻や少女を殺すのか？

失望した。

彼らは、欲望を満たすだけの単なる性犯罪者に過ぎなかった。

彼らの行為には、芸術性も創造性もない。

盛りのついた少年達の輪姦ショーに興味はなかった。

直人は拳を握り締め、歯ぎしりした。

こんな陳腐で稚拙な殺害法しかできない少年グループが自分の再来とは……。

これ以上の侮辱、屈辱はなかった。

直人はリモコンを手に取り、室内に流れるジュゼッペ・ヴェルディのオペラ『椿姫《つばきひめ》』のヴォリュームを上げた。

直人はリクライニングチェアの背凭《せもた》れに深く身を預け、眼を閉じた。

瞼《まぶた》の裏に思い浮かべた。

直人なら、妻と娘の尊く神聖な魂をどう汚《けが》すかを……。

日向はキーを打つ指を止め、主人公の直人と同じようにハイバックチェアに深く背を預けて眼を閉じた。

過激な描写、過激なセリフ……コンプライアンスを気にせずに、勢いのまま書いたのは久しぶりだった。

『今度の新連載は、デビュー当時の黒日向作品を彷彿《ほうふつ》とさせるような問題作を書きたいんだよね』

「帝京社」の打ち合わせの際に、日向は担当の相川《あいかわ》局長に切り出した。

『どんな問題作ですか？』

『日本史に残る、凶悪殺人鬼同士の戦いを書こうと思っている』

『日向版「フレディvs.ジェイソン」みたいな感じですね！　面白そうじゃないですか！』

『そうそう。だけど、重要なのはここからなんだ。設定だけ凶悪殺人鬼の戦いにしても、コンプラを意識した描写や展開だったら、炭酸とアルコールが抜けたビールみたいなものだからさ。麦茶みたいなビールを出したら、お客さんが怒るよね？』

『麦茶みたいなビール！　うまいこといいますね！　つまり、日向さんは初期作品の「阿鼻叫喚」や「メシア」みたいな問題作を書きたいわけですね？』

『うん。表現者である以上は、書きたいと思ったものを純度百パーセントで読者に届けたいな。最近の風潮では、あれダメこれダメで六対四の水割りって感じばかりの作品だからさ』

『やってみますか！　ウチは「帝京新聞」が親会社ですけど、戦って企画通してみますよ！』

相川局長の頑張りで、コンプライアンス無視の「倒錯者たち」の連載を開始した。

念願が叶ったはずだった。

だが、満たされない自分がいた。

物語はジェットコースター小説の異名《いみょう》通り、疾走感《しっそうかん》のある日向の持ち味の出たものになった。

それなのに満たされない理由……欠けているパズルのピースがなにか、日向にはわかっていた。

頭に浮かんだ磯川の顔を、日向は打ち消した。

戻ってこない人間のことを考えても仕方がない。

デスクの上のスマートフォンが震えた。

ディスプレイには、相川局長の名前が表示されていた。

「お疲れ様。いま、二回目の連載原稿を執筆していたところだよ。久しぶりに、フルスロットルで書けているから気持ちいいよ」

『日向さん、その件でお話があるのですが、いま、お電話大丈夫ですか？』

「ああ、ちょうど、一息ついたところだから。なに？」

『「倒錯者たち」の件ですが、親会社の役員から連絡がありまして。新聞社が経営する出版社の連載誌に、犯罪を助長するような小説を掲載してもいいのかと、購読者からクレームが殺到しているようでして……。大変申し上げづらいのですが、二回目から表現をソフトにしていただいてもよろしいですか？』

言葉通り、相川が言いづらそうに切り出した。

「えっ！　いまからシフトチェンジは無理だよ！」

思わず、日向は大声を出した。

『そうですよね。私もかなり抵抗したのですが、どうしても説得できなくて……』

「だってさ、一回目の連載であれだけ過激な描写をしてるのに、二回目から急に変えたら整合性が取れなくなるよ」

『日向さんの言う通りです。なので、単行本にするときに一回目の原稿に手を入れて、二回目以降のソフトな描写に合わせていただきたいと……本当に申し訳ありません』

相川の声は震えていた。

「突っ撥ねたら、連載中止になるわけ？」

日向の質問に、沈黙が広がった。

「無言が、質問の返答か」

日向はため息交じりに言った。

『……本当に、すみません。完全に、私の力不足です』

「君が謝る問題じゃないよ。親会社から言われたら、会社員としては従うしかないだろうしさ」

やり切れない気持ち——日向は、ぶつけようのない怒りを呑み込んだ。

『いえ、私が企画を通すと約束して連載を始めていただいたわけですから、会社員云々の言い訳は通用しません。とにかく、一度お会いして、直接お話しさせてください』

「わかった。ただ、今日はこれからイベントがあるから、明日でもいいかな？」

『もちろんです！　何時でも対応できるように空けておきますので、ご連絡お待ちしています！　申し訳ありませんでした！』

「じゃあ、また」

日向は電話を切り、スマートフォンをデスクの上に放り投げた。

全身の毛穴から、エネルギーが抜け出していくようだった。

日向は虚《うつ》ろな眼で、ノートパソコンのディスプレイ……「倒錯者たち」の第二回の原稿をみつめた。

日向は大きな息を吐きながら手を伸ばし、削除キーをタップした。

☆

「本日のゲストは、人間の闇と醜悪《しゅうあく》さにスポットを当てた黒日向作品、人間の光と良心にスポットを当てた白日向作品という対極の世界観で、文壇の二刀流として前代未聞《ぜんだいみもん》の活躍をする日向誠さんです！」

スキンヘッド、ホワイトフレームの丸眼鏡、苺《いちご》がプリントされたアロハシャツ――MCの高田真《たかだしん》が紹介すると、サブカルチャーの聖地と呼ばれている渋谷のイベントスペース、「エンタボックス」に集まった客から、パラパラと拍手が送られた。

高田真は『ムカデ人間《にんげん》』や『食人族《しょくじんぞく》』などのB級グロ系映画専門の評論家で、サブカル系の住人の間では絶大な支持を集めている。

毎週土曜日に開催される「NGなしで教えて！」のコーナーは、芸能人、文化人、経営者などをゲストとして招き、タイトル通りに観客からのNGなしの質問に答えてもらうという過激な内容のイベントだ。

先週のゲストは、情報番組のコメンテーターとしても有名な弁護士の志村栄太《しむらえいた》だった。

日向は参考のために「YouTube」で観たのだが、「弁護士はどうして殺人者を擁護するのですか？」「志村さんの奥さんや子供を殺した犯人が、判断能力がないからと無罪になったらどうしますか？」などの辛辣《しんらつ》な質問が飛んでいた。

日向が刊行している複数の出版社にオファーが入ったのだが、それぞれの担当編集者からは口を揃えて「断ったほうがいいです」と言われた。

理由としては、テレビ番組と違い出演しても書籍の売り上げに繋がらない、悪意に満ちた質問が多い、メジャーな活躍をしてきた作家が出るべきステージではない……などがあった。

言われなくても、日向にはわかっていた。

それでも日向が出演を決めたのは、初心を取り戻すためだ。

作家生活二十年で七十作を超える小説を上梓し、数々のベストセラー作品を生み出してきた日向にたいして、率直な意見や疑問を口にする編集者はいなくなった。

けなされたいわけでも否定されたいわけでもないが、彼らから見た〝リアル〟な日向誠を把握しておきたかった。

先生の作品は最高です！　面白くてページを捲る手が止まりません！　どうしてこんなにアイディアが湧き出てくるんですか？

多くの作家は、編集者に褒められると気持ちがよくなる傾向にある。

多くの編集者は、作家の機嫌を損ねないように気持ちよくなる言葉を選ぶ傾向にある。

それを否定する気はない。

日向も、否定されるよりも肯定されるほうが……酷評されるより絶賛されるほうが嬉しい。

だが、作家としてのキャリアと実績を重ね、耳に痛いことを言ってくれる人間がいなくなると、現状に満足して向上心を失ってしまう。

「日向誠です。こう見えて、初めて風俗に行った待合室の童貞君のようにドキドキしていますので、みなさん、お手柔らかにお願いします！」

日向の下ネタ的な冗談交じりの挨拶に、観客の微妙な笑い声が聞こえた。

笑いの渦に包まれないところが、会場にいる百数十人が日向作品のファンばかりでないことを証明していた。

「初めて風俗に行った待合室の童貞君！　まるで、黒日向作品の描写を読んでいるようです！　僕、今日は珍しく緊張しています。実は、『阿鼻叫喚』で日向さんがデビューした頃からのファンなんです！　オファーしたものの、まさか、本当に出演していただけるとは思っていませんでした。どうして、こんなマニアックなイベントに出てくださったんですか？」

　高田が興味津々の表情で訊ねてきた。

「前から『YouTube』で観ていて、出演したいと思っていたんです」

「え？　チャンネル間違ってません？　ウチは、これまでに数々の出演者を震え上がらせてきた『NGなしで教えて！』ですよ？　ゲストの方は、その質問はちょっと、と断ることはできません」

「はい、もちろんわかってます。作家という職業柄、読者の声を生で聞く機会は滅多にありませんから、今日を楽しみにしていました」

「みなさん、聞きましたかー？　今日は、思う存分日向さんに質問を浴びせてください！」

　高田が観客を煽《あお》った。

「それでは、教えてタイムに入る前に、みなさんに注意事項をお伝えします。日向さんの個人情報に関する質問は、例外としてNGとさせていただきます。ほか、僕が不適切だと判断した質問もNGとさせていただく場合があるのでご了承ください。さあ、それではみなさん、教えてタイムに入ります！　質問のある方は挙手してください！」

　高田が促すと、八割ほどの観客が手を挙げた。

「前列右端の白いセーターを着た女性の方」

「私は『願い雪』を読んで日向さんのファンになりました。一度、知らずに黒日向作品を読んだことがあるのですが、あまりにも違う残酷な文章に驚きました。日向さんは、どうしてこんなに対照的な世界観の作品を書こうと思ったのでしょうか？」

「最初がファンの方でよかったですね～。でも、僕もこの質問には興味があります。一歩間違えれば両方のファンから顰蹙《ひんしゅく》を買う可能性のあるリスクを冒《おか》してまで、なぜ白作品、黒作品を書こうと思ったのかを教えてください」

高田が、身を乗り出した。

日向のファンだというのは、リップサービスではないようだった。

「正直、たいした理由はなくて。もともと、小説家になったら書きたいテーマがいくつかあったんです。ノワール小説でデビューしたのは、若い頃にやっていた街金融の話を書いたら面白いなっていうのが理由で。ありがたいことにデビュー作が売れたので、好きなテーマを書けるようになったというのも、もう一つの理由ですね」

「黒作品が何作かヒットしたあとに白作品を出すことに、不安や躊躇いはなかったですか？」

高田が質問を重ねた。

「ないですね。過去に取材でも答えてきたんですけど、俺の中では白作品も黒作品も同じ世界観なんですよ。愛し合って結婚した二人が数年後に泥沼の離婚裁判をしたり、殺してしまったり……現実に、そういうことはあたりまえに起こってるじゃないですか？　だから、白作品も黒作品も同じ世界観というのはそういうことです」

「では、次の方……後列中央の黒のニットキャップの男性の方、質問をどうぞ」

「日向さんが、大嫌いな作家さんはいますか？」

「おお～いきなり、強烈な爆弾が投下されましたね～。日向さん、これは言える範囲で構いませんよ

～。でも、日向さんのキャラならズバッと言ってほしいですね～」

高田が煽るように言った。

「東郷真一さんです」

間を置かず日向が言うと、観客がどよめいた。

「うわうわうわ、そんなにはっきり言っちゃって大丈夫ですか～っていうか、ついでに理由を教えてもらってもいいですか？」

「あっちが、俺のことを嫌ってるからですね。この質問は終わりです！」

日向は笑いながら言った。

東郷を気遣ったわけではないが、磯川の話になるのは避けたかった。

「ということなので、次の方……二列目中央の紺色のジャケットの男性の方、質問をどうぞ」

「日向さんは芸能プロをやっていたり、原作が映画になったり芸能人の方との交流も多いと思いますが、つき合った女優さんがいたら教えてください」

紺色ジャケットの男性の質問に、ふたたび観客がどよめいた。

「おおおおー！　今日のお客さんは、いつにも増して過激だね～。これは、答えてもらえるんでしょうか!?」

言葉こそ疑問形だが、高田の眼が暴露してほしいと訴えていた。

「イエスかノーで言えば、イエスです。連ドラで主役経験者の方ですが、お相手の仕事に影響しますから実名は勘弁してください」

「連ドラの主役経験者！　気になりますね～。まあ、でも、これ以上突っ込むとプロダクションの怖い大人が出てきそうなので、次にいきま～す！　前列の左から三番目のツインテールの女性の方」

「私、地下アイドル病み系をやってるんですけど、黒日向作品……とくにディープブラック作品が大好きで、三十冊以上読んでます！　めちゃめちゃファンだからこそ教えてほしいんですけど、どうして最近、ギトギトのグログロのドロドロの作品を書いてくれないんですか？」

やはり、来た。

覚悟はしていた……というより、この手の質問を待っていた。

「正直、昔に比べてコンプライアンスの問題で、過激な表現や比喩を使えなくなっているという側面はあります。でも、最近の日向作品が『阿鼻叫喚』や『メシア』のときのようにギトギトグログロドロドロでなくなったのは、それだけが理由じゃありません。物語に必然性があれば、コンプラが厳しくてもギリギリの線まで攻めた過激な文章を書きます。料理でたとえれば、旦那さんに唐揚げを褒められたからといって、毎日出し続ければ飽きられるでしょう？　ハンバーグがあってカレーがあって刺身があって煮物があっての唐揚げだから、飽きずに美味しい美味しいと言って食べ続けてくれるわけです。芸人のネタでも同じことが言えます。ブレイクするきっかけとなったネタを二年、三年とやり続けたら飽きられて、やがて消えてしまいます。第一線で活躍し続けるには、次々と新しいネタを生み出さなければなりません。小説家も、同じだと思います」

日向は、観客にたいして、というよりも自分の心と対話しながら思いを口にした。

綺麗事ではなく、本音だった。

だが、消えることのないこの虚無感は……。

「なるほど。たしかに、ギトギトグログロドロドロばかりじゃ胃もたれしちゃいますよね。僕も、最近の日向作品は薄味になったなと感じることがありました。物足りないという意味ではなく、味付けが変わったという意味です。初期の日向作品が、ブートジョロキアやハバネロをぶち込んだ背脂たっぷりの豚骨《とんこつ》ラーメンなら……」

「いまの日向さんの作品は、水で薄めた豚骨ラーメンみたいです」

高田の言葉を遮りツインテール女子が言うと、会場の空気が凍《い》てついた。

「ちょ……ちょっと、それはいくらなんでも言い過ぎですよ。ギトギトグログロドロドロじゃなくても、日向作品はページを捲る手が止まりませんから」

高田が、慌てて場を執り成した。

「ファンだからこそ、本当のことを言ってるんです！ 日向作品の持ち味は文章の美しさより荒々しさ、物語の完成度よりも、なにが飛び出してくるかわからないハラハラ感にあります！ いまみたいに落ち着いた作風なら、普通の作家と変わりません！ 日向作品は麻薬だと……読者を中毒にさせると、日向さんも雑誌のインタビューで言ってたじゃないですか！ 売れたから、知名度が上がったからって、私達日向中毒患者を見捨てないでください！」

ツインテール女子が、瞳を潤《うる》ませ叫んだ。

「お嬢さん、少し落ち着きましょう……」

高田が、引き気味にツインテール女子を宥《なだ》めた。

「いや、大丈夫です。こういう質問に答えるために、オファーを受けたわけですから。まず最初に、これだけは言っておきます。俺は応援してくれた読者を、見捨てたりしてません。第二に、いまでも俺は麻薬を出しています。ただし、種類の違う麻薬です。覚醒剤もヘロインも、使用し続けると耐性がついて使用量が増えてゆきます。そして、いつの日か致死量を摂取することになります。死ぬのは、読者じゃなく俺です。みんなを喜ばせようと、もっと過激に……さらに過激にと突っ走っていくうちに、物語は破綻《はたん》します。その作品は、あなたが中毒になった『阿鼻叫喚』や『メシア』とは比べ物にならない駄作になるでしょう。あなたが望んだはずの日向作品とは、程遠い駄作です。そして、あなた達の心から日向誠はいなくなります……つまり、死ぬということです。俺は、これからもずっとあなた達を中毒にするつもりです。幸い、俺は多作です。いろんな麻薬を試しているので、あらすじを読んで自分好みの作品と出合ってください」

日向は、思いが伝わるように根気よく懇切丁寧な説明をした。

これが、ずっと読者に言いたかったことだ。

言い訳をしたかったわけではない。

文章が過激でなくなったことイコール、手を抜いたわけではないということを読者に伝えたかった。だが、売れ線のテーマや出版社の意向を気にせずに、思いのままに好きな作品を書いていた、あの頃の自分の熱量に敵《かな》わないという現実にも気づいていた。

七本から十本の連載に七十作を超える著書……失うものがなく、情熱の赴くままにガムシャラに書いていた、あの頃の自分には戻れないこともわかっていた。

「耐性がつくから違う種類の麻薬を出している、ですか！　いやいや、さすが売れっ子小説家は言葉選びのセンスがいいですね～！　まあ、たしかに、真面目な話、刺激にはどんどん麻痺《まひ》していきますからね。日向さんが十作も二十作も『阿鼻叫喚』みたいな小説ばかり出し続けていたら、二十年も第一線で活躍できていたかどうかわかりませんよね。途中で『願い雪』に代表される白日向作品や動物小説や純文学系の小説を書いたことで、作品の幅と読者層が広がり、いまの日向さんがあるんだと思います。ということで、この質問は終わりにして次の質問に移ります。三列目の、ドジャースのキャップを被った男性の方どうぞ」

高田が話をまとめ、次の質問者を指名した。高田は無責任に煽っているようで、場の空気を読みなから絶妙な塩梅《あんばい》で観客をコントロールしていた。

「僕もデビュー当時からの黒日向作品のファンです。僕が教えてほしいのは、白作品についてです。高田さんが、白作品を出したおかげで日向さんの作品の幅と読者層が広がったと言ってました。たしかにそれはあるかもしれませんが、黒日向ファンの僕は、正直『願い雪』とか出してほしくありません。前に、日向さんは雑誌のインタビューでこう言ってました。作家がテレビに出過ぎて有名になると、作品の世界観が壊れて読者を失望させてしまうからやめたほうがいいと。白作品を出すのをやめてほしいのも、日向さんのイメージが崩れてしまうからです。『願い雪』の甘ったるい文章を読んだあとに、黒日向作品を読んでも物語に入っていけません。僕の周りの黒日向ファンも、同じ意見です。日向さんは、僕達黒日向ファンの考えが間違っていると思いますか？」

「いえ、間違っているとは思いません。俺もデビュー前に夢中で読み漁っていた好きな作家さんの、いつもと全然違う作風の小説を読んだときはがっかりしたものです。でも、自分が書く立場になって思ったんです。暗黒小説が好きな人もいれば恋愛小説が好きな人もいる。家族小説が好きな人もいれば動物小説が好きな人もいる。日向誠の作品だからといって新刊が出るたびに買うんじゃなくて、自分の好きなジャンルのものだけを読めばいい……そうすれば、失望も腹立ちもないですから。こんな感じの説明で大丈夫ですか？」

日向は、ドジャースキャップの男性に訊ねた。

「はい、大丈夫です」

ドジャースキャップの男性が、渋々引き下がった。

「これまでに、日向さんみたいに極端に違う世界観の小説を同時進行で書いた作家さんはいないから、読者のみなさんが戸惑うのもわかります。では次の方……最後列の左端の、バケットハットを被った男性の方、どうぞ」

「日向誠さんの一ファンとしてお訊ねします。人生であと一冊しか小説を出せないとしたら、どんな物語を書きたいですか？」

聞き覚えのある声……。

日向は後方の客席に視線をやった。

黒のバケットハットにサングラスをかけた男性を見た日向は、息を呑んだ。

「凄く個性的な質問ですね。答える前に、逆に訊いてもいいですか？　どうして、その質問をしたんですか？」

日向は、バケットハットの男性に訊ねた。

「これだけたくさんの小説を上梓してきた作家さんが、一番書きたい小説ってなんだろうって思ったんです」

「最後の一冊ですか……」

日向の頭の中には、はっきりと浮かんでいた。

いつか書きたいと思っていた。

彼との出会いを。

「俺が主人公の、自伝的小説ですかね」

日向が言うと、観客がざわついた。

「日向さんの自伝的小説、凄く面白そうですね！　いつ書く予定ですか？」

バケットハットの男性が、弾む声音で訊ねてきた。

「さあ、どうでしょうね」

日向は曖昧に言葉を濁した。

「書かないんですか？」

「書きたいんですけど、適任の担当者がいなくて」

日向はバケットハットの男性の瞳を、サングラス越しにみつめた。

「適任の担当者がいれば、書くのですか？」

バケットハットの男性が質問を重ねた。

「もちろん」

日向は即答した。

「じゃあ、書きましょうよ」

男性が、バケットハットを脱いだ。

「なにをですか？」

わかっていながら、日向は訊ねた。

「『直木賞を取らなかった男』というタイトルはどうでしょう？」

男性がサングラスを外しながら言った。

「きてくれていたんだ。みなさん、ご紹介します。彼は僕をデビューさせてくれた、『日文社』の担当編集です！」

日向が紹介すると、観客が一斉に後方を振り返った。

「すみません、お騒がせしてしまって。一つ訂正があります。担当編集の前に元がつきます」

磯川が照れ臭そうに頭を掻いた。

「おかえり、磯川君……で、いいんだよね？」

日向は冗談めかして訊ねた。

「さあ、どうでしょうね」

今度は、磯川が曖昧に言葉を濁した。

20

「積もりまくる話があるけど、とりあえずベストパートナーとの再会に乾杯！」

渋谷のビアバー「グッドライフ」――日向は、生ビールのタンブラーを宙に掲げた。

「ご無沙汰しています」

磯川が遠慮がちに、日向のグラスにグラスを触れ合わせた。

喉に流れ込むホップの苦味と炭酸の刺激が心地よかった。

「カーッ！　うまい！」

まるでビールのＣＭのように、日向は大袈裟にうまさを表現した。

「相変わらず、磯川君も人が悪いな。トークショーにくるなら、教えてくれればいいのにさ」

日向は、磯川を軽く睨みつけた。

「それじゃあ、サプライズになりませんからね」

磯川が冗談めかして言った。

「それにしても、久しぶりだね。もう、どのくらいになる？」

日向は、血色がよく以前よりふっくらした磯川をまじまじとみつめた。

いまだに、磯川と飲んでいる現実が信じられなかった。

「僕が『日文映像』にいたときが最後ですから、十年くらいは経っているんじゃないですか？」

磯川は言うと、ベルギーの地ビールを、喉を鳴らしながら流し込んだ。

「十年かぁ……もう一昔前だね」

日向は感慨深く言った。

「ところで、どうしてあんな質問をしたの？」

日向は訊ねた。

「人生であと一冊しか小説を出せないとしたら、どんな物語を書きたいですか？　ってやつですね？」

磯川がイベントでの質問を繰り返した。

日向は頷いた。

「あの場でも言いましたが、過去に数多くの作品を上梓してきた日向さんが、作家生活最後に書くとしたらどんなテーマなんだろうという単純な興味からですね」

「でも、それだけの理由ですっかり絵本の世界の人になった磯川君が、お忍びでライブに参加しないでしょ？」

「絵本の世界の人ですか？」

磯川が苦笑した。

「敢えて別の理由を探すなら、日向さんが本当に書きたい小説を一緒に探そうかなと思ったんです」

「俺のために戻ってきてくれたのはとても嬉しいけど、どうしてそう思ったの？」

日向は、一番気になっていたことを訊ねた。

「刊行点数も七十作を超えて、白も黒も中間のジャンルも自由自在に書けて、打ち合わせ段階から出版社の意向も汲み取ってくれる。ほかのベテラン作家みたいに偉ぶらず、全力でリクエストに応えようとしてくれる。一見、勢いと力任せで書く作家に思われがちですが、凄く器用な作家でもあります。そうでなければ、純愛小説と犯罪小説、真逆の作品を書き分けることはできませんからね。編集者からすれば、本当にありがたい作家です。でも、そのサービス精神が仇となって、初期の頃のように本当に書きたいテーマがわからなくなってしまった。勝手ながら、そんなふうに思っていました。僕の思い込みなら許してください」

磯川が笑った。

「さすがだね」

日向は、言葉を噛み締めた。

十年も会っていないのに、まるでずっと担当編集としてそばにいたように、磯川は日向の抱えるジレンマを見抜いていた。

「日向さんは、僕が担当だったからいまの自分があるとか言ってくれてますけど、そんなことは全然なくて、誰が担当でも同じように活躍できたと思いますよ。一つだけ、僕がお役に立てたことがあるとすれば、日向さんの書きたいものを書いてもらっていたということですかね。僕が担当していた頃の日向さんは、いい意味で自我を貫いていたと思います」

たしかに、磯川の言う通りだった。

こういうテーマを書いたほうがいい、こういう表現はやめたほうがいい、と磯川に言われたことは一度もなかった。

デビューして二十年が経ち、ベテランと呼ばれる域になった現在、日向にはっきりものを言える編集者はいなくなったが、デビュー当時の新人作家だった頃なら、その気になればいくらでも型に嵌めることができたはずだ。だが、磯川は日向を自由に泳がせてくれた。

「初期の俺は自我を貫いていたか……」

日向はため息を吐いた。

「まあ、でも、日向さんは変わっていませんよ」

磯川が、ピスタチオの殻を割りながら言った。

「え？　どういうこと？」

「出版社の意見を聞きながらも、日向さんは自我を貫いてきたんです。貫きかたが穏やかになっただけです。恋愛小説、犯罪小説、社会派小説、純文学小説、児童小説、家族小説、ホラー小説、コメディ小説、動物小説……日向さんは、書きたいものを書いてきました。これまで、こんなに幅広いジャンルを書いた作家はいませんよ」

磯川が柔和に眼を細めた。

「たしかに、ジャンルは幅広いけどさ。でも、ほとんどが出版社に書いてほしいって提案されたテーマだからね」

日向は自嘲的に笑った。

「これだけ違うジャンルのテーマをリクエストされて、応えられるんですから誇りに思っていいですよ。問題は、最近は書いていて燃えるものがないっていうことですけど、それは出版社や担当編集の問題じゃなくて、日向さん自身の問題だと思います」

「俺の？」

日向は、口にカシューナッツを放り込もうとした手を止めた。

「はい。昔から、日向さんは商業出版である以上は利益を出さなければならない、という思いが強い作家でした。売り上げなんてどうでもいいという作家は、自費出版で出せと。普通の作家さんも本が売れればいいなとは思っているでしょうが、日向さんほど利益や収支に拘っている人は、文壇でみたことがありません。日向さんの場合は、自分の作品を経営者の目線でみているんですよね。だから、出版社からのリクエストを聞くというよりも、担当編集と共にマーケットリサーチをしているといったほうが正しいでしょう。自分の書きたいものより、マーケットで求められているテーマを探しているんです。日向さんもいやいやじゃなくて、出版社の意見も積極的に採り入れているんだと思います。でも、一方で創作者として欲求のまま書きたいというジレンマがあるんです」

精神科医ばりに分析する磯川を、日向は驚いた顔でみつめた。

急所を攻撃されたような衝撃――あまりにも核心を突いた言葉に、日向は返す言葉がなかった。

丸裸にされたような恥ずかしさに、日向はビールを一気に飲み干した。

「なんか、すみません。勝手な解釈をペラペラ喋ってしまって」

磯川が、バツが悪そうに言った。

「いや、あんたは霊能者かい！　って突っ込みたくなるほどに、磯川君の分析は的を射ていたよ。そう、いつの間にか、新作のテーマを決めるときにマーケティングを意識するようになったのは、俺自身なんだよね。まあ、デビュー当時からそういうところはあったけど、作品数を重ねるごとにエスカレートして、気づいたら作家というよりプロデューサー目線になっていったって感じかな」

日向は、ふたたび自嘲的に笑った。

「夏目雅子《なつめまさこ》さんのような魅力的な女性を小説に登場させると、五十代以上の読者には刺さりますが、四十代以下の読者にはピンときません。物語に二十代の妻が登場して『ご飯をよそいましょうか？』と夫に訊ねるくだりを読むと、六十代以上の読者は違和感を覚えませんが、五十代以下の読者は、え？　っと感じてしまいます」

　唐突に、磯川が言った。

「なになに？　突然」

「物語に比喩として、起死回生の逆転満塁ホームランのようだった、と書かれていたら、昭和生まれには通じても二十一世紀生まれには通じません」

「あ、ジェネレーションギャップの話？」

　日向が言うと、磯川が頷いた。

「多くの作家、とくに大御所と言われる作家に多い例です。自分の心に刺さるか刺さらないかを基準に書いているので、ほかの世代の心に刺さるか刺さらないかに意識が回っていない文章が多々見られます。日向さんが二十年以上、七十作以上の作品を生み出し、多くの人に支持されているのは、読者の心をリサーチしているからだと思います」

「読者の心をリサーチ？」

　日向は鸚鵡返しに訊ねた。

「はい。二十代でも五十代でも、同じ定価で本を購入してくれているわけです。たとえば、レストランが中高年好みに特化したメニューで勝負しているとしましょう。そうなると、若い世代がそのレストランに行かないように、本も買わないでしょう。だから、日向さんが新作を出すたびに、いま、どういったテーマが求められているのか、どういった物語が人々の心に刺さるか、と調査するのは素晴らしいことです。だってそれは、お金を出してくれる読者にたいする思いやり、読者に楽しんでもらうための努力なんですからね。物語への情熱がなくなったわけではありませんし、逆に日向さんほど毎作品に全身全霊を打ち込んで挑んでいる作家は、僕の長い編集者人生の中でも五人といません。俺はこれでいいのか？　と悩んでいること自体が、日向さんが読者と真剣に向き合っている証ですよ」

磯川が柔和に細めた眼で、日向をみつめると微笑んだ。

懐かしい感覚……忘れかけていた感覚に、心が震えた。

ときには厳しく、ときには優しく、ときには冷たく、ときには温かく……道に迷いかけるたびに、磯川はあらゆる言葉、態度で進むべき方向を思い出させてくれた。

「日本中の全編集者が磯川君みたいだといいんだけどね。ま、もしそうなったら、あたりまえになって、磯川君のありがたみもわからなくなるだろうけど」

日向は冗談とも本気ともつかない口調で言った。

「だから、僕と出す新作は難しいことは考えずに、二十年間頑張ってきた自分にご褒美的な一冊を書く、みたいな気軽な感じでいいと思います。たまには、自分のことも労《いた》わらないと、自分にフラれますよ」

磯川もまた、冗談とも本気ともつかない口調で言った。

「なんだか気持ちが軽くなったよ。早速だけど、磯川君と出す自分へのご褒美の話に入ろう！『直木賞を取らなかった男』……だったっけ？」

「ええ。日向さんがモデルの自叙伝的小説なら、やっぱり文学賞にたいするスタンス、文壇から批判されても、日向節と呼ばれる過激な文章になぜ拘ったのか……というテーマは外せないと思います」

「なるほどね。振り返ってみれば、熱狂的なファンからの賞賛とアンチからの批判、天国と地獄を行ったりきたりの作家人生だったからね。問題は、どこまで赤裸々《せきらら》に書くかだよね。たとえば、俺のことを嫌いな芸能人、作家、編集者、または俺が嫌いな芸能人、作家、編集者を登場させるときには、読者に一発でわかるようには書けないし、かといってリアリティは失いたくないし、難しいところだよ。あとは、俺が体験した文壇や芸能界の裏話もいろいろ書きたいけど、よくあるような暴露話にはしたくないからさ。たとえば、磯川君が俺を守るために東郷さんに睨まれて『日文社』を追い出された話とか書いたら、また君に火の粉が降りかかるし。ほかにも、俺を毛嫌いしていた大女優の話も書きたいけど、所属事務所が大手だから『日文社』に圧力がかかっちゃうだろうし」

日向は本音を漏らした。

作家デビューして二十年。作家業以外に街金融、経営コンサルタント、芸能プロダクション、『世界最強虫王決定戦』シリーズと、題材は山とある。

だが、自伝的小説を謳《うた》うのであれば、ネガティヴな出来事に登場する人物は読んでいい気がしないだろう。

フィクションであれば登場人物の恥を晒し、地獄に落とすことも厭わないが、実在する人物をモデルにするとなれば話は違ってくる。

これが、書きたいと思ってもこれまで自伝的小説を出版しなかった理由だ。

「たとえばですけど、こうするのはどうでしょう？　日向さんが実在の人物と連想されたくないキャラクターに関しては、性別と年齢を変える……実在の作家が男性で五十歳ならキャラクターは女性で三十歳、実在の女性俳優が四十五歳なら二十八歳の男性俳優に変える。これなら、本人が読んでも自分だとは思わないし、もし抗議してきても性別と年齢が違うので堂々と否定できます。読者も、まさか、と思うでしょうしね」

磯川の出した案なら、たしかに日向の懸念は杞憂に終わるだろう。

だが、別の問題が生じてしまう。

「そうすればバレないだろうけど、リアリティに欠けないかな。磯川案だと、東郷真一は三十代の女性の作家ってことになるんだよね？　あの傲慢で高圧的な東郷さんのキャラを、三十代の女性の作家で表現できるかな？」

「普通の作家さんには簡単じゃないかもしれませんが、日向さんならイージーですよ。ドロドロの黒日向作品からピュアな白日向作品まで書きこなす日向さんの振れ幅の広い筆力なら、東郷さんを三十代の女流作家に変身させるなんて楽勝ですよ。黒日向作品と白日向作品を動物でたとえれば、ハイエナとトイプードルくらいの違いがありますからね」

「ハイエナとトイプードル！　悔しいけど、俺の得意な比喩のお株を奪われちゃったよ」

日向は大笑いしながら言った。

小説の打ち合わせで心の底から笑えたのは、いつ以来だろうか？

「本家比喩王にお褒めいただき、光栄です。ここからは真面目な話になりますが、『直木賞を取らなかった男』は話題作になる可能性は十分にありますが、叩かれる可能性も相当に高いです。それでも、大丈夫ですか？」

磯川が、言葉通りに笑顔から真顔に変わった。

「なにをいまさら。叩かれまくりの作家人生の俺にその心配をするのは、人前に姿を見せたら嫌悪されるけど大丈夫？　とゴキブリに訊くようなものだよ」

日向は一笑に付した。

強がっているわけではなく、作品にたいする批判は本当に気にならなかった。

「やはり本家の比喩は破壊力が違いますね。でも、僕が言った批判は、下品な文章、読んでて気分が悪くなる、劇画チックな小説、陳腐な小説……みたいな類のものではないのです」

「おお……読者の批判より、君のいまの言葉のほうが傷つくよ」

日向は心臓に手を当て、半泣き顔を作ってみせた。

「あ、僕がそう思っているわけじゃないですよ」

磯川が微笑みながら否定した。

「もちろん、わかってるよ。で、どういう類の批判？」

「日向が直木賞を取れなかった言い訳をするために出したような小説だ……みたいな類の批判です」

「ああ、そういうことね。俺がいままで浴びてきた罵詈雑言に比べれば、どうってことないさ」

日向は涼しい顔で言った。

「日向さんなら、そう言うかな、と思いました。でも、僕は正直、読者からそんな声を聞きたくないですね」

磯川が、いつになく強い口調で言った。

「周囲になにを言われようと馬耳東風《ばじとうふう》の君が、そんなことを言うなんて珍しいね」

これまでに、磯川が読者や書評家の批判を気にしたのを見たことがなかった。

「単なる批判なら気になりません。ですが、僕が文芸第三部に誘わずに日向さんが文芸第二部で王道デビューしていたら、『直木賞』を取れた可能性は十分にあります」

「つまり、磯川君は責任を感じてくれているわけ？」

「日向さんが賞を取れた取れなかったという点に関しては、少なからず僕の責任もあると思います」

磯川がタンブラーをテーブルに置き、まっすぐに日向をみつめた。

知らなかった。

磯川が、そんなふうに思っていたことを。

「でもさ、賞を取れたとしても文芸第二部でデビューしたら、個性を潰され文章を矯正されまくって、いまの俺はなかった。それがわかっていたから、あのとき磯川君は二者択一を迫ったわけだろう？　賞レースを取るか熱狂的読者を取るか？　俺は強がりでもなんでもなく、自分の選択に後悔はしていないよ」

磯川への慰めではなかった。

賞レースとは無縁の作家人生を歩んだことに悔いはなかった。

「もしかしたら僕は、大きな過ちを犯してしまったかもしれません」

磯川が悲痛な表情で言った。

「大きな過ち？」

日向は怪訝な顔で磯川を促した。

「二者択一を迫ったことです。日向さんのこれまでの活躍と幅広い作風を見てきて、思ったんです。ジャンルを問わず結果を出してきた日向さんなら文芸第二部でデビューしても、いまと変わらない活躍ができたんじゃないか……つまり『直木賞』を狙いながらも、いまと変わらない活躍ができたんじゃないか、と」

磯川が過去の選択を後悔し、自責の念に苛《さいな》まれていたとは夢にも思わなかった。

「磯川君が本音を語ってくれてるから俺も本音を言うけど、文芸第二部でデビューしても賞は取れなかったよ」

「どうして、そう思うんですか？　僕への気遣いなら、お構いなく」

「いや、気遣ってなんかいないよ。磯川君が褒めてくれたように、俺が幅広い作風で結果を出せたのも二十年間第一線でやってこられたのも、君が自由にやらせてくれたからだよ。俺がいろんな作風に対応できるのは、日向ワールドが確立されているからだよ。デビュー当時にあれダメこれダメとやられたり、ああしろこうしろと命令されたりしていたら、『直木賞』どころか五作続かないうちに消えていたんじゃないかな。だから、二十年前の磯川君の判断は間違っていないよ」

日向は自信満々に断言した。

「じゃあ、そういうことにしておきましょう」

磯川が笑いながら言った。

「あのさ、もしかして、磯川君が『直木賞を取らなかった男』ってタイトルを口にしたのは、いまの話と関係ある？」

日向は、不意に気になったことを訊ねた。

「ええ。この小説を通じて、日向さんは直木賞を取れなかったじゃなく取らなかった、ということを伝えたいんです」

「伝えたいって、それ、磯川君の思いでしょ？　俺はどっちかっていうと、『直木賞を取れなかった男』のほうが相応しいタイトルだと思うけどね」

謙遜ではなく、日向はそう思っていた。

磯川がそう思ってくれていることは嬉しかったが、自分の作風は自分が一番わかっていた。

面白く刺激的な小説を書く自信はあったが、万人に認められる小説を書く自信はなかった。

グイグイ引き込む文章を書く自信はあったが、お手本のような文章を書く自信はなかった。

読者を驚かす物語を書く自信はあったが、選考委員が賞賛する物語を書く自信はなかった。

「日向誠の自叙伝的小説のタイトルは、『直木賞を取らなかった男』にさせてください。これだけは、譲れません。頑固さでは、日向さんに負けていませんからね」

磯川が、腕組みして眉根を寄せる気難しい顔を作ってみせた。

「なんだか、懐かしいな。磯川君と酒を飲みながら新作の打ち合わせをするなんて。もう、文芸第三部には戻ってこないと諦めかけていたよ」

日向は感慨深げに言いながら、タンブラーを口元に運んだ。

「戻ってないですよ」

磯川の言葉に、日向はタンブラーを持つ手を唇の前で止めた。

「え？ 戻ってきたじゃない」

日向は訝しげな顔で磯川を見た。

「期間限定の復帰です。すみません、『ベルジャンホワイト』をください。日向さんは、次、なににしますか？」

磯川はスタッフに注文すると、日向にメニューを差し出してきた。

「期間限定の復帰って、どういう意味？」

日向はメニューを差し返し、磯川に訊ねた。

「『直木賞を取らなかった男』のために今の会社を休職して、一作限定で『日文社』の文芸第三部に、フリーの編集者として復帰したということです」

磯川が、淡々とした口調で説明した。

「東郷さんの件があるから、上層部が完全復帰を認めなかったってこと？」

日向は質問を重ねた。

「いいえ、自分の意思です。上は、いつでも席を用意してくれると言ってくれているんですけどね」

磯川が他人事のように言った。

「それなら、戻ればいいじゃん。どうして戻らないの？」

日向は率直な疑問を口にした。

『日文社』を離れるときに、もう文芸部には戻らないと決めたんです」

「じゃあ、今回はどうして？」

「日向作品の……日向誠の一ファンとして、日向さんに、自分のことだけを考えた小説を、思い切り楽しみながら書いてもらいたいと思ったんです」

「そのためだけに、限定で復帰したの!?」

日向は、驚きを隠せずに素頓狂な声で訊ねた。

「僕にとっては、大事なことですから」

磯川が糸のように眼を細めた。

「そこまで思ってくれてるなら、戻ってくればいいじゃん。俺の担当編集として、昔みたいに一緒にやっていこうよ」

日向は願いを込めて言った。

てっきり磯川とまた作品を生み出してゆけると陽が射《さ》した日向の心は、瞬時に雨雲に覆われた。

「そうしたい気持ちがないと言えば嘘になります。でも、それ以上に、楽しいんですよ」

「楽しい？　なにが？」

「絵本の仕事です。文芸小説は初速がすべてなので、発売六ヶ月以内に結果を出せなければ終わりです。作家と編集者が一年、二年……場合によっては数年がかりで作り上げた大切な子供が、たった六ヶ月で見限られてしまう。一方絵本は、十年、二十年先も愛され続けるような作品が求められます。どっちがいいとか悪いとかを論じたいわけではありません。ただ、僕には、目先の利益を追求してだめなら切り捨ててゆくやりかたより、利益は少ないかもしれないけれど、作品のクォリティを第一に考える絵本の編集者のほうが性に合っているということです」

利益よりもやりたいことを優先する……磯川らしい、と思った。

「じゃあ、本当にこれ一作で戻ってこないつもり？」

日向の問いに、磯川が躊躇いなく頷いた。

「俺がどんなに頼んでも？」

ふたたび、磯川が頷いた。

訊かなくても、わかっていた。

一度決めたら、相当な理由がないかぎり考えを翻《ひるがえ》さない。

磯川は、日向と似ている部分があった。

「俺も簡単には考えを変えないほうだけど、磯川君が頼むなら別だよ」

日向は、少し皮肉交じりに言った。

「僕も、文芸第三部に戻らなければ日向さんがだめになるっていうなら考えますけど、それはないですから」

「俺的には磯川君がいないと……」

「あれ？　もしかして、日向誠？」

不意に、声をかけられた。

白のタンクトップに黒のジャケットを着たツーブロックの七三分けの男と、スカイブルーのスーツを着た褐色の肌の男二人が、日向と磯川の席に歩み寄ってきた。

二人とも顔が赤く、かなり酒に酔っているようだった。

「昔、『サンデーフラッシュ』に出てたよね？」

「俺、ファンなんだよ。一緒に写真撮ってよ」

二人が、馴《な》れ馴れしく日向の肩に手を置いた。

「ありがとうございます。いま、プライベートで飲んでますから、写真はすみません」

日向は、低姿勢でやんわりと断った。

「えーっ、写真くらいいいじゃん！　俺も前に街金やってたんだよ。日向さんもやってたんだよね？

俺ら、街金兄弟っつーことでさ」

ツーブロック七三男が、日向の肩を叩いた。

「へー！　日向さんってさ、イキった見かけだけど、半グレだったの？　なんとか連合とかさ？　もしかして、本職とか？」

陽灼け男が、大声で質問を重ねてきた。

「すみません。ほかのお客さんもいるので、またの機会にお願いします」

日向は相手を刺激しないように、あくまでも低姿勢で言った。

「またの機会っていつだよ？　五分後⁉　十分後⁉　二十分後⁉　ねーいつだよ⁉」

陽灼け男が、さらに大声で言った。

「なんか印象悪いんだけど？　ちょっと作家で売れたからって、スカしてんじゃねえぞっ、こら！」

ツーブロック七三男が、テーブルの脚を蹴りつけた。

「おい、お前ら、いい加減にしろ」

日向はドスの利いた声で言いながら、二人を睨みつけた。

「なんだおら！　やんのか⁉」

「ガン飛ばしてんじゃねえぞ！」

ツーブロック七三男と陽灼け男が、競うように熱り立った。

「日向さん。だめですよ。どんな結果になっても、日向さんのプラスにはなりませんから」

席を立とうとした日向を制し、磯川が耳元で諭してきた。

「なにごちゃごちゃ言ってんだよ！　やんのか⁉　やんねえ……」

「ついてこい」

日向は立ち上がり、二人を促し店の外に出た。

「本物の喧嘩は、小説の主人公みたいにかっこよくいかねえから」

「パソコン打ってねえように、指を折ってやるよ」

ツーブロック七三男と陽灼け男が、ニヤニヤしながら日向との距離を詰めてきた。

「ここなら、いいぞ。写真撮るんだろ？」

日向は、何事もなかったように二人に言った。

できるなら、事を大きくしたくなかった。

十代の頃は喧嘩三昧《ざんまい》で、ボクシングジムにも通っていたのでそれなりに自信はあった。

だが、もう三十年以上も前の話だ。五十路の中年男が、若い二人を相手にするのはかなりのハンデだ。

それに磯川の言う通り、たとえ勝てたとしても、いまの日向に得になることはなに一つなかった。

怪我をさせたら傷害罪で捕まってしまうし、怪我をさせられたら仕事に支障が出てしまう。

加えて、スキャンダルになる可能性もあった。

だからといって、あのまま店にいても彼らはエスカレートするばかりだ。

とどのつまり、とりあえず二人を連れ出した、というのが本音だった。

正直、どうするかは決めていなかった。

「は!? てめえ、なに言ってんの!? いまさら、写真なんか撮るわけねえだろ!」

ツーブロック七三男が吐き捨てた。

「なにが目的なんだよ?」

日向は訊ねた。

「なんだ? お前、さっきまでイキってたくせに、ビビってんのか!?」

陽灼け男が、挑発的に言った。

「ビビってはないけど、できるなら喧嘩はしたくない。だから、謝れっていうなら謝ってもいい」

日向は、二人の顔を交互に見据えた。

「ガングロおっさん、ふざけんじゃねえぞっ! うら!」

陽灼け男が、日向の胸倉を摑んだ。

「放せよ」

日向は、押し殺した声で言った。

「放すわけねえだろ! くそが!」

視界に迫る陽灼け男の頭——眉間に激痛。

日向は二、三歩後方によろめいた。

飛んでくる右の拳——日向は身を沈め、腹に拳を打ち込んだ。

陽灼け男の体が、くの字に折れた。

「ぶっ殺す!」

ツーブロック七三男が、鬼の形相で殴りかかってきた。

もう、あとには引けなかった。

日向が右のカウンターを放とうとしたとき、なにかが視界を過った。

「このへんで終わりにしましょう」

日向を遮るように立ちはだかった磯川が、ツーブロック七三男と陽灼け男に言った。

「なんだ⁉　おっさん、邪魔すんじゃねえ！」

「ボコボコにされたくねえなら、出しゃばんな！」

二人が磯川の胸を小突いた。

「磯川さん、ここは俺に任せて」

日向は磯川の前に回り込みながら言った。

東郷のときのように、自分を守るために土下座をさせたくはなかった。

「いえ、ここは無名な僕の仕事です。それに、今日は土下座をしませんから、大丈夫です」

磯川が日向に片目を瞑り、外した眼鏡をワイシャツの胸ポケットにしまった。

「おっさん！　てめえは邪魔だって……」

陽灼け男が、言葉の続きを呑み込んだ。

「どうした？　おっさんが相手してやるから、かかってこいや」

磯川がドスの利いた声で言いながら、陽灼け男を睨みつけた。

陽灼け男は、蛇《へび》に睨まれた蛙《かえる》のように立ち竦んでいた。

「こいつはやらないようだが、お前はどうする？」

磯川が、陽灼け男からツーブロック七三男に顔を向けた。

日向は、眼と耳を疑った。

三白眼《さんぱくがん》の鋭い眼つきも、声のトーンも、口調も、日向の知っている磯川とは別人だった。

なにより、磯川の放つ殺気は、日向が若い頃に触れてきた裏社会の人間を彷彿させた。

「おい……行こうぜ」

ツーブロック七三男が陽灼け男を促し、速足で立ち去った。

「お恥ずかしいところを、お見せしました」

磯川がいつもの柔和な顔に戻り、照れ臭そうに言った。

「磯川君って、昔、〝反社《はんしゃ》〟だった?」

冗談ではなく、日向は本気で訊ねた。

半グレ二人を戦意喪失させた眼力と殺気は、とても堅気《かたぎ》とは思えなかった。

「いやいや、とんでもないです。日向さんほどではないですが、僕も昔、やんちゃしていた若気の至り時代があっただけですよ」

磯川が笑い飛ばした。

「いやいや、はこっちのセリフだよ。若気の至りレベルじゃや、半グレ二人を戦わずして追い払うことなんてできないから」

「とにかく、大事にならずによかったです」

磯川が真顔になり、日向をみつめた。

さっきまでの鋭い眼光とは打って変わって、磯川の瞳には優しい光が戻っていた。

「また、君に救われたよ。あのままなら、ネットで炎上していたかもしれないからね。ありがとう」

日向は思いを込めて、感謝の気持ちを伝えた。

「救ったなんて、大袈裟ですよ。彼らの無礼な態度に、イラッときただけです。こう見えて、僕は短気ですから。さあ、店を変えて飲み直し、新作の打ち合わせをしましょう！」

磯川は照れ隠しなのか、明るく言うと夜の繁華街を歩き始めた。

「今日は、磯川君の反社時代の思い出話をしながら、記憶を失うまで飲もうか！」

日向は、磯川の肩に腕を回しながら笑顔で言った。

21

「氷室《ひむろ》さん、一つ、聞かせてください。直木賞を狙える作家と熱狂的なファンのいる作家なら、どちらの作家になりたいですか？」

初めて会ったときに、いきなり磯山《いそやま》は訊ねてきた。

「どっちもがいいですね」

氷室は言った。

変なことを訊く編集者だと氷室は思った。賞を取るには、小説が売れなければならない。つまり、ベストセラー作家でなければ賞は取れないのだ。

「どっちもは無理です。一つだけ選んでください」

すかさず、磯山が言った。


日向はパソコンのキーを打つ指を止め、コーヒーカップを口元に運んだ。

神保町のレトロな造りの喫茶店で、三時に磯川と待ち合わせをしていた。

磯川との待ち合わせの時間まで、三十分あった。

再来月から始まる新連載「直木賞を取らなかった男」を執筆するために、早めに待ち合わせ場所にきたのだった。

通称文壇喫茶と呼ばれる店内の壁には、新旧様々な作家のサインが飾られていた。

日向がこの店を訪れたのは初めてだった。

磯川の勤務する絵本専門の出版社が神保町にあるので、この喫茶店を待ち合わせにしたのだった。

『打ち合わせが終わったら、僕の職場に寄ってください。「日文社」とは比べようもない小さな会社ですが、なかなか居心地のいい空間ですよ』

磯川の言葉が脳裏に蘇った。

磯川が居心地のいいという空間を、体感してみたかった。

考えてみれば日向は、磯川の私生活をほとんど知らなかった。

どんな歌を聴き、どんな料理が好物で、どんな女性がタイプか……小説以外のことを磯川と話した記憶はなかった。

一番の目的は、この眼で確認しておきたかったことだ。

「日文社」の編集長のポストという厚遇を蹴ってまで選んだ、磯川の天職を……。

日向は執筆を再開した。

「磯山さん、その質問は矛盾していると思うんですけど。直木賞を取るような作家は、みな、売れてるじゃないですか?」

氷室が率直な疑問をぶつけると、磯山が微笑みながら頷いた。

「たしかに、そういうイメージがありますよね。でも、直木賞や芥川《あくたがわ》賞などはレコード大賞と違って、どれだけ売れたから受賞できるというものとは違います。理由としては、選考委員が作家だからです。候補作が売れている、売れていないは選考材料から外します」

磯山が淡々とした口調で言った。

「じゃあ、なにを選考材料にしているんですか？」

「好みです」

磯山があっさりと言った。

「好みですか？」

思わず氷室は訊ね返した。

「はい。各々の選考委員が考える、受賞するに相応しい作品の基準があります。その基準をより多く満たしている作品が選ばれるということです」

「なるほど。つまり、俺の作風は選考委員の好みに合わないということですね？」

氷室が訊ねると、磯山が頷いた。

「九十年にもなる直木賞の歴史の中で、これまでの受賞作の傾向を考えると、氷室さんの過激な表現、独特な文章が選考委員に受け入れられるとは思えません。なので、直木賞を取りに行くのなら、いまの作風を百八十度変えなければなりません。そうなると、私が面白いと思った氷室作品ではなくなってしまう可能性が高くなります。いまの氷室さんなら、賞レースとは無縁でも熱狂的な信者に支持される作家になれるという確信が私にはあります」

「日向さん、お待たせしました」

物語の中の磯山の言葉に、磯川の声が重なった。

「まだ、待ち合わせまで十五分もあるよ。連載を進めておこうと思って、早めにきたんだ」

日向は言った。

「いい感じに書けてますか？」

磯川が、訊ねながら日向の正面の席に座った。

「ちょうど、俺の作風だと選考委員から総スカンを食うって、君にダメ出しされているところを書いていたよ」

日向はノートパソコンのディスプレイを指差しつつ、冗談めかして言った。

「そんなひどい言いかたは、していませんよ」

磯川が苦笑し、店員に炭焼きコーヒーを注文した。

「エンターテインメントだから、事実より面白くしないとだめだから」

「たしかにそうです。でも、日向さんとのエピソードは脚色なしでも刺激的なことばかりでしたね」

「磯川君が、昔〝反社〟だったりね」

日向は、以前に居酒屋で絡んできた半グレを相手に見せた、磯川の別の一面をイジった。

「反社じゃありませんよ。勘弁してください」

磯川が、ふたたび苦笑した。

「ごめん、ごめん。真面目な話、『直木賞を取らなかった男』は磯川君との最後の作品になるから、俺の代表作にしたいね。時代が違うから『願い雪』の二百万部ってわけにはいかないだろうけど、五十万部は狙いたいね」

日向は弾む声音で言った。

打ち合わせの段階から、こんなに胸が弾むのは久しぶりのことだった。

「心強い言葉ですね。でも、たとえ五千部でも、僕は日向さんと作品を作り上げることができるだけで嬉しいですよ」

磯川が柔和に目尻を下げた。

彼が、お世辞でもそういうことを口にするタイプでないのはわかっていた。

二人は、二十年前に時を巻き戻したように、小説の内容をディスカッションした。

日向も磯川も、十年以上の空白などなかったかのようにアイディアのラリーを続けた。

「磯川君のリクエストある？　君へのはなむけに、可能なかぎり意見を採り入れようと思っているからさ。主役の座は譲らないけどね」

日向は笑いながら言った。

「僕、目立ちたくないので、主役はどんなに大金を積まれても固辞します」

磯川も冗談めいた口調で返してきた。

「で、リクエストは？」

日向は改めて訊ねた。

「もし可能なら、で構わないんですが、まったりとした日向作品を読みたいかな、って思います」

磯川が遠慮がちに言った。

「まったりとした？」

日向は繰り返した。

「はい。日向作品の醍醐味はいわゆるジェットコースター小説と呼ばれる、白作品も黒作品も息吐く暇もなく読ませるスピード感です。『願い雪』なら、愛する者同士を引き裂こうとする障害が次々と襲いかかり、『阿鼻叫喚』で言えば、ヤクザと街金融の取り立て業者が血みどろの戦いを繰り広げます。『直木賞を取らなかった男』では、敢えてそういったドラマチックな展開や衝撃的な事件はなくてもいいんじゃないかな、と思うんです」

磯川の言葉が、日向には理解できなかった。

「ドラマチックな展開や事件がなければ、退屈な小説になるんじゃないかな」

日向は疑問を口にした。

「日向さんが書くならば、そうはならないと思います」

磯川があっさりと言った。

「ん？　意味がわからないんだけど」

「日向さんはいままでの作品でも、ドラマチックな展開や事件がない部分……たとえば、『阿鼻叫喚』に出てきた見栄《みえ》っ張りの登場人物がコンビニでお酒を買うときに、レジにいるのがかわいい女性店員だと気づいて、手にしていた紙パックの安価な焼酎を飲みたくもないワインに替えるとか、ヤクザのドンパチがない日常のなにげないシーンを凄く面白く描いています。『願い雪』の、ヒロインの父親が娘の恋人が家に挨拶にくる日、洗面所の鏡の前で威厳のある顔を練習しているシーンだけで十分に楽しませてくれます。日向さんは根っからのエンターテイナーですから、ドラマチックな展開や特別な事件が起こらなくても、立派なエンターテインメント作品になるんですよ」

磯川が楽しそうに持論を展開した。

「たしかに、俺は読者を飽きさせないために、脇役もキャラを立たせて悪い意味での箸休めにならないように書いているけどさ、それは主役の物語にインパクトがあるからこそ活きることじゃないかな。

つまり、前菜やデザートが美味しくても、メインディッシュがイマイチなら、またこのレストランにきたい、とはならないでしょ？」

日向は、正直な思いを磯川にぶつけた。

「アンダーグラウンド上がりで芸能プロダクションを掛け持ちし、テレビに出る金髪ガングロ作家、白作品、黒作品という真逆の世界観を書き続ける作家……日向誠の波瀾万丈の半生は、これまでの日向作品の主人公のインパクトに負けていませんよ。それに、小説仕立てになってはいますが、『直木賞を取らなかった男』は実話をベースにした物語ですから、デフォルメしないほうがより面白くなるというのが僕の考えです。ただ、これはあくまでも僕の考えなので、日向さんが決めてください」

磯川の言葉を、日向は心で反芻《はんすう》した。

フィクションではなくノンフィクションに近い物語……言われてみれば、そうなのかもしれない。たとえば腕時計に宝石を後付けすれば豪華にみえるかもしれないが、違和感を覚えてしまう。どこか不自然であり、最初からのデザインではなく宝石を後付けしたことがひと目でわかる。

「宝石をゴテゴテ後付けしたロレックスを想像したら、磯川君の言いたいことがわかったよ」

「日向さんが得意の比喩で考えてくれたんですね。そうなんです。ロレックスは、後付けなんてしなくても十分に迫力があるし魅力的ですから」

磯川の口元は綻んでいたが、瞳は真剣だった。

「俺にとっても初の試みだから、新鮮でワクワクするよ」

「それはよかったです。打ち合わせの続きですが、ウチの会社でしませんか？　一室しかない会議室を別の編集者に押さえられていたんですが、キャンセルになったみたいで空いていたんですよ」

「そうしよう。君の聖域も見てみたいしね」

日向は、素早く伝票を手にすると立ち上がった。

「あ、お会計は僕が……」

「君が特別リリーフしてくれたお礼に、たまには俺が払うよ」

日向は早口で言うと、逃げるようにレジに向かった。

☆

雑居ビルの一階、ガラスのドアに「夏雲舎」という木製プレートがかかっていた。

中に入ると、こぢんまりしたスクエアな空間が広がり、そこここに絵本がディスプレイされていた。

熊、犬、猫のぬいぐるみや風船があちこちに飾られており、幼児が対象の出版社らしい趣があった。

木製の丸テーブルが点々と三つ設置してあり、真ん中のテーブルでパソコンに向き合っていた女性が、日向を認めると立ち上がり頭を下げた。

五十代と思しき女性はデニムにTシャツというラフな恰好で、ボーイッシュなベリーショートがよく似合っていた。

「日向さん、こちらは社長の三沢さんです」

「社長と言っても、社員は編集長の磯川さんと営業スタッフが一人の三人だけですから」

三沢社長が朗らかに笑った。

「改めまして、『夏雲舎』の三沢です」

三沢が名刺を差し出してきた。

「はじめまして、日向です。磯川さんは、デビュー前からお世話になっている恩人です」

日向は名刺を受け取り、自己紹介した。

「あら、磯川さん、ベストセラー作家さんの恩人だなんて、凄いじゃない！」

三沢が磯川の肩を思い切り叩いた。磯川が、苦笑いしながら日向を見た。

いまのやり取りを見ていただけで、磯川の職場がアットホームな環境だということがわかった。

「いい意味で、出版社らしくないですね。どちらかと言えば、絵本専門店のようです」

日向は本心を口にした。

「まあ、嬉しい！　ねえ、磯川さん！」

三沢が破顔し、ふたたび磯川の肩を叩いた。

「私も、子供達がふらっと遊びにこられるような出版社にしたかったんですよ！」

三沢の無邪気に輝く瞳を見てハッとした。

彼女は仕事としてではなく、自分が楽しむことを優先していた。

だからといって、読者をないがしろにしているわけではない。

自分が楽しめるというのは、自分だけが楽しめればいいという意味ではない。

子供達が楽しむ姿を見るのが自分の楽しみ……つまり、自分が楽しめるのは子供達が楽しめる絵本を作ったとき、という意味だ。

磯川が、「日文社」に戻らないと言い切る理由がわかったような気がした。

「いろいろな絵本があるんですね」

日向はディスプレイされている絵本を見て回った。

『よわむしライオン』、『足のおそいチーター』、『人間に生まれたかったイヌ』、『イジワルなおひさま』……子供達が興味を引きそうなタイトルばかりだね」

「タイトル会議っていうのがありまして……といっても三人ですけど、納得いくものが生まれるまで五時間を超えることもあります」

　磯川が笑いながら言った。

「五時間も⁉　長くない⁉」

　日向は驚きの声を上げた。

「小説もタイトルで売れ行きが左右されることはあるんですけど、絵本の場合はもっと顕著に表れてしまいます。小説は大人が自分で買う場合が多いですけど、絵本は親が買う場合が多いですよね？　我が子に読ませる絵本なので、タイトルが教育に悪そうだという印象を与えてしまうと、内容云々を確認する前に手に取ってくれません。それと、絵本は小説と違って、五年、十年先を見据えて作りますから流行のワードは使えません。そうなってくると、よさそうなタイトルはほとんど使われていまず。ほかの絵本と被らず、なおかつ親が幼子に読んで聞かせたいと思うようなタイトルは、そう簡単に浮かびませんよ。まあ、半世紀愛され続ける絵本を作るのが僕らの夢なので、そう考えると五時間なんて一瞬ですよ」

　我が子にそうするように、絵本に手を置きながら穏やかな表情で語る磯川を見ていると、日向の口元も自然と綻んだ。

　いまでも、磯川に戻ってきてほしいという気持ちはあった。

　だが、それ以上に磯川に好きに生きてほしいという気持ちのほうが強くなっていた。

「半世紀愛され続ける絵本か……。表現からして、もう違うね。俺なんかだと、爆発的に売れる本、って言いかたしちゃうけどね」

　日向は自嘲的に笑った。

「日向さんは、それでいいんですよ。因みに、これが僕が担当している作家さんの新作です」

磯川が、自分のデスクに置いてあった絵本を日向に手渡してきた。

『みらいのキミからいまのキミへ』

表紙には、パイロットの制服を着た馬、ナース服を着た子犬、消防士の防火服を着たゾウ、スーツを着たライオン、野球のユニフォームを着たゴリラ、サッカーのユニフォームを着たチンパンジー、フライトアテンダントの制服を着たカンガルーの絵が描かれていた。

不意に、涙腺が緩くなった。

「動物達の夢をテーマに、親と子が……あれ……もしかして、日向さん、泣いてます？」

磯川がびっくりしたように言った。

「五十を過ぎると、涙脆《もろ》くなっていやだね」

日向は照れ笑いを浮かべながら、手の甲で涙を拭った。

内容も読んでいないのに、イラストを見ただけで己の幼少時代の無垢《むく》な気持ちが蘇ってきて、涙が込み上げたのだ。

「日向さんの涙は、僕にとって最高の褒め言葉ですよ」

磯川が嬉しそうに言った。

「よかったじゃない、編集長。アンダーグラウンド小説の帝王を装丁だけで感動させるなんて、私達が天国に行っても売れ続けるロングセラーは確実ね！」

三沢が声を弾ませ破顔した。

「社長はともかく、僕は地獄から見てるかもしれませんけど」

磯川が自虐的に言うと笑った。

「よう、磯川君、久しぶり！」

日向は振り返り、息を呑んだ。

オールバック気味の七三、薄紫のサングラス、紺地に白のタータンチェックのジャケット、白のポケットチーフ……東郷真一が、ドアロで手を上げていた。

「なんだ、君もいたのか」

東郷が日向に視線を移した。

「なんの用です？」

日向は、つい、きつい口調になっていた。

「おいおい、そんな邪険に扱わないでくれよ。今日は、お前と喧嘩しにきたんじゃないから」

東郷が、顔の前で手を振って苦笑した。

「東郷先生ですよね？　はじめまして、三沢と申します」

三沢が東郷に名刺を渡した。

「ああ、よろしく」

東郷は名刺を一瞥《いちべつ》すると、上着のポケットに捻じ込んだ。

「どうぞ、こちらにお座りください」

三沢が磯川の木のデスクの前に切り株で作った丸椅子を運び、東郷に勧めた。

「おー、ありがとう」

東郷が、当然のように丸椅子に腰を下ろした。

「僕のために、いらっしゃったんですか？」

「それ以外、こんなところになんの用があるんだ？　磯川君も座れよ」

東郷が横柄に言いながら、自分のオフィスのように磯川に椅子を勧めた。

「お茶とコーヒー、どちらがよろしいですか?」

三沢が東郷に訊ねた。

「コーヒーの銘柄は?」

「銘柄……ですか? 普通のブレンドコーヒーですけど」

「じゃあ、お茶でいい。俺はブルマンかマンデリンしか飲まないから」

東郷が言うと、三沢が苦笑いを浮かべながらフロアを出た。

「人の会社に勝手に押しかけて、傲慢な人ですね」

日向は東郷に皮肉を浴びせた。

「俺は自分の嗜好《しこう》を伝えただけだ。せっかく出してくれても口に合わずに、残すほうが失礼だろう」

東郷が悪びれもせずに言った。

「そういうところがあんたの悪い……」

「日向さん」

磯川が日向を遮り、小さく首を横に振った。

日向はヒートしかけた心を静めるために、磯川の絵本を手に取った。

ここで揉め事を大きくして、また磯川に土下座させるようなことになってはならないと思ったのだ。

「どういったお話でしょう?」

磯川がデスクチェアに腰を下ろし、東郷に訊ねた。

日向は『みらいのキミからいまのキミへ』を開いた。

あるアフリカの山おくに、ゴリラの親子がいました。

「ボク、しょうらい、野きゅうせん手になりたいな」

子ゴリラは言いました。

「ゆめみたいなことを言ってないで、父さんみたいにかぞくをまもるゴリラになりなさい」

母ゴリラは顔をしかめて、子ゴリラをさとしました。

「父さんだって、ゆめみて、そのゆめをかなえたよ」

子ゴリラは言いました。

「父さんは、野きゅうせん手になりたいなんてゆめをみてないわ」

母ゴリラは言いました。

「父さんは、母さんみたいなすてきなメスと出会い、けっこんできたでしょう？　それが、父さんのゆめだったんだよ！」

子ゴリラが、キラキラかがやくひとみで言いました。


「単刀直入に言おう。磯川君を俺の担当編集者にしてやるから、『日文社』に戻れ」

東郷が、上からの物言いで磯川に命じた。

「いきなり、どういうことでしょう？」

「俺なりに考えたんだ。お前は『日文映像』で俺の原作映画を大ヒットさせた。映画化効果で文庫もかなり売れたよ。『日文社』時代も、数々のベストセラーを生み出してるしな。なにより、小説とも言えない乱暴な作品を書く日向君を、ベストセラー作家にした腕は凄い。お前を認めてやるよ」

東郷が、さりげなく日向をくさしながら磯川を褒めちぎった。

日向は荒立ちそうになる心から意識を逸らし、絵本を読み進めた。

あるオーストラリアの大草原に、カンガルーの親子がいました。

「ねえ、ママ、わたし、大きくなったらフライトアテンダントさんになりたいの！」

子カンガルーは言いました。

「ゆめみたいなことを言ってないで、大きくなったらママみたいにパパをみつけて早く母親になりなさい」

母カンガルーは顔をしかめて、子カンガルーをさとしました。

「ママは私に生まれてきてほしくなかった？」

「そんなわけないでしょう。あなたみたいなかわいい、けんこうなメスの子をさずかりたかったわ」

「ママは私が生まれてきたとき、どんな気分だった？」

「それはもう、ゆめがかなってしあわせな……あ……」

母カンガルーが、なにかに気づいてことばをのみこみました。

「わたしも、ママみたいにゆめをかなえたいの！」

子カンガルーが、声をはずませて言いました。

相変わらず東郷の横柄な言動は日向の耳に入っていたが、絵本を読んでいるせいか不思議とイライラしなかった。

「認めていただき、ありがとうございます。でも、日向さんのことをそんなふうに言うのはやめてください。日向さんの文章は、乱暴どころか緻密《ちみつ》で繊細ですよ。もちろん東郷さんの作品も素晴らしいですが、日向さんの作品も小説として劣っているとは思いません」

磯川が淡々とした口調で言った。

日向は絵本を捲った。

パイロットを夢みる子ウマ、消防士を夢みる子ゾウ、サッカー選手を夢みる子チンパンジー、ナースを夢みる子犬……。

日向は、グイグイと物語に引き込まれた。


ある日本の高原に、ヒトの親子がいました。

「あおちゃんのゆめを教えてくれない？　パイロットやサッカーせん手とか、おいしゃさんとか」

母親がたずねました。

「なりたいと思わないよ」

男の子は、言いました。

「じゃあ、バスケットのせん手とか、野きゅうせん手は？　あ、いまはユーチューバーとかかな？」

「なりたいと思わないよ」

「あおちゃんには、ゆめがないの？」

母親は、かなしそうに言いました。

「ゆめはあるよ！」

男の子は、元気な声で言いました。

「でも、なにもなりたくないって言ってなかった？」

母親は、ふしぎそうな顔でたずねました。

「うん、その中にはなかったんだ！」

男の子は、言いました。

「じゃあ、あおちゃんは大きくなったらなにになりたいのかな？」

母親は、たずねました。

「ボクは、みんなをえがおにする人になりたい！」

男の子は、キラキラとひとみをかがやかせて言いました。


「わかった、わかった。日向君が立派な小説家だと認めようじゃないか。これでいいか？　ということで話を本題に戻すが、いつ『日文社』に戻ってくるんだ？」

東郷は相変わらず上から目線の物言いで、磯川が「日文社」に復帰することを前提に話を進めた。

「どうぞ」

三沢が東郷の前に麦茶のグラスを置いた。

「あ、社長さんだっけ？　磯川君は俺の担当編集になるから、人手が足りないなら誰か送り込むぞ。編集者の性別とか年齢とか、希望はあるか？」

東郷が一方的に三沢に言った。

「え……」

三沢が困惑した顔を磯川に向けた。

「東郷さん、たとえ『日文社』社長のポストを用意されても、『夏雲舎』を辞める気はありません」

磯川は口調こそ物静かだが、きっぱりと言った。

「俺がこうやって直々に頼みにきてやって……」

「磯川君、この絵本、最高だね！」

日向は東郷を遮り、『みらいのキミからいまのキミへ』を磯川に差し出した。

「ありがとうございます。手前味噌になりますが、僕も凄く気に入ってます！」

磯川が声を弾ませた。

「おいっ、お前ら、俺の話を聞いてるのか⁉」

東郷が苛立った声で言った。

「作者の、あのね、って人、男の人？」

日向は訊ねた。

「はい、新人です。絵本大賞の最終選考で落選した作品ですが、読んだときにビビッと感じるものがあったんです」

磯川が嬉しそうに言った。

「俺の話を無視する気か⁉」

東郷の怒りのボルテージが上がった。

「最初はさ、夢を持つことの大切さを教えるような絵本だと思ったけど、最後に出てきたヒトの男の子の一言で目が覚めたね。いい意味で、絵本らしくない絵本で斬新だよ！」

日向は、感じたままを口にした。

「日向さんにそう言ってもらえると、千人力です」

磯川が口元を綻ばせた。

「万人力と言ってほしいな」

日向が冗談めかすと、磯川と三沢が声を上げて笑った。

「もういい！　せっかくの出世チャンスを逃して、後悔しても知らんぞ！」

東郷が席を蹴り、捨て台詞を残すと外に出た。

「あら、追いかけなくていいの？　怒らせちゃったみたいよ」

三沢が心配そうな顔を磯川に向けた。

「追いかけるべきですか？」

磯川が悪戯っぽい顔を日向に向けた。

「追いかける役を、特別に譲るよ」

「謹んで、お受けいたしま……せん」

日向の悪乗りに、磯川も悪乗りで返してきた。

少し間を置き、三人がほとんど同時に噴き出した。

「君との最後の作品を、最高傑作にするよ。改めて、よろしくね」

日向は、右手を差し出した。

「最高傑作でなくても、僕の文芸編集最後の仕事を日向さんとできるだけで光栄です。こちらこそ、よろしくお願いします」

磯川が日向の右手に、そっと右手を重ねてきた。

二人の手を、真ん中に立った三沢が両手で包み込んだ。

☆

あれから八年。日向もデビュー三十年のベテラン作家になり、刊行点数も九十作を超えた。

五年前に発売した『直木賞を取らなかった男』は批判も多かったが、それも含めて書店員や出版社を巻き込んだ話題作になった。

波瀾万丈の作家人生だったが、長きに亘って年間三、四作ペースで作品を上梓し続けることができているので、小説家として恵まれていると言えるだろう。

「日向さん、聞いてます？」

磯川の声で、日向は回想の扉を閉じた。

「ん？　ああ、直木賞を捨てたことを後悔していないかって？　そりゃ、後悔してるよ」

「えっ？」

「嘘、嘘、冗談だよ。後悔なんて、してるわけないじゃん。直木賞を諦めたからこそ、いまもこうやっていろんな出版社で仕事をさせてもらえているんだからさ」

本音だった。日向は、三十年前の選択を後悔したことは一度もなかった。

「そう言ってもらえると、気が楽になります。いまでも、ときどき考えてしまうんですよ。僕が余計なことを言わなければ、日向さんの作家人生はどうなっていたんだろうって」

磯川がビールのグラスを運ぶ手を宙で止め、遠い眼差しで言った。

「いま、時を巻き戻して同じ選択を迫られても、俺は同じ決断をする自信があるよ」

日向は磯川に頷いた。

「ありがとうございます」

「礼を言うのは、俺のほうだよ。それより、磯川君のほうこそどうするの？　『夏雲舎』の副社長の椅子を捨ててまでやりたいことってなに？」

日向は気になっていたことを訊ねながら、三日前の磯川との電話での会話を思い出していた。

『日向さん、久しぶりに飲みに行きませんか?』

『君のほうから飲みに誘ってくるなんて、珍しいね。どうしたの?』

『しばらく東京を離れてしまうので、その前に会っておきたいと思ったんです』

『出張?』

『いえ、旅に出ようと思いまして』

『旅? 仕事は?』

『昨日付で、「夏雲舎」は退職しました』

『え!? なんで!? 功績を評価されて副社長にまでなって、社員も増えたけど会社もアットホームだし……なにが不満だったの?』

『不満なんて、とんでもない。三沢社長には、感謝の気持ちしかありません』

『じゃあ、なぜ?』

『やりたいことがありまして、そのための視察と言いますか準備と言いますか』

『やりたいことって、なに?』

『それは、お会いしたときにお話しします』


「絵本に携わる仕事をしようと思いまして」

記憶の中の磯川の言葉に、目の前の磯川の言葉が重なった。

「『夏雲舎』も絵本の出版社じゃない」

「僕がやりたいのは、出版社じゃなくて絵本の専門店です」

「絵本の専門店をやりたいの⁉」

日向は素頓狂な声で訊ねた。

「はい。僕の好きな絵本だけを集めた専門店です」

磯川が満面の笑みで言った。

「え⁉　そんなの好みが偏《かたよ》って、書店として経営が苦しくなるんじゃないの？」

日向は率直な思いを口にした。

「ええ。大儲けはできないでしょうね」

あっさりと、磯川が認めた。

「それがわかってるのに、どうして？」

「葉山《はやま》のほうに古くからの友人が古民家カフェバーを経営していて、店番も兼ねるという条件で家賃をただにしてくれたんですよ。僕はその昔、コーヒー専門店やバーで働いていたこともありますしね。なので、絵本が売れなくても大丈夫です」

「古民家カフェバーで絵本専門店をやるの⁉」

驚いた日向の声が、一オクターブ上がった。

「はい。ノスタルジックな雰囲気のある店なので、リノベーションの必要もほとんどなく、ブックスタンドさえ揃えれば事足りるみたいな感じです。絵本を片手にコーヒーやお酒を嗜《たしな》むっていうのも、素敵な時間だと思いますよ」

磯川が微笑み、親指を立てた。

「なるほどね」

日向は、妙に腑《ふ》に落ちた気分になった。

利害関係なしに、誰にも何事にも縛られずに好きな物事に身を委ねる……磯川らしい生きかただ。

「僕が旅から帰ってきて店をオープンしたら、日向さんも遊びにきてくださいよ。絵本を肴《さかな》に、美味しいクラフトビールを飲みましょう」

「いつ頃戻ってくるの？」

「さあ、どうでしょう。こういう機会は滅多にないので、期限を決めずに魂のリフレッシュも兼ねて全国の書店を回り、いろんな絵本達との出会いを楽しみたいと思っています。いつになるかお約束できませんが、戻ってきたら一番に連絡しますから」

磯川が遠足を明日に控えた幼子のように、瞳を輝かせる。

「わかった。なにがあっても真っ先に駆けつけるよ！　さあ、君の、夢の城のオープンの前祝いの乾杯といこうか！」

日向は、ビールのグラスを宙に掲げた。

磯川が、遠慮がちにグラスを触れ合わせた。

エピローグ

潮の香りを含んだ風が、頬を撫でた。

抜けるような碧空《あおぞら》にカモメが舞っていた。

通りの向こう側に広がる、宝石をちりばめたように煌《きら》めく海に日向は眼を細めた。

日向は、ＬＩＮＥアプリのアイコンをタップし、地図を確認した。

地図によれば、目的地はここから徒歩十分ほどの海沿いの場所となっていた。あれから二年……。

日向の作品は刊行点数が百作を超え、ペットロスをテーマにした最新刊の『透明《とうめい》になった犬《いぬ》』は発売一ヶ月でベストセラーとなり、〝動物もの〟という新たな日向の一面を確立した。

デビューした頃は、ここまで書き続けられる作家になれるとは思っていなかった。

日向は眼を閉じ、カモメの鳴き声と潮騒《しおさい》に耳を澄ました。

「やっぱり、直木賞を取れなくてよかったよ」

瞼の裏に浮かぶ戦友に言うと、日向は眼を開けて足を踏み出した。

〈初出〉好きな物語と出会えるサイト「ｔｒｅｅ」掲載（２０２３年５月〜２０２４年６月）

この作品はフィクションであり、実在の人物・団体等とは一切関係ありません。

新堂冬樹《しんどう・ふゆき》

１９９８年に『血塗られた神話』で第７回メフィスト賞を受賞し、デビュー。〝黒新堂〟と呼ばれる暗黒小説から、〝白新堂〟と呼ばれる純愛小説まで幅広い作風が特徴。『無間地獄』『カリスマ』『悪の華』『忘れ雪』『黒い太陽』『動物警察24時』『おかえり〜虹の橋からきた犬〜』『戦国虫王「世界最強虫王決定戦」外伝』など、著書多数。２０２５年２月公開の『誰よりもつよく抱きしめて』など映像化作品も多数ある。

直《なお》木《き》賞《しょう》を取《と》らなかった男《おとこ》

2024年12月30日　初版1刷発行

著者　新堂冬樹《しんどうふゆき》
発行者　三宅貴久
発行所　株式会社　光文社
〒112-8011　東京都文京区音羽1-16-6
電話　編集部　03-5395-8254
書籍販売部　03-5395-8116
制作部　03-5395-8125
URL　光文社　https://www.kobunsha.com/

組版　萩原印刷
印刷所　堀内印刷
製本所　国宝社

落丁・乱丁本は制作部へ
ご連絡くだされば、お取り替えいたします。

R〈日本複製権センター委託出版物〉
本書の無断複写複製（コピー）は
著作権法上での例外を除き禁じられています。
本書をコピーされる場合は、そのつど事前に、
日本複製権センター（☎03-6809-1281、
e-mail：jrrc_info@jrrc.or.jp）の
許諾を得てください。

本書の電子化は私的使用に限り、
著作権法上認められています。
ただし代行業者等の第三者による
電子データ化及び電子書籍化は、
いかなる場合も認められておりません。

©Shindo Fuyuki 2024 Printed in Japan
ISBN978-4-334-10513-6

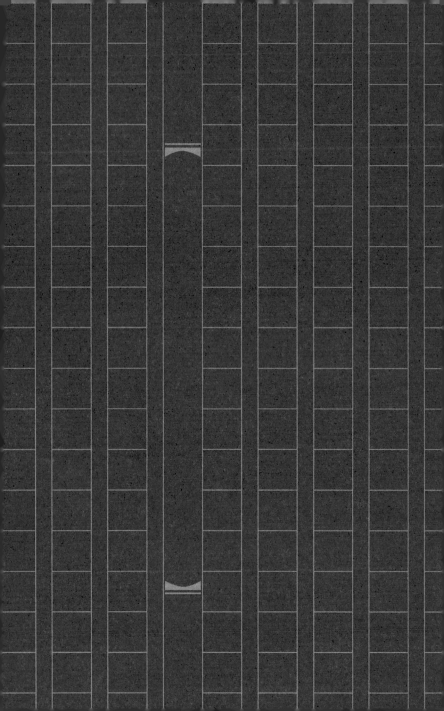